命運之人

うんめいのひと

下

山崎豐子

YAMASAKI TOYOKO

王蘊潔——譯

【推薦序】

人生最終的答案，叫作「命運」！

【作家・「總幹事」】黃國華

從一九五七年三十四歲的社會記者山崎豐子書寫了第一本著作《暖簾》開始，一直到二〇〇九年年屆八十五歲的山崎豐子的最新作品《命運之人》，終於寫出了有關記者的故事了。

從《暖簾》的大阪商人，到《女系家族》的棉布商人、《白色巨塔》的醫界、《華麗一族》的銀行家、《不毛地帶》的大貿易商社商人、《不沉的太陽》的航空公司職員到本書的政治記者，毫無疑問地，山崎豐子用幾十年的歲月刻劃出這些足以傳頌千年的作品，就像是一齣齣日本甚至於是亞洲的歷史時代劇。尤其是她在八十五歲高齡時所發表的本書《命運之人》，讀者可以一躍站在她的人生高度上去體會「什麼是圓融且看透人生的智慧」。

本書迥異於山崎豐子的其他作品，既沒有《白色巨塔》的價值觀衝突擺盪，也沒有《華麗一族》那般面對金錢的險惡人性，不再有《不沉的太陽》中那股對體制的控訴，更擺脫了《不毛地帶》商場的醜陋競爭。到了本書，不再有價值觀的衝突，不再有情感的糾葛，不再有控訴的吶喊，八十五歲的山崎豐子在書中傳達了一種擇善固執式的宿命觀，回歸日本人（或至少是前幾代的日本人）的心靈的根源。

《命運之人》是根據真人真事所改編，陳述一位政治記者弓成亮太的生平。弓成亮太透過與女官員的特殊親密關係，而獲知日本政府的外交機密，那是一份日本政府對於沖繩問題所簽署的喪權辱國的密約，當這份日本與美國之間所簽定之有關沖繩歸屬的密約被弓成亮太揭露時，弓成亮太與女官員卻被氣急敗壞的政府逮捕並遭到起訴，故事的前半段便圍繞在訴訟的攻防，以及男女主角的不倫關係。然而到了故事的後半段，才是本書《命運之人》的精華，當弓成亮太的官司結束之後，他選擇自我放逐了他的後半生，放逐的地方正是所揭發的外交密約醜聞的關係地——沖繩。弓成亮太放棄一切來到沖繩，選擇這塊土地作為他人生的最後審判官；換言之，他將自己放在命運的飄盪當中，他不接受形而上的一切指控，擇善固執地放空自己的一切，只為了尋求「心靈上的無罪釋放」。

除了山崎豐子在本書所設定的基本面——「等待命運的無罪宣判」之外，這本書還有許多深沉的「技術面」的角力，如「大眾知的權利vs.國家政府的利益」，如「社會公平正義vs.檢察官國家機器的濫權」，也在本書看到了狗仔文化在公眾議題上的濫用，到底私德領域是否必須被凌駕在公眾利益之上？甚至藉此模糊焦點？

《命運之人》的主角除了是政治記者弓成亮太之外，我認為本書所設定的更大的「命運之人」其實是沖繩，山崎豐子在人生最具智慧高度的時刻選擇了日本人靈魂中最深沉的苦悶——沖繩作為創作題材與舞台，讀者在本書可以藉由山崎豐子的文字進入沖繩的歷史、人文與風情，也體會沖繩人活在美軍陰影下的苦痛，更體會了沖繩在近代歷史演進下的種種無奈。而讓我最感到懾服的是，山崎豐子筆下的沖繩並沒有完全以日本本位主義來思考，而是以沖繩人的價值來執筆，原來沖繩有如本書的命運之子弓成亮太，一直在命運的洪流擺盪浮沉。

至於弓成亮太的命運到底有沒有罪？媒體與人民到底有沒有知的權利？腥羶八卦到底該不該在公益上扮演舉足輕重的角色？沖繩這個牽引日本歷史兩個世紀的原罪到底該在時代的審判中如何定讞？有罪的人是誰？無罪的人又是誰？無辜的人又是誰？山崎豐子用八十五歲的人生閱歷告訴了我們一個不像答案的結論：命運！

在風暴中飄搖擺盪的命運之舟

※情義之舟

弓成亮太

經過了檢警的粗暴審訊與漫長的一審訴訟過程，原本在新聞戰場上一向自信滿滿的弓成，逐漸失去了自信。他雖然暫時贏得一審的無罪判決，卻認為自己永遠喪失了當記者的資格，更愧對父母和妻兒。在等待檢方上訴期間，他看似仍是個自由人，然而，心裡早已爬滿自責與悔恨的藤蔓，緊緊糾纏著。或許，三審的最後判決，反而是命運為他開啟的另一道機會之門……

弓成由里子

愈是面臨重大打擊，反而愈能顯現出一個人的堅強。原本看似柔弱的家庭主婦由里子，在丈夫弓成亮太的桃色洩密事件爆發後，卻勇敢撐起整個家。然而，對於始終未曾開口對自己解釋的丈夫，她感到無法諒解。內心有一個她呼喚著繼續守護這段婚姻，但另一個她，卻無奈地做出另一個決定……

山部一雄

《讀日新聞》的資深記者，一直很支持墜入人生低谷的弓成，鼓勵他寫書，從政治評論家的立場再回到新聞界。而與際遇一路往下滑的弓成相比，被稱為「政界黑手」的山部雖然目前很「黑」，但在未來將重回《讀日新聞》的高峰地位。

三木昭子

一審宣判後，被判有期徒刑六個月的三木昭子未再上訴，看似認命地接受了判決，不過，就在判決結果出爐的隔日，八卦週刊上卻登了一篇她的告白文章，文中充滿了對弓成的惡意。而這股惡意，無情地延燒至弓成的二審訴訟……

✻沖繩之舟

遍體鱗傷的沖繩人

過去在戰爭中，沖繩人承受了本島的日本人想像不到的傷痛。即使戰爭已結束多年，但是由於美軍仍在此設立了多處基地，沖繩人還是無法完全擁有自己的土地，也無法徹底地安心過日子。他們的故事，必須有人寫出來，讓更多的人知道……

渡久山朝友

他是沖繩當地的教師，也是弓成的救命恩人。彷彿命運是藉由渡久山，在弓成陷入人生最低潮的時候，伸出手拉了他一把，並且將他引導至沖繩。而在這片創傷處處的土地上，讓弓成意外地發現了自己真正的使命……

謝花未知

沖繩人與美國人的混血兒，雖然有著令人落淚的身世背景，但她將悲傷化為創作的力量，一心一意地努力成為一位出色的玻璃工藝家。弓成在沖繩這些年間，未知給了弓成很大的協助，不過，她也從弓成身上，學會了去看見自己人生的光明面。

儀保

《琉球新聞》社會部縣警線組長，是位很有責任感與道德感的記者，不過，受限於美軍在沖繩的遺毒，常常對自己身為媒體人，卻無力完成應有的使命感到羞愧。他鼓勵弓成不要再為過往的事件而自責，應該趕快重新回到新聞界。

我樂政規

琉球大學副教授。為了進行研究，他在美國國家檔案館發現了塵封多年的珍貴文件，沒想到這項發現，卻從此大大地扭轉了弓成的命運，為弓成補全了積存內心數十年的缺憾。

※法律之舟

弓成亮太辯護律師團成員

團長由在法界地位舉足輕重的伊能律師擔任，其他四位成員為：由著名檢察官轉任律師的高槻律師，曾參與保障人權、憲法相關大案子的大野木律師，以及年輕的山谷律師、西江律師。從一審至三審，五名律師均竭盡全力，希望徹底還弓成清白。其中，大野木律師不但為最高法院的三審上訴，用心撰寫了一篇文情並茂、備受法律界好評的有力訴狀，私底下也給了徬徨無依的由里子許多有力的鼓舞。

本作品為根據事實進行創作的虛構小說。

目錄

「日本外國特派員協會」位於有樂町的電力大樓內。事務局、圖書室和會議室都在十九樓。而在二十樓，面向皇宮的方向是協會每個月舉辦一次，邀請國內、外名人演講的宴會廳，走廊對面是酒吧。

昭和五十一年的新年剛過不久，弓成坐在入門正面櫃檯前的寬敞皮沙發上，正在等待《讀日新聞》的山部。弓成已經搬去北九州生活，只有在與律師討論上訴事宜和開庭時才來東京。他很久沒有和山部聯絡了，難得接到他的電話，為了避人耳目，他們約在通稱為「外國記者俱樂部」的這裡見面。

這是一家會員制的俱樂部，只有在日本居住超過三年的報社、電視和電台的外國記者，或在國外新聞的報社外電部工作超過三年的本國記者，才有資格成為會員，享受方便而物美價廉的服務。在這家俱樂部內登記的會員大約有三百人，但大牌媒體人可以以準會員的身分出入俱樂部。櫃檯周圍的牆上掛滿了曾經受邀來此演講的世界各地政治領袖與文化名人的照片，《華盛頓郵報》、《路透社》和《世界報》的日本分社記者匆忙地來來往往，醞釀了一種獨特的氣氛。弓成後方的牆上掛著三個分別顯示紐約、倫敦和莫斯科時間的時鐘。

「你該不會是《每朝》的弓成先生——？」

館內的廣播和交談都以英文為主，弓成聽到有人用日文對他說話，抬頭一看。

「我是《春秋月刊》的城石，上次真的太遺憾了，很高興看到你一切安好。」

他向弓成欠身打招呼後，淺淺地在他旁邊的沙發上坐了下來。

「不，是我感到很遺憾，難得有那樣的機會——」

在一審判決後，城石曾經與總編一起二度拜訪弓成，希望能夠揭露無法在法庭上暢所欲言的沖繩回歸談判的內幕。

「那次之後，一直沒有和你聯絡，不過，我持續關心高院的開庭情況。雖然在一審之後未能如願，但仍然很希望有機會向你邀稿。」

他有著兩道濃眉的白皙臉上充滿了和之前一樣的熱忱。

「由於官司的發展不太樂觀，所以目前還有點困難——」

「我知道，但能不能讓我利用這個機會，不時去北九州拜訪你，協助你著手寫相關報導？在沖繩回歸時，由日本政府代為支付的款項並非四百萬美元的復原補償費而已，還包括了所謂的『體諒預算』，將來還會支付更驚人的金額，希望你可以深入地揭露這件事，只有你能夠完成這件事。」

他看著弓成的雙眼拜託道。

「不好意思，我和《時代》的記者有約，今天就先告辭了，改天再和你聯絡。今天我只帶了英文的名片，上面有我的專線電話——」

城石遞上名片後，走向櫃檯。資深編輯……兩年前，和總編一起來向弓成邀稿的城石還是個三十出頭的記者，可見他在工作上表現出色，升到了應有的職位。目前已有多家出版社向弓成邀稿，他已經暗自決定如果要寫，就接受《春秋月刊》的邀稿，但在檢方提出上訴後，最後還是作罷了，這件事成為一絲悔悟壓在他的心頭。如今，他更沒有精力再度提筆。

「讓你久等了。」

最近除了菸斗以外，又多了寬邊塑膠框眼鏡這個註冊商標的山部現身了。

「好久不見。」

弓成從沙發上起身點頭致意。

「我原本打算在和你見面前，順便去書店走走，沒想到一逛就欲罷不能了。你看，我終於買到這本讓我回想起青春時代的口袋書了。」

山部露齒一笑，從紙袋裡拿出剛才買的書。是尼采的《查拉圖斯特如是說》和康德的《純粹理性批判》的新譯本，總共有四本。雖然山部的「政界黑手」之稱惡名昭彰，但他仍然保持著哲學青年的一面，令人無法討厭他。

「先去吃午飯吧！」

山部把紙袋寄放在櫃檯，率先走向酒吧。服務生為他們安排了剛好有人離開的靠窗座位，坐在座位上，有樂町車站盡收眼底。

「你想吃什麼？」

山部打開了全是英文的菜單。弓成說，交由他處理，他打了一個響指，找來服務生點餐。

「上次氏田先生為我出庭作證，萬分感謝。」

和山部同期進入《讀日新聞》並有良好交情的經濟部長氏田先生，日前曾為弓成出庭作證。

「他主動提出想在法庭上讓所有人都知道報社記者採訪是怎麼一回事，所以不必這麼慎重道謝。在他之後作證的河乃陽平，證詞重點在於政治人物與報社的關係，是很獨特的觀點。」

山部抽了一口菸斗，露出喜悅的笑容。眾議院議員河乃陽平繼承了曾任前自由黨黨人派❶領袖的父親衣缽，或許因為他父親在政界的實力強大，他在官員派前輩議員面前也絲毫不感到畏懼。因此，他在法庭上以辯方證人的身分作證，說出了他的一貫觀點。

之後，前ＮＨＫ政治部記者、現任社進黨參議院議員的植田鐵二，以及合同通訊解說委員長、身為憲法領域學者的大學教授都將以證人身分出庭作證，談論言論自由、用民主方式決定外交和外交機密的問題。

「這簡直就是全體總動員，雖然在一審時，我曾經批評你的律師團太裝模作樣了，但沒想到他們可以找到這麼多明星級的超一流證人，實力太驚人了。」

山部由衷地稱讚，把菸斗放進了皮袋內。

不一會兒，服務生送來了大杯啤酒，以及在大的圓麵包中夾了肉和蔬菜，像是雙層漢堡的巨無霸三明治。兩人用啤酒乾杯，山部咬了一口三明治說：

「這裡的巨無霸三明治比美國的更好吃。」

酒吧內不時響起通知來電的廣播聲，記者聽到了自己的名字，就接過電話，將電話線插進牆

❶指非官員、軍人或皇族出身，而是純粹政黨出身的政治人物團體。

上各處都有的插頭，開始用母語交談起來，也有人竊竊私語著，不時做記錄。這裡充斥著各種資訊，可以感受到記者的脈動。

山部侃侃而談，吃完三明治後，用餐巾擦了擦嘴。

「辯方卯足全力展開防衛戰，提出上訴的檢方既沒有新證據，也沒有申請證人，卻有一種從容不迫的感覺。而且，聽說三名法官中，有一個人特別囉嗦。」

「你是說右陪席法官——時枝法官嗎？」

「對，時枝——他是大納言❷平時枝的後裔，當年時枝家到能登後，又重新開始振興，不知道第幾代時，建造了日本最大的茅屋頂木造建築，如今成為當地的觀光勝地了。」

「是嗎？我還是第一次聽說。山部兄，你果然打從娘胎裡出生那一刻就是記者了。」

弓成喝著酒，不禁有感而發。

「這是向司法記者聯誼會的記者現學現賣的。時枝法官的主觀認定如何？」

「在一審判決中，法官將電文的實質機密、媒體的公共使命和採訪的容許範圍這些無法進行個別比較、衡量的事統統放在一起，進行綜合判斷後，做出了判決。時枝法官對於這一點加以批評，認為一審法官的判決很匪夷所思，應該更有邏輯地加以整理，並為採訪的容許範圍畫了一條線。」

「但是，採訪怎麼能夠用理論來畫出明確的界線呢？不過，至少能讓高院的法官也見識一下，在一審法庭上睜眼說瞎話的外務省官員的態度。」

然後，山部說：

「弓成兄，無論二審的結果如何，你都該開始動筆了。」
他用大啤酒杯和弓成的啤酒杯碰了一下，鼓勵他說。
「我也很希望，但有太多雜事了。」
「你根本不適合做什麼蔬果批發業，趕快辭職，該動手寫本書了。如果書賣得好，憑你這麼好的文筆，很快就會成為政治評論家，又可以回到新聞界。我今天約你，就是想跟你說這些。」
山部親自說服道。
「山部兄，謝謝你。」
弓成向他道謝，忍不住想起剛才《春秋月刊》的城石提出的要求。

※

時序進入大寒後下起的大雪，將東京高等法院古色古香的褐色建築勾勒出白色的輪廓，看起來格外優美。
四樓面向日比谷公園的一整排法官室的區域，有一個掛著「準備室」牌子的小房間，目前正

❷古代日本朝廷官職名，為太政官的次官，可與左右大臣以及太政官共商國事。

在召開會議。
負責外務省機密文件洩密案上訴審的第六刑事庭三名法官、高等檢察廳的一名檢察官，以及弓成律師團中的兩名律師正圍坐在桌旁討論。書記官正在一旁用速記記錄下他們的談話內容。由法院主持的這場由當事人參加，討論審理過程的非公開會談稱為「準備程序」。
在各持己見的險惡氣氛中，高檢的增見檢察官提高了原本就很洪亮的嗓門。
「報導電文內容和隱匿消息來源根本是兩回事。雖然被告在一審中聲稱為了隱匿消息來源，所以無法具體報導，但報導和讓消息來源曝光根本是兩回事。
「而且，檢方並不認為被告弓成在犯下教唆行為時，不知道有密約。關於這個問題，檢方將在訊問被告時調查清楚。」
增見檢察官顯然比一審時的檢察官更聰明，他的一雙厚唇也很有分量。
「這當然沒有問題，但訊問被告的問題有很多與一審的問題重複，因此，基於我方剛才陳述的理由，希望能夠加以省略。」
大野木律師不假辭色地回絕道。二審的律師團成員是和一審時相同的五位律師，但今天由同樣是檢察官出身的高槻和大野木來參加。
三位法官默不作聲地聽著檢辯雙方的交鋒。木柿審判長今年六十歲，但一頭黑髮，穿著三件式西裝的他看起來很溫和。他被譽為「人權法官」，受到高度評價，但也有人認為他優柔寡斷。右陪席法官時枝是曾經留學哈佛法學院、很有才幹的理論家，曾經在法律雜誌上對憲法問題和言論自由問題發表見解。左陪席法官擔任高院法官不久，很少在公開場合表達意見。

「站在法官的立場，即使檢方的問題與一審有重複，也很想實際聽一下。」

時枝法官瞪著一雙炯炯有神的大眼插嘴說道。時枝雖然很尊重審判長，但他是實質的主審法官，掌握了訴訟的指揮權。增見檢察官一臉得意，充滿信心地提出：

「我方希望在二審時要求三木昭子出庭作證。」

三木在一審被判六個月有期徒刑，緩刑一年，目前已經過了緩刑期間，恢復了普通人的身分。

大野木強烈反對增見檢察官的要求。

「為什麼現在突然提出這個要求？辯方強烈反對。」

由於辯方無法當庭反駁三木，因此必須極力阻止她出庭作證。

「在一審開庭時，做為辯方證人出庭的《每朝新聞》論述顧問岡松曾經說，即使有肉體關係，三木完全可以拒絕洩漏機密，而且也絕對可以拒絕。但三木的情況卻不一樣，她無法拒絕，檢方希望明確證明這一點。」

增見檢察官厚實的雙唇隱約露出微笑。他顯然發現了辯方的弱點，所以亮出這張王牌。

大野木瞪大戴著眼鏡的雙眼，直視增見檢察官。

「辯方強烈反對三木昭子出庭作證。

「原因之一，是因為二審開始至今已經一年數個月了，從去年四月開始，已經舉行了五次非正式的準備程序，法院一直要求雙方明確主張，提出論證計畫，辯方始終誠實回答，但檢方堅稱沒有任何計畫，當初也是在這個基礎上安排了開庭日期。

「本案二審的審理比普通事件更晚，從一審紀錄送達至第一次開庭日期經歷了一年半的時間，對被告來說，是極其不利的狀況。」

大野木陳述了一路走來的漫長過程。增見檢察官不為所動，身體靠在椅子上，三名法官露出職業式的面無表情。大野木帶著平靜的憤怒繼續說道：

「即使準備程序花費了較長時間，但雙方都達成協議，一旦開始正式，將迅速進行審理。在公開審理後，審判長也再三詢問是否有新證據，萬一有新證據，要提出相關資料。當時，檢方也回答沒有證人出庭，如今卻在即將最後一次開庭時，突然申請新的證人出庭，以正常的程序來看，顯然有失公平，在手續上也有明顯的不當。

「第二個原因，根據上訴書，檢察官並非主張原判決誤認事實，只認為對事實的評價不當。證人岡松陳述的只是常理，檢方卻要求三木昭子以證人身分出庭作為事實的反證，顯然只是藉口。

「本案是檢方上訴的案件，照理說，應該由辯方站在反證的立場。但檢方至今為止始終聲稱不需要申請證人，卻在最後一刻要求證人出庭作反證，辯方質疑檢方對二審訴訟結構的理解。」

大野木抗議檢方陰險的手法，高槻律師也探出身體說：

「在一審的審理過程中，為了保護三木，儘可能免除她出庭，避免她在公眾面前曝光，如今，卻申請她出庭作證，請問檢方是怎麼保護她的人權？三木好不容易恢復了正常人的生活，一旦再度站在法庭上，就會成為媒體的追逐對象，甚至可能把她逼上絕路！難道檢方沒有考慮到這是侵犯人權嗎？」

向來是溫和的人情主義者的高槻，用好像在斥責後進檢察官的語氣說道。

「三木目前的情況怎麼樣？」

木柿審判長問道。

「不太清楚……我都是透過她在一審時的坂元律師與她溝通。」

增見檢察官立刻含糊其詞起來。

「站在法院的立場，除了被告弓成以外，也很想直接聽一下三木的證詞，瞭解採訪的實際情況，以及採訪自由可以到哪一個程度，對這些問題下一個明確的定義，但假設如高槻律師所說，三木有自殺的可能性，就需要格外謹慎。」

木柿審判長追問增見檢察官。

「我會立刻安排與三木面談。」

增見檢察官胸有成竹地回答。

今天是二審最後一次開庭。東京高等法院第六刑事庭的法庭內已經好久沒有擠進這麼多旁聽民眾了。三木昭子將做為檢方證人出庭的傳聞很快就傳開了，擠不進媒體席的雜誌和其他的媒體記者以及法律系學生，將旁聽席擠得座無虛席。

然而，三木昭子始終沒有現身。開庭後，增見檢察官與大野木律師在三位法官所坐的法官席下討論了很久，弓成獨自無所事事地坐在被告席上。

檢察官和律師雙方終於回了座。

「庭上，請允許我朗讀證人三木昭子的供述筆錄代替證人詰問。這份筆錄是三木昭子在坂元法律事務所主動對本席所供述的內容。」

期待三木出席的媒體立刻失望地竊竊私語起來，但法庭內響起增見檢察官的響亮聲音時，所有人都屏氣凝神地豎耳傾聽。

供述筆錄

一、我和外子離婚後，目前改回了娘家的姓氏。

我目前在東京都內的一家公司上班，一旦公佈我的名字，報社和雜誌記者就會上門干擾，很可能導致我失去工作，所以，恕我無法公佈住址和工作的公司。

二、我擔任安西審議官的隨侍事務官時，受《每朝新聞》記者弓成之託，攜出許多機密資料的情況，已向當時的檢察官所供述，只因為我和弓成先生之間陷入了特殊的關係。如果沒有這種關係，無論弓成先生怎麼拜託，我都不可能把文件交給他。

三、我之所以會按弓成先生的要求，把愛池、梅楊會談相關的電文交給他，也是因為有這個把柄握在他手上。當時，我被逼得走投無路，覺得自己無處可逃了。

四、除了之前向檢察官供述的內容以外，我還想補充一句，就是女人一旦陷入男女關係，就會聽任男人的擺佈。我希望別人能夠瞭解這對女人來說，是多麼大的束縛。

檢察官毫無表情的朗讀反而更增加了人身攻擊的味道，旁聽席上有人斜眼瞪著弓成的背影。一審判決後，三木向《潮流週刊》提供了手記，等於用那本週刊判決了弓成有罪。之後，她又接受女性週刊的採訪、上八卦談話節目，扮演一個孱弱女子的形象，如今，仍然沒有鬆懈對弓成的攻擊，繼續折磨他。

坐在被告席上的弓成垂頭喪氣，努力支撐著自己的身體繼續坐在那裡。

增見檢察官對弓成的訊問集中在他的教唆行為上。

「難道你不知道三木女士的行為違反了國家公務員法，是要受處罰的行為嗎？」

「我已經說了，當時我對法規並沒有明確的認識，我曾經多次採訪和報導外務省口中的機密與隱瞞的事項，所以並沒有意識到這一點。」

大部分記者在採訪時都不會想到國家公務員法。

「難道你忘了一審紀錄第九冊的第三百六十六頁所寫的內容了嗎？『我相信她也對我有好

感……所以才會明知有危險，仍然願意攜出機密資料給我』，這裡所指的危險是指什麼？」

增見檢察官拿出弓成接受檢察官複訊時的筆錄緊追不捨。

「那是……因為她知道和其他記者相比，我跟安西審議官的交情最好，才會基於善意提供了文件——」

「我問的不是這個問題，而是問你當時對檢察官所說的『危險』是什麼意思。」

增見檢察官的語氣越來越強烈。

「我並非意識到違反國家公務員法而說了那些話，只能說，我在接受複訊時所說的話並不恰當。」

弓成發揮了極大的耐心重複相同的回答，應付檢方的問題。

「那我換一種方式發問，你相信三木女士做了這些違法的事，卻不會受到處罰嗎？」

「我剛才已經重複多次，我並沒有意識到違法的問題。」

增見檢察官對弓成始終沒有落入圈套感到有點不耐煩。

「同一份筆錄的第三百六十七頁上有這麼一段：『無論發生任何事，我都有自信可以保護消息來源，絕對不會給她添麻煩』，這裡所說的『麻煩』又是指什麼？」

「我在前面已經回答了，就像我要求採訪其他外務省官員或是其他人一樣，當對方同意採訪後，我都會保護消息來源。」

弓成的回答漸漸難掩內心的不悅。

「同一份筆錄的第三百九十一頁，三木女士一口答應了你要求的那一段，你提到『因為已經和我有了特殊關係，所以才會這麼爽快答應』，可以認為如果三木女士和你沒有特殊關係，或許就不會答應嗎？」

「那是三木女士的想法，我只能猜測，但我相信應該還是會基於善意答應。」

「你的回答總是不乾不脆的，檢方之所以再三追問這個問題，是因為對於你們的這種關係，只能問三木女士和你而已，所以才會重複問相同的問題。」

「無論問多少次，我只能回答，三木女士基於善意而積極地提供了協助。」

弓成已經豁出去了。

「所以，你覺得三木女士因為違反國家公務員法被判有罪很意外嗎？」

「我無法接受這樣的結果。」

「為什麼？」

「因為電文的內容本來就應該公開，根本不具有實質機密性。」

「所以，你認為三木女士攜出這些文件是正確的行為？」

增見檢察官立刻追問道。

「電文內容屬於不當機密，而且不具有實質機密性，因此，我無法接受三木女士受到處罰。」

弓成毫不退讓，雙方一直在原地繞圈。

三名法官不時記錄弓成的證詞。

「我是外行，所以不太瞭解，既然你拿到了電文，又這麼有自信，為什麼沒有詳細報導？」

增見檢察官語帶挖苦地說。

「庭上！異議！被告當時曾詳細報導電文的內容，請看一下辯方作為證據提出的報導內容。」

大野木律師立刻反駁道。增見從手上的資料堆裡找出昭和四十六年六月十八日早報第三版的解說報導的影本，假裝迅速瀏覽了一遍。

「寫得不清不楚的，這也算是有寫嗎？」

他一臉冷漠的表情看向弓成。

「報社記者即使掌握了所有事實，也會因為考慮到消息來源而採用不同的寫法。這篇報導中提到十三個項目，但標題故意寫為『請求處理問題疑雲重重』，重點就在這個標題上。而且，這篇報導的最後一行提到，不知道輿論會作出怎樣的審判。這句話其實是一個伏筆，意味著這件事不會這麼輕易結束，下次有機會還會進行追蹤報導。事實上，在沖繩國會的會議即將召開的十月，我曾經寫了一篇一整頁篇幅的特別報導，將焦點鎖定在國會審議和國民的關心上。請看一下這篇報導的全文。」

「不，不需要……不必了。」

「怎麼遇到對檢方不利的問題就刻意隱瞞？請檢方保持公正的態度。」

弓成語氣強烈地還擊。

增見檢察官氣歪了嘴，反駁說：「我想問的是，你為了讓國民瞭解正確的情況，基於自己職責所寫的報導只是這種程度而已嗎？」

「是的，這是一篇集大成的報導。」

弓成堅定地回答。

「接下來，我要問有關《沖繩回歸協議》的請求權問題。」

增見檢察官反覆訊問，讓人對弓成的回答和剛才朗讀的三木昭子供述筆錄大相逕庭留下深刻印象後，將訊問焦點轉移到《沖繩回歸協議》的請求權問題上，卻缺乏追問弓成與三木關係時的氣魄，弓成的證詞佔了優勢。

「美國在沖繩回歸時有兩大原則：第一，在沖繩回歸後，不能影響美軍基地應有的功能；第二，就是不願花一毛錢。美方就是堅持這兩項原則霸王硬上弓，當我剛開始採訪沖繩問題時，外務省和大藏省負責談判的官員就告訴我，千萬要牢記這一點。

「在回歸談判進入最終階段後，這兩大原則仍然沒有改變，只要明確向國民解釋復原補償費是由日方提供的，大家想到被迫付出犧牲的沖繩居民，應該沒有人會反對，沒想到執政當局卻在這個問題上作假，試圖隱瞞真相，這完全是內閣的政治考量。」

佐橋前首相不惜在《回歸協議》上造假，讓沖繩以和平的方式回歸祖國的功績，使他在前年年底獲得了諾貝爾和平獎。

「雖然你說是造假，但美國是合法佔領沖繩，在兩國的協議上承認對於沖繩居民造成的損害有賠償義務，這又有什麼問題？」

「庭上！異議！檢察官的意思是，即使實質上由日本支付，只要美國在表面上承認是由美方支付，即使只是表面文章也對國家利益比較有利嗎？」
大野木律師難以置信地問道。
「檢察官在這方面是外行，所以才會有這種想法。我想問的是，身為外交記者，是不是有完全不同的想法？」
檢察官看著弓成問道。
「《沖繩回歸協議》必須通過國會審核，我認為不可以耍這種手段，摻雜虛假的文字。這根本是欺騙國會，欺騙國民。既然談到國家利益，沒有比這種行為更嚴重損害國家利益了。」
弓成嚴厲地反駁道。
「本席有幾個問題想要問你。」
右陪席法官時枝和木柿審判長交換眼神後，一張長臉看向弓成。他的一雙大眼睛有一種高高在上的威嚴。
「電文中提到了愛池外務大臣向梅楊大使提供的不公開書簡，你知道最後有沒有提供給美方？」
「我並不清楚電文以外的內容，雖然在文字表述上或許有些微的修改，但我認為應該有提供。」
「關於書簡上所提到的信託基金問題，要設立信託基金，必須提到設立目的，以及這筆錢是來自外國政府嗎？」

時枝法官暗指的是設立信託基金所需的手續資料書簡。

「並非如此。巴黎會談所提到的不公開書簡，主要目的是讓國務院對美國國會進行內部說明。而書簡內容提到，雖然協議由美國政府自發性支付這筆款項，但事實上卻用這份不公開書簡來證明這筆財政資金是由日本支付。」

弓成向時枝法官說明了愛池書簡的意義。

「你之後有沒有深入調查支付沖繩軍用地復原補償費的財源到底來自哪裡？」

「沒有。在昭和四十七年預算委員會的會期中，我從原本負責的外務省調去跑執政黨國會線的新聞，所以沒有繼續追蹤，但既然是美方自發性支付，應該是從信託基金中支付的。」

弓成盡最大的努力解釋，希望時枝法官能夠理解。

時枝似乎想要透過弓成對事實的掌握程度，以及是否親自深入調查，瞭解他採訪的深度。

❊

由里子坐在廚房的餐桌旁，打開針對中學生的初級英語教材，時而做著筆記，時而大聲朗讀。

入夜之後，氣溫驟降，為了避免感冒，兩個兒子洗完澡後就早早上了床。

放在柴油暖器上的紅色琺瑯水壺不斷冒著熱氣，由里子的臉頰宛如淡淡地抹上了胭紅。黑色高領毛衣將白皙的由里子襯托得更加美麗動人。以前由里子不喜歡黑色和灰色，最近卻成為她衣服的主要色調。

兩年前，在一審判決後看到三木昭子的手記，令她迷失了自我，在嚴冬季節前往日光中禪寺湖的華嚴瀑布，差一點跳入瀑布中之後，家庭生活就不再有丈夫的角色。

丈夫搬回了北九州的老家，目前擔任弓成青果的董事，只有和律師開會討論或開庭時，才會回到東京的家裡住兩、三天，見到兩個孩子似乎是他唯一的樂趣。

由里子在水壺中加了水，抬頭一看，時鐘已經指向十點半。聽說今天上午十點會訊問被告，根據晚報的報導，正午就畢庭了。即使之後要與律師討論或是一起吃晚餐，也不可能和日理萬機的律師應酬到深夜，可能是跟報社的老同事一起喝酒，放鬆一下心情。丈夫這三天住在家裡，即使不需要交談，也可以感受到他神經緊繃。

由里子在華嚴瀑布決定與丈夫離異，回到東京才發現，現實無法如她想的那麼簡單，令她痛苦不已。

當她打算帶著兩個兒子回逗子時，卻遭到老大洋一出其不意地反擊。他說不希望爸爸和媽媽分開，如果媽媽非要回逗子，那媽媽一個人回去就好，我們可以住在芙佐子阿姨家，爸爸回來的時候，再一起回祖師谷。然後，洋一就帶著弟弟純二付諸行動了。

妹妹和妹婿把兩個孩子送了回來，於是，母子三人不得不繼續住在丈夫的家裡，深刻感受到沒有生活能力是多麼悲慘的一件事。她不想接受逗子的父親或哥哥、妹妹的援助，雖然她一度決定絕不動用丈夫從北九州寄來的錢，但最後發現如果不用他的錢，就無法養活兩個孩子。

由里子努力思考自給自足的方法，但她在大學畢業後，父母堅決不同意女兒獨自住在東京，再加上弓成希望她一畢業就結婚，由里子被他的熱情感動，走入了家庭，因此，現在完全不知道該怎麼辦。

她是看到同學會的消息，得知大學英文系的學姊在經營補習班，實際上門拜訪後，才想到可以在家開補習班。由於對方也是她大學時所參加的英語會話社學姊，因此十分瞭解由里子所說的困境。她告訴由里子，可以在她的補習班觀摩幾個月，瞭解教學的方法。於是，由里子每週去學姊家兩次，親身體驗了與學生的相處、教學方法、教材的挑選以及學費等問題。

當弓成在二審的第一次開庭前回到祖師谷家中時，由里子和他商量，弓成並不同意，但之後似乎被由里子的決心打動，終於同意了，下個月就要動工把客廳改裝成補習班。

電話響了。雖然不太可能，但由里子接起電話時，仍期待是丈夫為晚歸打電話回來，沒想到是北九州的婆婆打來的。

「不好意思，這麼晚打擾，阿亮回家了嗎？」

「不，他還沒有回來——」

「由里子，妳辛苦了。等他回來之後，能不能叫他馬上打電話回家？」

「幾點以前可以打電話？看這樣子，他應該很晚才會回來。」

經營蔬果業通常要一大早就起床。

「其實是他爸爸的身體狀況似乎不太好——我會一直等他，不管幾點，他一回來，就叫他打電話給我。」

向來冷靜的婆婆在電話中的聲音很不尋常。

「我不知道爸爸的身體不好，他一回來，我會叫他馬上打電話。」

掛上電話後，由里子覺得雖然夫妻之間已經沒有對話，但丈夫至少應該告訴自己公公生病了。一個小時後，丈夫仍然沒有回來。由里子很懊惱，早知道應該打電話去丈夫可能會去的地方打聽，但又為丈夫辭去報社的工作後，自己甚至不知道去哪裡聯絡他的現實感到悲哀。

十二點過後，終於聽到汽車停在門口的聲音，門大聲地打開了，由里子情不自禁地走到門口迎接，發現丈夫已經酩酊大醉，不發一語地經過由里子身旁，走到廚房的流理台前，用杯子裝了一杯水喝下去。這是從他在記者時代就熟悉的景象，但由里子覺得他的動作有點粗暴。

「老公，你媽打電話來，說你爸的身體狀況似乎不太好，要你馬上打電話回去。你爸哪裡不舒服嗎？」

由里子擔心地問，沒想到丈夫頓時臉色大變，不由分說地斥責道：

「這麼重要的事，為什麼不在我一回來時就說？」

然後他立刻拿起了話筒。

「爸爸怎麼了……啊……什麼？大量排血——」

他悲痛地驚叫起來。

❊

昭和五十一年七月二十日——《每朝新聞》社會部司法記者聯誼會的記者齊田坐在旁聽席上，注視著還沒有人進入的法庭。齊田周圍的各報跑司法線的記者也都幾乎沒有交談，有人翻著記事本，有人瞑目思考。

一大早的高溫令人預感到今天也是一個酷暑的日子，東京高等法院第六刑事庭內的冷氣聲音比平時更吵，室溫卻仍然很高。

齊田在昨天的晚報上寫了二審判決方向的解說報導。自從昭和四十九年二月檢方上訴後，第六刑事庭的法官花了整整二年又九個月的時間整埋了檢辯雙方的爭議點，開了六次庭後迅速結審，這種審理方式前所未有。

在成為最大爭議點的「採訪自由」問題上，檢方主張「對公務員進行正常問答以外的採訪，原則上都要成為處罰的對象」，辯方則認為「憲法所保障的言論自由、報導自由，與採訪自由是一體兩面」，雙方始終沒有交集。

為了讓讀者深入瞭解，他將檢方和辯方的主張列成一張對照表，努力以公正的態度撰寫報導。也許是因為從一審的第一次開庭到今天高等法院判決的四年期間，他都負責採訪這起官司的關係，他擺脫了以前那種因為被告是自家報社的記者，在寫有關審判報導時不知道如何下手的遲疑，終於可以心平氣和地寫下自己瞭解的事實。他進報社，參加完新進員工進修後，就被派去仙台分社，才剛學會記者的基礎知識時，就被調到東京總社社會部，立刻遇到了外務省機密文件洩密案。當年還很稚嫩的他在整家報社徹底投入的「知的權利」的漩渦中不知所措，能夠一路跌跌撞撞，終於走到今天，他在內心很感激律師、檢察官和報社前輩的指導。

法庭內響起隱約的騷動，弓成在律師團的包圍下出現在法庭入口。弓成曬得一身黝黑，高大的個子穿了一套淺灰色的西裝，緩緩在被告席的中央坐了下來。接著，高檢的增見檢察官從容不迫地坐在自己的座位上。

齊田發現弓成似乎缺少了往日的鎮定。他抱著雙臂，然後又改變心意，把雙手放在腿上，不一會兒，又用手摸著嘴巴，轉動著脖子。難道是高院即將做出的判決對他造成了強大的心理壓力？

十點整，法官席後方的門打開了，身穿黑色絲質法袍的木柿審判長等三名法官分別坐在各自的座位上。

木柿審判長戴了一付黑色粗框眼鏡，梳著三七分的頭，他環視鴉雀無聲的法庭後，將目光集中在從被告席上站起身的弓成，用洪亮的聲音宣佈：

「現在宣讀判決。」

法庭內頓時充滿緊張氣氛，弓成也神色緊張地抬頭看著審判長。

「廢棄原判決，判處被告弓成亮太有期徒刑四個月。」

旁聽席上頓時鼓譟起來。齊田也承受了很大的衝擊，彷彿自己被判處有罪。他瞥了一眼被告席，發現弓成的身體似乎微微搖晃了一下。

「本判決自判決確定日起緩刑一年。

「被告須承擔一審以及二審訴訟費用的二分之一。」

大逆轉的有罪判決——增見檢察官露出強忍著笑意的表情，律師團的五位律師神情格外嚴肅。弓成對著審判長動了動嘴唇，似乎難以接受這樣的結果。他想訴說什麼？齊田伸長脖子，凝視著他的嘴唇，卻無法聽到他到底說了什麼。

接著，審判長宣讀判決理由。由於時間很長，一旁的書記官請弓成坐下，但弓成沒有察覺。直到木柿審判長在法官席上示意他坐下，他才終於坐了下來。

木柿審判長以平淡的口吻開始朗讀。右陪席的時枝法官和左陪席的田所法官都面無表情地看向前方。

齊田勤快地做著筆記，生怕遺漏任何一句話。周圍的記者們也都豎耳細聽，每隔一段時間，就聽到寫滿一張紙的翻頁聲音。

「為了避免國家公務員法第一百一十一條侵害憲法所保障的媒體採訪自由，必須做出限定解釋。」

木柿審判長首先陳述了正常的採訪機密活動並不屬於該條中的「教唆」行為，但記者弓成的行為則是超越了該基準的「教唆」行為。

「原判決（一審判決）對於『教唆』的定義過於狹隘，解釋不當。原判決缺乏客觀性，採用了容易陷入恣意判斷的手法，不僅是缺乏公正性的司法判斷方法，更缺乏明確的基準，難以瞭解哪一條界線以外必須視為犯罪加以處罰。

「在此，重新解釋『教唆罪』。

「以導致公務員執行洩漏機密的行為為目的，採取導致公務員無法自由決定自我意志的手段和方法，或確認對方處於無法自由決定自我意志的狀態，利用這種狀態慫恿公務員洩漏機密之行為，即為教唆罪。

「本院認為有必要對於『教唆罪』中的『教唆』做出限定解釋，作為今後的判例。」

如果從字面解釋國家公務員法，媒體記者向政府機關和政治人物採訪機密都會成為處罰的對象，判決對於該法條做出了限定的解釋，訂定了正常採訪機密情資不應受到處罰的基準。雖然是消極解釋，但至少在法律上做出了明確的解釋。

然而，到底該如何正確衡量「自由決定自我意志」？這方面應該是右陪席的時枝法官做出的判斷。時枝是赫赫有名的憲法學家，一雙大眼流露出自信。

木柿審判長繼續朗讀道：

「近代民主國家所核定的機密文件，必須是一旦洩漏將損害國家利益的真正機密，但偶爾會有因當時政府的政治利益需要而核定為機密加以隱匿，前者是真正機密，後者是疑似機密。

「要在兩者之間畫出明確的界線並不容易，必須參考其他相關的機密資料，才得以進行區分。因此，只有精通機密資料的公務員才能夠區分兩者。

「相較之下，媒體人無法精通所有的國政，難以判斷特定的機密是真正機密還是疑似機密。

「採訪認為是疑似機密的資料並公諸於世，讓所有國民瞭解，是媒體的公共使命，但媒體對於機密的問題並非最佳判斷者，用符合『教唆』的手段和方法進行採訪時，理所當然地觸犯了國家公務員法第一百一十一條、第一百零九條十二項的罪行。」

令人費解的措詞令齊田忍不住偏著頭納悶。自己和其他記者正因為沒有明確的證據，所以才需要去採訪，弓成為了證實他內心的疑問，才請三木事務官攜出電文。法官的這番言論根本是不瞭解現實的法學家的牽強附會。

朗讀的內容已經進入和三木事務官之間的關係。

「被告透過對三木的影響力，使該女處於完全無法自由決定自我意志的狀態，用該女的話來說，就是『覺得自己無處可逃』，根據本院關於『教唆』的限定解釋，認定屬於『教唆』行為。」

三木昭子的供述筆錄具有驚人的破壞力。

即使弓成使用了不當手法進行採訪，但齊田難以相信高院這些高高在上的法官居然會輕信三木的供詞，因為通篇內容一聽就知道是在報復的謊言。

齊田之前就曾經聽說，法院的層級越高，法官的想法越保守，尤其在男女關係上，往往傾向用老舊的觀念加以判斷。然而，高院聲稱要在採訪行為中畫出一條客觀的界限，最後卻靠三木供詞中聲稱的「走投無路」這種極其含糊的措詞進行事實認定，令齊田難以苟同。怎麼可以靠這種含糊的措詞審判報導自由，治記者的罪？

高等法院不是應該在審理過程中更深入瞭解是否有密約這件事嗎？如今，在高談闊論無數理論之餘，實際上卻比一審判決更加退縮了。齊田難掩內心的憤怒，無法正視從被告席上站起來的弓成蒼白的臉。

判決後，弓成立刻在附近的律師會館舉行了記者會。

他和五位律師被司法記者聯誼會的記者們團團圍住，在擔任幹事的記者主持下，首先詢問了弓成對於判決的感想。

「這是一個背離現實、不合理的可怕判決，法官對採訪缺乏認識，等於在擁護政府的不當機密，協助國家犯罪。」

弓成似乎還沒有擺脫有罪判決的衝擊，情緒激動地說完這句話，律師團的伊能團長接著說：

「宣判弓成有罪，等於禁止國民瞭解政府當局在外交談判中代為支付請求權的真相，如果這個判決的邏輯適用在具體的採訪活動上，將會留下禍根，不知道日後會造成多麼可怕的後果。」

大野木律師也用力點頭，語帶諷刺地說：

「回想起來，這是很奇妙的判決。採訪最重要的不是結論，而是開始。如果像判決說的那樣，假設已經掌握了確實的資料，根本就不需要採訪了。」

年輕的記者趁勢向弓成和律師團確認：

「既然不服高院的判決，會向最高院上訴吧？」

「當然。報導自由和採訪自由保障了國民知的權利，必須在最大限度上加以保護。」
伊能戴著銀框眼鏡的端正臉上露出嚴肅的表情回答。
「被告要上訴！」
記者中有人叫了起來，其他人也紛紛起身離開，準備向報社回報消息。
記者會結束後，弓成和五位律師也都站了起來。他們眼前浮現出最高法院竣工不久的莊嚴建築，不禁在內心作好了迎接最終審判的心理準備。
每朝新聞社派的兩輛車等候在玄關的車道上。進入二審後，弓成要求自行負擔高院的訴訟費用，但蒐集資料、會議室和車子仍然由每朝新聞社負責支援。
伊能正準備和高槻律師坐進同一輛計程車時，轉頭看著其他人說：
「明天開會再詳細討論，最高院的上訴書以大野木律師為主負責撰寫，其他人有沒有什麼意見？」
年輕的山谷和西江當然沒有異議。
「那就由我根據今天的判決及我方向高院提出的結辯內容，來起草上訴書。」
大野木毅然接下了這個任務。
「那就拜託你了。」
弓成恭敬地深深一鞠躬。

※

北九州中央批發市場大樓，建在北九州港填海地那片二十萬平方公尺的廣大土地上。凌晨六點，東方天際開始泛白，淡藍色逐漸籠罩天空時，載著蔬果的卡車陸續出現，停靠在佔地三萬平方公尺、巨大鋼筋三層樓建築的蔬果樓旁。小型堆高機立刻圍在卡車周圍，載走堆積如山的紙箱。

馬鈴薯、茄子、新牛蒡、哈密瓜和桃子，蔬果種類豐富，令人難以想像目前正值五月連假結束的時節。

堆高機和腳踏車匆忙地在一、二樓挑高的空間內穿梭，紛紛將紙箱堆在舉行拍賣的地點。拍賣分為兩大類，分別是水果交易的舉牌拍賣和蔬菜交易的移動拍賣。移動拍賣，是拍賣人走到堆在現場的蔬菜旁，以叫賣的方式拍賣。寬敞的水泥地上按不同的區域，分別堆放了近郊農民直接送來的本地蔬菜、供應給餐廳的溫室栽培蔬菜以及進口蔬菜。

曬得一身黝黑的弓成亮太戴著代表「弓成青果」的綠色工作帽，在襯衫外穿了一件同色上衣，大步走向舉牌拍賣的方向。他的樣子完全看不出是兩年前被東京高等法院逆轉判處有罪，目前正在向最高法院上訴中的前《每朝新聞》王牌記者，儼然是個經驗老到的蔬果業者，那些行色匆匆地走在市場內、戴著紅帽子的中盤商，以及戴著藍帽子的零售業者，一見到他都紛紛為他讓路。如今，負責批發的弓成青果雖然對產地和客戶的立場都發生了微妙的變化，但仍然擁有相當的實力。北九州中央批發市場內，只有弓成青果和九州青果兩家批發業者。

弓成來到堆滿水果的舉牌拍賣場。

「早安。」

高達一公尺的拍賣台附近，和弓成戴著相同帽子的員工很有精神地向他打招呼。弓成點了點頭，環顧四周。拍賣台對面是四、五層的階梯座位，買家的業者穿著印了商號的藍色圍裙站在那裡，帽簷上貼著北九州市核發的三位數號碼牌。

上午七點——宣佈拍賣開始的嗶嗶哨聲響起。伴隨著買賣的聲音以及其他聲響，一起迴盪在鋼筋暴露的空間裡。

弓成站在階梯座位後方看著買賣的進行。

推車載著拍賣的商品來到進貨業者所站的階梯座位前，拍賣人立刻開始叫賣。

「接下來是熊本熊本，西瓜西瓜，秀的３Ｌ，五十箱，好，請出價！」

一個紙箱裝兩個熊本產的西瓜，品質優秀，甜度很高、尺寸很大，條紋的色澤也很鮮豔。五十箱是指今天的進貨量，也就是總共有五十箱兩個一箱的西瓜。弓成現在終於可以聽懂拍賣人的叫賣聲，剛開始時，覺得他們好像在放連珠砲，完全聽不懂在說什麼。

一聽到拍賣人的叫賣聲，階梯座位上有五、六名業者動作俐落地在手中的黑板寫上買價後，舉起了黑板。拍賣人瞥了一眼黑板上的數字，立刻叫了起來。

「好！三一二，二十五。一五九，二十五。成交！」

拍賣人將五十箱西瓜分別賣給出相同高價的兩家業者。接著，又開始拍賣哈密瓜和桃子。不遠處的九州青果也在進行相同的水果拍賣，但水果的銷售量卻遠遠不如歷史悠久的弓成青果。

在蔬菜的移動拍賣中，拍賣人不時移動到貨品前面，買家紛紛圍上前去進行交易。九州青果的蔬菜交易量佔了上風。

拍賣在一個半小時後結束。原本堆積如山的蔬果在轉眼之間就消失了，嘈雜的人聲也消失了，只有一大片空地上散落著破損的紙箱和蔬菜屑。

「辛苦了。」

弓成向員工們打著招呼，走向三樓的辦公室。他必須統計今天的營業額。根據手上的資料估計，今天的交易量大約兩百噸，業績大約三千萬——

「亮太哥，熊本產的西瓜賣得很好，繼去年的橘子之後，你的作戰策略又成功了，果然有大老闆的真傳。」

在這一行幹了二十年的堂弟興奮地說。去年秋天，弓成與熊本的大橘子農戶簽了獨家契約後，獲得很大的收益，和熊本的農戶、農協建立了更牢固的人脈關係。

然而，即使做出了這麼優秀的成績，會比任何人都更高興的父親已經不在了。

一年十個月前，父親因為肝癌驟逝。之後，和父親一起經營弓成青果的叔叔成為董事長，弓成擔任主管業務的專務董事，叔叔的兒子擔任負責營業的專務，三人分工合作，共同經營這家公司。

「我去抽支菸，如果宮崎農協打電話來再叫我。」

弓成對堂弟說完，走去填海地面向關門海峽方向突出的碼頭。碼頭和對岸之間最近的距離只有七百公尺，潮流改變了方向，分別向東和向西，速度也很快。不遠處就是中央鮮魚市場，海鷗在低空盤旋，發出聒噪的叫聲。

白色海浪翻騰的海港外，大型船舶放慢了速度，駛向瀨戶內海最西部海域的周防灘。弓成看著那個方向片刻，從上衣口袋裡拿出香菸，點了火，吐出的紫煙隨風飄向海峽的方向。

沒想到父親這麼早逝……每當站在這個碼頭上，弓成就會對父親備感慚愧，整顆心忍不住揪緊起來。

弓成在返鄉向父親報告一審獲得無罪判決，以及決定辭離每朝新聞社的決心時，得知了父親的病情。雖然父親看似硬朗，和之前沒什麼兩樣，但母親告訴他，父親罹患了重病。弓成質問母親為什麼不帶父親去醫院，母親說，父親不願上醫院，就讓他隨心所欲地過最後的日子吧！弓成也就沒有再插嘴。在父親的守靈夜，母親告訴他，父親咬牙忍受著癌症的病痛，要求母親絕對不能把病情告訴正在打官司的亮太。

父親在堅信弓成會獲得無罪判決的二審宣判當天中午過後斷了氣，弓成無法為父親送終。盛大的喪禮結束，弓成拜訪了弔唁客，盡了喪主的義務後，終於對著這個海峽失聲痛哭。他辜負了父親對他這個獨子的期待，最後甚至無法為父親送終，一切都是自己的錯。

背後突然有一道宛如閃電般的光一亮，弓成驚訝地回頭一看，攝影師似乎早就等待這一刻，對著戴著作業帽、身穿工作服的弓成連續按下快門。

「幹嘛?!你是誰?!」

弓成大聲喝斥。

「啊，對不起，請問是弓成亮太先生嗎？」

穿著格子夾克和淡米色長褲的男人向他微微欠身，遞上寫著「《東洋週刊》編輯部鳥井一郎」的名片。

「你不打一聲招呼就拍照，太沒禮貌了。」

弓成的憤怒仍然無法平靜，沒有接下他的名片，繼續斥責道。

「其實我叫了你好幾次，但可能你在想事情，所以沒有聽到。」

那名記者立刻道歉，讓攝影師先離開後，很委婉地說：

「最高法院差不多快有動作了，但我沒有聽到任何消息，所以來向你打聽一下。」

「我在這裡只是普通人，況且，我對正在進行的官司無可奉告。」

弓成冷冷地把名片還給他。

「不，請你留下，以後還請多關照。」

記者搖了搖頭，但弓成猛然把名片摺成四摺丟在地上後，轉身離開了。鳥井被他的舉動嚇到了，很快回過神。

「我今天來這裡，其實還有另一件事想請教你。你有沒有收到三木昭子女士，不，在離婚後已經恢復娘家姓氏的昭子女士，她的前夫三木琢也的訴狀？聽說他沒有請律師，自己寫了訴狀，向東京地檢刑事部提出了告訴。」

記者說了令人出乎意料的事，弓成忍不住停下腳步問：

「事到如今，他還提什麼告訴？」

「對昭子女士的詐欺和恐嚇罪。」

「根本沒有這種事，我也沒有接到訴狀。」

弓成走向辦公室的方向，鳥井追了上來。

「三木琢也還同時告了安西審議官、山本事務官，以及一審時的三位法官。」

聽到這番話，弓成終於忍不住感到驚訝。

「果真如此的話，簡直太荒誕無稽了。」

弓成不以為然地說。

「你說得完全正確。我從一審時就開始旁聽，在一個偶然的機會，和三木琢也有了一點交情，之後就不時去他位於市川的住家。姑且不談他與他太太分居期間，在離婚後，他似乎有很多妄想症的言行。」

然後，他簡短地告訴弓成，三木琢也在時效尚未到期前，翻遍《六法全書》，以安西審議官和山本事務官將屬於外務省財物的電文，交給根本沒有資格經手的妻子為由，觸犯了「特別公務員暴行凌虐罪」，而三名法官將無辜的妻子判處有罪，觸犯了「濫用職權罪」，分別提出了告訴。

「我在採訪時，已經瞭解到他對三位法官的告訴獲得不起訴處分，安西先生已經辭去了駐美大使，目前擔任電力公司的顧問，不願對此事發表意見。山本先生已回到老家，擔任當地織物工會的理事，聽到這個消息後，嘴上說不知道三木提出告訴的事，不想表達意見，以免影響對方的心情，但似乎感到很不安。」

弓成沒有回答，但想到這起事件造成了相關人士的困擾，情緒不禁十分低落。

「不好意思，對你說了這些不好的消息。」

鳥井恭敬地道歉。

「我來這裡之前，聽到了一、兩件關於你的傳聞。報社記者習慣夜生活，我原本以為你改行進入必須早起的蔬果批發業後，一定會鬱鬱寡歡，沒想到同行對你讚不絕口，說你畢竟是業界老前輩的兒子，很快就熟悉了業務，不僅聰明，直覺也很強，對待工作戰戰兢兢。等最高法院確定無罪後，你是否會回來重新握筆當記者？」

他真摯地發問，似乎內心對此充滿期待。

「——無可奉告。」

弓成雖然內心被打動了，但還是漠無表情地回答後，走上通往辦公室的樓梯。

弓成在批發市場的辦公室處理完公務，接著又去了位於小倉車站附近的分公司。之後，一回到家中，立刻坐在和室的父親牌位前。寬四尺的黑底金色漆器佛桌是根據父親的喜好特別訂製的，牌位上的戒名也是最高等級的院號❸。

叮。他敲了一聲佛鈴，看著放在佛桌上的父親遺照。精悍的目光、充滿生命力的厚唇和富態的大耳朵——自己無論哪一點都無法與父親相提並論。

兩個月後，將舉行父親去世兩週年的第三回忌法會。最高法院的好消息將是給父親唯一的安慰，但目前杳無音訊，令弓成不禁開始擔心。再加上《東洋週刊》記者剛才的話，讓他情緒低落，更陷入了自我厭惡。

「咦？阿亮，你已經回來了。」

穿著大島紬和服配博多腰帶的母親走了進來，打開了面向寬敞簷廊的玻璃拉門。曾經令父親引以為傲的中庭植樹都修剪得宜，或許是因為薄暮籠罩的關係，總覺得有一種陰沉的感覺。

母親將剛煮好的白飯供在佛桌上。

「多吃點。」

母親雙手合十，對著父親的遺照說道。

「媽，妳一定很寂寞吧！」

❸戒名是佛教儀式中，僧侶為亡者所取的法號。古代只有貴族才能在戒名中使用「院」字，故「院號」屬於最高等級的戒名。

他看著父親死後，一下子添了許多白髮的母親那張漂亮的鵝蛋臉。自己不在家的時候，母親獨自住在這個宛如城堡般的偌大屋子裡，一定感受到極大的寂寞。

「寂寞的時候，我就會彈三味線。每次彈琴的時候，就覺得他正喝著酒，聽我彈琴。」

母親露出淡淡的微笑。

「爸爸雖然很花心，但你們感情一直很好。」

弓成也笑了起來。大家都說年輕時致富的父親會娶下關花柳街的絕色美女、也是三味線高手的母親為妻，是被母親的美色迷惑了，父親卻說那是他們命運的邂逅，上天注定他們會結婚。

父親出身在香川縣的鄉下，年幼時就失去了父母。他身無分文地獨自來到下關，奠定生活基礎後，把弟妹全都接到下關，供他們讀書。母親是東京淺草一家很大的藥店之女，父母死後，藥店倒閉了。在一位來自八幡的店員安排下，他們幾個孩子都被官營八幡製鐵的員工餐廳老闆收養，避免了手足各奔東西的命運。身為長女的母親和父親一樣，為了讓弟妹讀書，自己進入花柳街。在出落得越發漂亮的同時，更忍受了嚴格的學藝生活，終於成為有名的藝伎。

雖然父親和母親出生的環境不同，但同樣深刻瞭解貧困，犧牲自我，供弟妹讀書，因此，他們很自然地相互吸引。

「怎麼了？」

母親察覺了兒子的視線，忍不住問道。

「不，沒事……今天有週刊記者來市場。」

他說出了平時向來不提的話題。
「難怪你板著臉，阿亮，不管過了多久，別人都不會忘記你。」
母親並沒有多問。
「我今天去外面吃，妳吃完飯就先睡吧！」
「沒問題，但你偶爾也要關心一下洋一和純二，由里子也——」
「我知道。」
他不願意聽到目前正分居的妻兒的事。
弓成走出和室，正打算步行去附近的居酒屋，但臨時改變主意，攔了一輛計程車。一坐上車，就請司機前往門司。他突然有一種衝動，想去沒有人認識他的地方喝酒。
十幾分鐘後，門司的霓虹燈出現在前方。他在門司中心的前面下了車，走在傍晚的霓虹燈街道上，在一棟細長的酒店大樓內的酒吧門前停下了腳步。鑲了黑色皮革的門上寫著「LE BOIS」。一推開門，混合了芳醇酒味和酒店小姐香水味的氣味刺激了他的鼻孔。
他坐在吧檯前，點了平時沒喝過的兌水蘇格蘭酒。
「小老闆，歡迎光臨，好久不見。」
經理長谷川新吾喜孜孜地走了過來。
「嗨，你氣色很好嘛！」
弓成從酒保手上接過酒杯，半開玩笑地說。新吾是弓成青果內人稱「老古板專務」的兒子，或許是他適合夜生活，整個人都活力充沛。

「小老闆，雖然我知道你已經對女人敬而遠之，但最近來了一個很棒的小姐，我來幫你介紹一下。」

新吾悄悄指著一個在正中央的包廂座位，協助店裡頭號紅牌招呼客人的年輕小姐，對弓成咬耳朵說。那位小姐剪了一頭短髮，白皙的頸項十分引人注目，一對珍珠耳環將她襯托得格外清純。弓成覺得似曾相識，但平時在蔬果批發業打滾，當然不可能看過她。他拒絕了新吾的好意，繼續喝著酒。

「小老闆，我們不久前才見過面，但你今天晚上好像特別疲累。」

「你看得出來嗎？今天是特別倒楣的日子。」

新吾了然於心地點點頭，此時看到有新的客人上門，立刻雙眼發亮地上前迎接，把他們帶去包廂座位，向幾個小姐使了眼色。弓成想起當年理著光頭的新吾曾經找他商量考大學的事，但因為害怕考試，結果離家出走，讓他嚴肅拘謹的父親搖頭嘆息，忍不住露出苦笑。

當他點第二杯酒時，新吾剛才指給他看的小姐過來向酒保點酒。她一雙明亮的大眼看向弓成，露出微笑時，弓成覺得的確在哪裡見過她，卻又想不起來。他默默地繼續喝酒時，新吾回到他身旁。

「大老闆喪禮的時候，我第一次看到你太太，不由得感到佩服，你的眼光實在太好了。她既漂亮又高雅，看起來也很聰明，對我們這些下人也都很客氣，我實在太感動了。」

「你為什麼突然說這些——不要在這種地方談我老婆的事。」

弓成沒好氣地打斷了他。

「我知道，但我和你只有在這裡才能見到面。你就別再逞強，趕快跟她和好，也把兩個孩子接過來，不可以一直這樣分居下去。」

新吾繼續說道。

「我今天是心情不好才會來喝酒，你就不能閉嘴嗎？」

他喝著第三杯兌水酒。

「小老闆，你不能再喝了，今天晚上就到此為止，我帶你去一個可以痛快一下的地方。」

新吾搶過弓成的杯子，拍了拍他的背。新吾柔和的雙眼在弓成面前總是流露出憧憬之色，如今卻露出色迷迷的眼神。

「無論去哪裡，都無法讓我痛快。」

「我知道——今天晚上就由我來安排，保證你一整晚把所有的事都忘光光。」

他力大如牛地把弓成搖晃的身體拉了起來。

❊

虎之門的中央法律事務所內，穿著襯衫的大野木正在看剛接下的民事訴訟資料。最近，他的眼睛很容易感到疲勞，必須調整眼鏡的度數，但那位熟識的眼鏡技師離開了三越百貨公司，他也就把這件事擱置了。

不知不覺中，時鐘已經指向五點半。

他想起還沒有看今天下午的郵件，便用內線問了負責送信的事務員。

「我剛才送茶時，一起放在您旁邊的桌上了。」

「是嗎？謝謝。」

掛上電話後，他轉動了旋轉椅，發現已經冷掉的紅茶和一疊郵件放在那裡。他用冷紅茶潤了潤喉，先拿起一封限時信，是朋友寄來的私信。今天還是沒有收到期待已久的最高法院第一小法庭寄來的信函。

大野木重重地嘆了一口氣。

在高院做出判決後，他和其他四位律師，尤其是同一家事務所的山谷和西江整理了論點，著手撰寫了向最高法院提出的上訴書。他帶著傳給後世的心情，根據這六年來的訴訟經驗，耗費了極大心血，針對首次在法庭上出現的國家機密和報導的自由問題，寫下了律師團導出的信念，努力拯救應該獲判無罪的弓成。

在提出上訴書的一年多期間，他並沒有特別惦記這件事，但進入今年春天後，他開始期待最高院的通知。眼看著五月即將結束，他不禁焦躁起來。

他知道最高院很少進行口頭辯論，但聽說最近在廢棄原判決時，會寄發舉行辯論的通知。日本首次用國家公務員法第一百一十一條定報社記者的罪，這是憲法上極其重要的問題，他很希望能夠開庭審議。

他擔心最高法院的法官和律師之間對事件的認知差異。律師透過與當事人的交談瞭解整起案件的概況，對律師來說，案件就是和當事人的接觸。然而，對最高法院的法官來說，案件是交到他們手上的紀錄，而且是透過一審和二審的判決文的文字，形成對整起案件的印象後，再追蹤案件的發展。從律師的角度來看，這種審理方式很容易發生偏離真相的危險。

除此以外，還有其他令人擔心的因素。

最高法院的法官所承辦的案件數量遠遠超過律師。大野木不喜歡同時承辦多起案子，但也經常忙得分身乏術。他的接案量和其他東京的律師相仿——一年不會超過三十五件，但聽說最高法院的法官每年經手的案子超過兩千件。

因此，上訴書的內容必須能夠吸引法官，也要能夠喚起法官的思考。即使有千言萬語想要表達，如果無法用簡單明瞭的方式將訴求凝聚在三十頁以內，往往會讓整天和文字打交道的法官傷神。大野木將所有的想法都寄託在二十八頁的上訴書上。

身為本案律師，第一小法庭的成員也讓他感到擔心。主審法官和另一位法官是法官出身，一位是律師出身，一位是學者，最後一位偏偏是外務省官員出身，而且曾經擔任條約局課長和局長，等於是「敵人」。

只能將希望寄託在學者出身的法官身上。他是真正的自由主義者，對邏輯的演繹也不流於觀念，是現行的刑事訴訟法的催生者。不知道這位法官能不能以公正的態度看待一、二審的判決，閱讀上訴書，引導前外務省官員以外的那三名法官？

幸好他投注心血的上訴書被認為兼顧了情理，獲得法律界一致好評。

他帶著祈禱的心情等待不知道將會在一週後，還是一個月後送到的最高法院通知。

第十二章

最高法院

初夏的風吹拂著蕾絲窗簾，弓成由里子正在家中的補習班為十名小學生上英語會話課。她使用根據安徒生童話改編的繪本作為教材，將主要的英文單字寫在黑板上，聽完錄音帶中以英文為母語者朗讀的會話，由里子和學生再用角色扮演的方式練習。由里子希望用充滿趣味的方式上課，還特地準備了狼和小人的娃娃。

補習班剛開張時，她對很多事都感到不知所措。除了教學方式以外，同時照顧來自不同學年、不同家庭環境的學生也讓她苦不堪言，但隨著逐漸適應，那些學生張著一雙雙大眼睛努力學習的身影，帶給她極大的勇氣，她也越來越投入教學。

中學生的課程以準備考高中為主，她將十八名學生分為兩個班，一年級和二年級在同一個班，三年級的學生組成一班，每週上一次課。

當小鳥時鐘鳴叫，宣佈下課時，學生們紛紛把繪本收進手提包，用開朗的聲音向由里子道別。

「老師，再見。」

第一次聽到學生叫自己老師時，曾經令她感到害羞不已。她送學生到門口，一一揮手道別，叮嚀他們要馬上回家。

關上門，回到教室後，正準備開始打掃時，她聽到了吸塵器的聲音。高一和國二的兩個兒子還沒有回家。

「玲哥，真不好意思。」

住在波士頓的建築師表哥鯉沼玲穿著T恤，把桌椅都搬到一旁，正在幫忙打掃。他一看到由里子，立刻用手背擦著額頭上的汗水，濃眉大眼的臉上綻出笑容。
「你不是明天要回波士頓嗎？」
鯉沼玲這幾年參與了科威特的陸上競技場的建設項目，經常往來於波士頓、科威特和東京之間。三天前，他難得回去葉山的老家，打電話給由里子。
「我媽流著淚叫我多住幾天，年紀一大，哭點越來越低，真傷腦筋。」
鯉沼玲露出燦爛的笑容，在盥洗室洗了臉，接著用由里子遞給他的毛巾擦了擦。
「要不要喝點涼的？」
「好，那就給我一杯冰紅茶吧！」
他在飯桌旁坐了下來。
「由里子，我第一次看到妳當老師的樣子。妳很懂得抓重點，總之，很有模有樣。」
鯉沼玲一臉嚴肅地稱讚她。
「你居然偷聽我上課。你今天既然來看洋一他們，要不要一起吃晚餐？不知道是不是因為爸爸不在家的關係，他們有時候在吃飯時也很少說話。」
母子三人一起吃飯的時間越來越少，這件事也令由里子感到擔心。
「由里子，我今天來這裡，是有話要對妳說。」
鯉沼玲看著由里子端來的冰紅茶，認真地對她說。
「什麼事？這麼突然。」

由里子在鯉沼玲的對面坐下，訝異地問。

「可不可以讓洋一去我那裡？」

由於事出突然，由里子手上的杯子差點滑了下去。

「昨天洋一蹺課來葉山找我，說想瞭解他爸爸的事。」

由里子倒吸了一口氣。洋一最近經常晚歸，即使回家之後，也總是獨自關在房間，但他遺傳了他父親的爽朗性格，不時帶純二出門騎腳踏車。沒想到洋一沒有告訴自己一聲，就無故曠課去找表舅商量——

「我對他說，他已經讀高中了，會聽到很多傳聞，也會產生一些不必要的煩惱，但有關事件的事應該直接問爸爸或媽媽。我這樣說會不會不妥？」

「不，謝謝你……」

不知道青春期的兒子是怎麼看自己這個母親。由里子感受到很大的衝擊，更感到難過。

「以他這個年紀的孩子來說，他已經算很堅強了。但如果在他往後人生的重要時刻，都會受到一些和他無關的事干擾，讓他覺得抬不起頭，未免也太可憐了，不妨乾脆搬到國外，擺脫這些不必要的紛擾。所以我在想，要不要轉學到波士頓的高中？我知道有不錯的住宿高中，我會代替他父親照顧他，當然，要先去語言學校進修一段時間。」

鯉沼玲熱切地建議。

「你突然提出這樣的要求，那孩子也有他自己的想法……而且你整天繞著地球跑，我怎麼可能放心。」

「那妳就帶著純二一起去我那裡。」

由里子驚訝地抬起頭。鯉沼玲用從未有過的熱切眼神看著她。

「由里子，妳和亮太結婚後，我已經下了決心。但發生了這件事，看到毫不相干的妳承受這麼大的屈辱，我再也無法克制自己了。而且，妳從來沒有一句怨言，努力保護小洋和小純，還開了這家補習班……逗子的舅舅已經過世，想必妳比之前更感到無助。」

由里子的父親在一年前因久病併發肺炎而撒手人寰。丈夫離家後，扭曲的家庭生活有很多苦惱，即使她不說出口，父親也了然於心。因此，父親的死令由里子感到深沉的失落，至今仍然無法走出傷痛。然而，另一個她不斷鞭策自我，眼前的狀況不允許她陷入悲傷。

「由里子，妳很堅強，不僅堅強，還很勇敢。但是，看到妳這麼逞強，我覺得於心不忍，妳就讓我有機會為妳出點力吧！」

鯉沼玲不知道什麼時候走到由里子身後，輕輕地觸碰她的肩膀。由里子感受到他的體溫，緊繃的情緒漸漸放鬆，很想倒在他懷裡放聲大哭，但她很快恢復了理智。

「我們從小像兄妹一樣長大，我對你從來沒有這種感覺。以後你不要再來我家了——」

說完，她的身體從鯉沼玲的手中抽離。

「在兩個兒子畢業之前，我會像之前一樣，善盡我身為母親的職責。然而，目前我先生專心面對最高法院的裁決，無心考慮其他事。我看了律師團的律師用心寫的上訴書，我相信最後一定會獲判無罪。」

「我也祈禱會判無罪，否則妳實在太委屈了。」

鯉沼玲點點頭，拿起海軍藍上衣。

「那今天就先這樣——我以後不會上門了，但我們還是表兄妹，有需要幫忙的時候，隨時和我聯絡，我很希望可以幫妳。」

他的兩道濃眉帶著憂愁，走出了房間。

鯉沼玲離開的當天晚上，由里子坐在補習班的小書桌前，再度拿起大野木律師寄給她的高院上訴書。

大部分採訪都是要從不願多談的人口中打聽情資，因此，報社記者為了從公務員口中得到有報導價值的消息，會利用各種方式旁敲側擊，執拗地追問，得到自己想要的資訊。

如果在頌揚報導自由的同時，對於採訪中所存在的這種不擇手段皺眉頭，就等於只欣賞玫瑰的漂亮，卻不願面對玫瑰根很髒這個事實。若因為愛花，就將花剪離根部，花最終會枯萎。

《讀賣新聞》的氏田一郎、《每朝新聞》的岡松秀夫、共同通訊社的內戶賢三等人都有豐富的採訪經驗，根據他們的證詞，記者在向公務員採訪時，如果只是要求對方提供機密資料，根本不可能得到真正想要的資料，往往必須動用所有的關係，軟硬兼施，才能成功地採訪到所需的消息。

對於這種採訪方式，以前從未動用國家公務員法第一百一十一條的教唆罪加以懲罰，代表了法律認同這種機密採訪的現實。

在此，驗證一下弓成與三木事務官之間的關係。

三木事務官在檢察官面前和公開審理時說：「我極度害怕和弓成之間的關係公諸於世。」但她不僅向週刊提供了手記，之後也上了電視的談話性節目。這種態度顯然與她之前所供述，因為害怕這段關係曝光而戰戰兢兢的供詞有很大的落差。

三木事務官為了替自己開脫而聲稱被能幹的記者欺騙，或是受其擺佈，將自己定位在被害人立場的心情和理由並非無法理解。

然而，在認識客觀事實時，不難發現三木事務官的諸多供述，顯然並未正確描述她在那段關係持續當時的心理狀態。

高院判決對於兩人的關係抱有否定的價值判斷，潛藏著對男女關係中的女性弱者論或是女性從屬論，然而，三木事務官也承認，弓成從未出言威脅她，她也從未拒絕弓成的請託。弓成前往美國出差期間，三木事務官主動向《每朝新聞》打聽其出差地點的地址，並寄了兩份文件，可見都是出於該事務官的自由意志。

三木事務官隨時可以拒絕提供文件，並結束雙方的關係。

由此可見，弓成的行為顯然不符合國家公務員法第一百一十一條所訂定的教唆罪——由里子的雙眼泛著淚光。如果丈夫在法庭上公開和三木的關係，高等法院或許就不會判決他有罪。

前往警視廳到案說明、遭到逮捕，以及獲得釋放後，弓成始終沒有向身為妻子的自己解釋，也沒有道歉，由里子因此深受折磨。他們夫妻之間已經出現了無法彌補的裂痕，但丈夫在法庭上仍然顧及三木的立場，他貫徹自我原則的這分清高深深打動了由里子。同時，她也告訴自己，並深信學識和品格兼備的最高法院五位法官，一定能夠認清唯一的真相。

❊

北九州中央批發市場的蔬果大樓內，一大清早開始的拍賣結束後，堆高機載著成交的水果和蔬菜紙箱，運到在戶外待命的卡車上。關了冷氣後，兩層樓挑高的三萬平方公尺空間頓時變得空空盪盪，人影也變得稀疏。

弓成青果和九州青果的辦公室位於蔬果大樓的三樓。過度寬敞的空間呈現出近大遠小的效果。九州青果的辦公室附近，員工來來往往，充滿活力，但弓成青果的各個部門，尤其是業務部門最近始終氣氛凝重。

有人用計算機算出營業額後，忍不住垂頭喪氣。水果部門原本是弓成青果的獨佔市場，但這一個月來，大部分生意都被競爭對手九州青果搶走了，而且業績還在繼續下滑。弓成亮太很清楚這不是暫時的現象，多年老客戶的大型中盤商改向九州青果買貨，而且無意回頭。

父親在世時，蔬菜部門的營業額就已經被新興的九州青果超越了，現在的營業額不到九州青果的十分之一。

他在襯衫外穿了一件藍色工作服，坐在業務主管的桌前，看著員工送來今天拍賣的慘澹數字，雙腿忍不住發抖。

擔任營業專務的堂弟一臉凝重地走了過來，語重心長地說：

「亮太哥，買家在這麼短時間內就投靠九州青果，最大的原因就在於他們家那個叫古河的，那傢伙偷偷拜訪買家，說服他們參加九州青果的拍賣。如果繼續讓他這麼亂搞下去，我們早晚會被整垮。你今天一定要陪我去拜訪客戶。」

「我知道是古河在搞鬼，他肆無忌憚地說，和我們公司的競爭是戰爭，趁我爸過世，我還沒完全站穩腳步的節骨眼鎖定目標，採取一口氣各個擊破的戰略。」

弓成鎮定地回答，完全沒有提及剛才看到業績時雙腿發抖。

「既然你知道，就請你和我一起去拜訪客戶吧！」

堂弟要求道。

「這種事你處理就好。」

弓成冷冷地拒絕。

「亮太哥，難道你不覺得不甘心嗎？你這一陣子很自暴自棄，不像你平時的作風。」

堂弟焦躁地噘了下嘴。

「我原以為只要在這個行業混個兩、三年，就可以掌握做生意的訣竅，現在終於親身體會到這個行業沒有這麼簡單。你不要指望我，用你自己的方式去做，應該更有效果。」

「那你今天就和我一起去，不管怎麼說，你都是老董事長的兒子。」

「我不擅長跟著你去當陪襯，而且我有點感冒了，身體很沒力，等忙完這裡的事，我就要回家了。」

在弓成青果擔任專務的堂弟聽到他這麼說，怏怏地離開了。

弓成雖然盡力完成日常的工作，但他也感受到自己越來越提不起勁。即使看到橘子或蘋果、小黃瓜或茄子的價格上漲或下跌，也完全沒有任何感覺。在業界定期的聚會上直言不諱時，別人會對他另眼相看，覺得不愧是當過大報記者的人，但他總覺得別人在背地裡對他不以為然，在笑容的背後隱藏著對「偷情男人」的嘲笑。或許是因為這樣的關係，他沒有心靈相通的朋友。與農戶之間的關係也一樣，因此，他的壓力越來越大。

下午三點，弓成處理完工作後，換下工作服，走出了事務所。

在這片廣大的填海地遠方，是灰色海面泛著白浪的關門海峽，溫暖的風拂著臉頰，似乎快下雨了。弓成佇立在海邊，眼前既沒有航行的船隻，也沒有令人振奮的景象進入視野。半年前考到駕照的他，坐進了停在停車場的Cedric。

他把車子駛入位於足立住家旁的車庫，直接從後院繞到客廳的簷廊。

「老爺，今天這麼早就回來了。」

中年幫傭驚訝地上前迎接，她是母親的遠親。

「老夫人去了博多座，會和一起去看戲的朋友一起吃晚餐。」

母親之前就很期待這場兼為襲名❹發表會的歌舞伎表演。

「我知道。我肩膀痠痛，妳幫我叫按摩的來，幾點都沒有關係。」

說著，他在簷廊上躺了下來。屋簷外側的天空昏暗，他茫然地望著天空，覺得也許是梅雨季節讓自己心情煩悶得好像烏雲壓頂。

「不能在這裡睡覺啦——我已經幫你預約了按摩的，晚上七點多才能來。」

「謝謝，麻煩妳幫我準備隔壁的房間。」

「對了，對了，差點忘了老夫人交代的事。今天有一封寄給你的信，放在碗櫃中間的抽屜裡。」

「信？」

弓成猛然坐了起來。母親通常不會把郵件特地收進抽屜裡，難道是大野木律師來函通知最高

❹日本古典藝能中，有繼承祖先、師長或父兄的名字，代代傳承的襲名制度。

法院的消息嗎?他急忙打開抽屜。

「洋一——」

他沒有看信封的背面，就知道是長子洋一寫來的信。今年春天時接到由里子的通知，說洋一順利考進門檻很高的都立高中時，他立刻前往東京，買了一支萬寶龍的鋼筆，祝賀他順利考進理想的學校。即使他去東京與律師團開會，偶爾住在祖師谷的家中時，洋一也不再像以前那樣興高采烈地和他聊天，讓他感受到淡淡的苦澀。那天拿到鋼筆後，洋一立刻裝了墨水，試寫了幾個流暢工整的字。雖然正值青春時代的叛逆期，但不愧是我的兒子。當時，弓成內心不禁感受到身為人父的喜悅。

他回想著兩個半月前的短暫幸福，打開信封，攤開信紙。

看到簡單記錄家人近況之後的內容，弓成臉色大變。

洋一已經向入學不久的高中申請休學，提出想去國外讀書的決心。

我還沒告訴媽媽我的決心。雖然媽媽很堅強，但如果只剩下她和純二兩個人生活，她一定會很難過。況且，逗子的外公去世後，我知道家裡要籌措我的留學費用不是一件容易的事。

爸爸，以前你當記者的時候，無論多麼晚回家，即使我們已經睡著了，你也會來房間看我們，經常對我們說，不必拘泥在巴掌大的日本，要讓我們去世界上任何一個國家留學。我們經常被你的酒臭或是鬍碴刺痛臉頰醒來。

至於要去國外的哪一所學校留學，我會和鯉沼表舅商量。目前，我正在用功讀英文，希望可以進入波士頓的住宿高中。

無論爸爸怎麼反對，我要休學的想法都不會改變。

洋一在信中完全沒有提及休學的理由。弓成立刻察覺到和自己引發的事件有很大的關係，也知道兒子為此深受傷害。

他的內心湧起難以形容的哀傷，他很希望洋一在和幾乎不在日本的鯉沼玲商量之前，能夠來到這裡，生氣地向他哭訴，一切都是爸爸造成的。

窗外下起綿綿細雨，弓成拿起燒酒酒瓶，倒進茶杯後，灌進喉嚨。

「老爺，東京打來的電話。」

幫傭急匆匆地來叫他。是由里子，還是洋一……他現在無意和他們說話。

「快——是東京的律師打來的。」

弓成終於如夢初醒，擦了擦嘴，立刻接起電話。

「我是大野木，剛才接到了最高法院的通知。」

聽到大野木律師一如往常的平靜聲音，弓成忍不住充滿期待。大野木沉默良久。

「律師——」

「最高法院駁回上訴。」

「怎麼會？太荒唐了。」

最高法院到底以什麼理由駁回上訴？然而，弓成無法呼吸，說不出話。

「弓成，我也覺得很不甘心。」

「姑且不談那個外務省官員出身的法官，是幾對幾？」

「五位法官一致通過——我無法接受這個裁決。」

大野木終於無法克制壓抑許久的感情。

「明天早上會召開記者會，今天的晚報就會刊登相關報導。各報的記者都會上門要求你發表意見，你可以暢所欲言，也可以由我代為轉告你的意見。請你自行斟酌。」

「五位法官全數通過——簡直就像用私刑在審判我。我有太多話想說……但不想受到干擾。」

憤怒之火燃燒了弓成的全身，但他不想別人認為他的滿腔怒火只是在洩憤。

「我知道了，那由我代為轉告吧！」

大野木律師說完，掛上了電話。

弓成虛脫般地呆然看著下不停的雨，還未到傍晚，天色已經暗了。

下一刻，電話鈴聲大作，玄關的門鈴也響個不停。

※

六月二日，各報的晚報都在頭版報導了最高法院的裁決。

前記者弓成有罪判決定讞
外務省電文洩漏事件　最高法院駁回上訴
採訪手法違法　偏離了「正當採訪」
屬違反國家公務員法的「教唆罪」

前《每朝新聞》政治部記者弓成亮太因沖繩回歸的採訪，被視為觸犯國家公務員法第一百一十一條遭到起訴的「沖繩『密約』洩密事件」的三審中，最高法院第一小法庭以「被告的採訪手段及方法對照法律秩序的整體精神，有違普世價值，脫離了正當採訪活動的範疇」為由，裁定駁回被告的上訴，弓成的有罪判決定讞。

這場訴訟中，媒體針對政府的「機密」進行採訪時的允許範圍，和採訪自由之間的平衡點成為最大的爭議點。最高院第一小法庭訂定了「採訪國家機密並不等於違法，但如果採訪手段和方法觸犯一般刑罰法令，或即使未觸犯法令，卻嚴重蹂躪被採訪者的人格尊嚴，有普世價值無法認同的行為時，則脫離了正當採訪活動的範疇，具違法性」的判斷基準，裁定前記者弓成的行為「踐踏了女事務官的人格尊嚴，脫離了正當採訪活動的範疇」。

律師團聲明——難以容忍的裁決

前記者弓成採訪的電文顯示了在《沖繩回歸協議》中，應由美方支付的四百萬美元，實際上卻是由我國支付的陰謀，在一審中也指出了其不當性。

最高法院的裁定認為「應由國會討論、批判政府的政治責任」，三份電文並非違法機密。然而，這份密約掩蓋了協議的真相，如果弓成未加以報導，國民和國會將永遠沒有機會討論，必須對此銘記在心。

最高院認定弓成是為了拿到機密文件接近事務官一事，也違反一、二審的認定。

前記者弓成的感想——雖有主張，且按下不表

對於最高院的判決，前記者弓成透過電話，向律師團的大野木律師表達了感想。「對於傷害人格尊嚴等事，雖有主張，但且按下不表」。

前事務官三木——心情終於舒暢

目前在東京近郊一家公司上班的三木女士接獲一審時的委任律師坂元律師的電話通知，得知最高院的裁定後說：「一審時，只有我被判有罪，覺得司法偏頗，令我對司法產生了質疑，如今心情終於舒暢，日本的司法果然是公正的。」

※

小倉賽馬場的賽事結束後，路上擠滿了走向車站的男人身影，弓成也出現在人群中。只有寥寥幾個中了冷門或是高倍率馬票的人高談闊論著，大部分人都垂頭喪氣地駝著背，默默走在路上。

最高院判決有罪定讞至今五個月，他對幾乎和起訴書如出一轍的有罪裁定理由感到憤慨，但很快喪失了憤慨的力氣，在鬱鬱寡歡的狀態中，只有賽馬能夠讓他忘記不合理的判決。

一回到家，在父親死後接任弓成青果董事長的叔叔正在等他。

「你叔叔擔心公司的發展，所以想和你好好談一談。」

母親看到弓成皮夾克口袋裡塞著賽馬報的邋遢樣子，難得用嚴厲的語氣斥責他，然後走出了房間。

把雙腳伸進暖爐桌的叔叔露出無奈的表情說：

「看來今天又輸了不少。」

叔叔是父親的親弟弟，但外表、性格與父親完全相反，向來很排斥賭博。弓成脫下夾克，穿著毛衣在對面坐了下來。

「眼下公司面臨困境，你不要整天去跑馬，要參加公司的會議。」

弓成並沒有忘記今天星期六要開會。

「對不起，但即使開再多的會，也找不到解決方案。」

弓成自暴自棄地說。

「你說的這是什麼話！你爸聽了會掉淚！」

個性溫和、向來不會大聲說話的叔叔終於忍無可忍地責罵道，弓成沒有答腔。

「你還在為官司的事消沉嗎？你又沒有殺人放火，只不過被捲入了報社和公家機關之間的家務事。

「你決定辭去記者，繼承家業，在你爸的喪禮上，當著所有弔唁客的面前發誓，將肩負起獨生子的責任，盡全力投入公司，難道那些話都是說假的嗎？」

「別再說了，沒有人能夠瞭解我的心情。」

自己是被名為最高法院的權威扼殺，這種懊惱和空虛越來越沉重，他難以忍受自己被蓋上罪犯的烙印繼續活下去。

一陣尷尬的沉默。

「亮，我沒有你爸的能耐。在他死後，公司的經營漸漸走下坡也是因為我不夠積極。北九州的人口並沒有明顯增加，但隨著大型超市不斷出現，產地直購、中央市場外的流通量大為增加，我也不知道該怎麼度過眼前的難關，又沒有及時引進電腦，實在是一籌莫展。目前只能靠抵押小倉車站前的土地和房子貸款，支付今年底和明年初的周轉資金，以及一百三十五位員工的年終獎金，你同意嗎？」

「我沒有意見。」

「但是明年就更傷腦筋了，只能趁受到致命傷之前和九州青果合併，或是乾脆歇業，只有這兩條路可走。」

合併、歇業——這句話令弓成猛然驚醒。

「叔叔，你會怎麼做？」

「這必須由你來決定。因為這是你爸當初流血流汗打拚出來的公司。」

說完，叔叔搖晃著身體站了起來。叔叔對亡父的感情深深打動了始終不願面對公司迅速衰退的弓成，他發誓要自己作出最後的決定。

隔了一週，弓成與九州青果的董事兼營業部長古河，相約在車站附近餐飲街的一家小餐館見面。雖然他們幾乎每天都會在中央批發市場的三樓打照面，但除了業界聚會以外，今天是兩個人第一次單獨在外面見面。

「先乾一杯——」

兩人用河豚鰭酒乾杯後，閒聊了一些無關痛癢的話題，接著九州青果的古河問坐在上座的弓成：「考慮得如何？」

古河比四十七歲的弓成年紀輕，但渾身散發出在這個業界打滾多年的人特有的霸氣。聽到他率先導入正題，弓成放下杯子。

「雖然我努力切磋琢磨，但還是敵不過貴公司。我有意與貴公司合併，但我有條件。」

弓成絲毫沒有表現出前功盡棄的沮喪，反而強勢地提出要求。

「你的意思是——」

「我無論如何都希望保住『弓成青果』的名字。」

「這就有點讓人為難了。老實說，我們是受你之託，出手幫你們一把。」

古河斷然拒絕。後起步的九州青果能夠迅速發展，成為實力雄厚的批發業者，有很大的部分必須歸功於這位很有手腕的營業部長。業界很多保守的老闆對弓成敬而遠之，古河是唯一願意與他一對一談話的人，因此，公司才會派他來和弓成接觸。

「雖然我們公司目前業績衰退，但擁有戰前就創業的老字號商標和客戶，既然貴公司打算合併我們公司後重新出發，要求你們公司改名是很合理的要求。」

弓成完全不願讓步。

「你這麼說就太奇怪了，你認為應該改什麼名字？」

古河從容不迫地反問。

「至少要改成九州共同青果。如果還是用九州青果的名字，我會愧對九泉之下的父親。」

弓成原本告訴自己，絕對不能在趾高氣揚的古河面前示弱，但說完這句話，他忍不住喉嚨一陣哽咽。古河目不轉睛地看著弓成的臉。

「你說的話、做的事真的很與眾不同，我們公司的高層恐怕難以理解。以弓成青果目前的經營狀態，我們怎麼可能同意？」

古河拒絕道。

「如果你們不答應更改公司名字，那合併的事就免談。」

「我不是不能理解你的心情，但貴公司沒有人才，而且，即使靠變賣資產度過眼前的難關也是徒勞。如果繼續逞強，拖到最後，恐怕只能歇業了。」

「果真如此的話，我就變賣我父親留下的所有資產，一切從頭開始，和你們打一場硬仗。」

除了北九州以外，弓成的父親在岡山、廣島和下關都有不動產，若全部脫手，應該有七、八億日圓。可以用這筆資金把漸行漸遠的買家吸引回來，在拍賣場上與九州青果一較高下。古河陷入沉默，似乎被弓成的氣勢嚇到了。

「你的這種決心聽在我們老闆和一些老臣耳中，可能會覺得是為了在合併中為自己爭取有利條件祭出的心理戰，我倒是很受感動。但恕我直言，你沒有贏面。」

「那就和貴公司再賭一次。雖然我知道自己會輸，但即使知道沒有勝算，我也要和你們一決勝負，然後我親自讓弓成青果關門大吉。」

氣氛再度凝重起來。不一會兒，古河拍了拍手，請人送來了熱河豚鰭酒。

「不愧是老董事長的兒子，很有膽識，但你的果斷決定，可以拯救你公司所有的員工。世道變了，即使公司歇業了，只要為所有員工安排好出路，不也就對得起你在九泉之下的父親嗎？」

古河從人情的角度說服弓成。他把利益計較放一邊的真誠令弓成深受感動，但自尊心不允許弓成低頭。

「古河，你真卑鄙，明知道我最怕聽到這種話！」

弓成嘴上仍然不肯認輸，說完之後，起身走出了包廂。

第二年，弓成的叔叔辭去了董事長一職，擔任專務的堂弟也自立門戶，在下關經營蔬果批發，經營團隊解散，弓成青果被九州青果吸收合併了。

※

弓成坐在小倉賽馬場內可以俯視圍場的階梯座位上，專心地看著賽馬報，用紅筆在上面做記號，預測著賽事。

他留長了一頭天然鬈的頭髮，穿著洗舊的短袖開襟襯衫和短褲，已經見不到往日的影子。兩年半前，他失去了弓成青果。像城堡一樣的住家也在母親死後拆了，雖然有房屋仲介公司一再建議他在原地建造出租公寓，但他不願點頭，只把父母的牌位帶到原本出租的小房子裡，每天碌碌無為地過日子。

八月二十九日下午——這是今年在小倉舉行的最後一場賽馬，賽馬場內聚集了三萬多名馬迷，還有帶著兒女前來的年輕夫妻。之前接到由里子的聯絡，長子洋一從波士頓的高中畢業後，目前就讀芝加哥大學。次子純二目前是高三學生，正在用功讀書，準備考大學，但由里子從來沒有來過小倉，反而刻意過著兩地分居的生活。

不一會兒，十八匹馬走進圍場，牠們是今天賽事的焦點——小倉紀念盃的賽馬。廄務員握著轠繩，開始在橢圓形的圍場內繞圈，四周頓時圍起了重重人牆，馬迷們紛紛瞪大眼睛觀察賽馬的狀態，和報上的預測進行比較。

「大叔，別擋路。」

從後面衝下來三個看起來像是黑道兄弟的人，推了弓成一把，弓成踉蹌了一下，差點跌倒。

「沒長眼睛嗎?!」

弓成怒斥道。在賽馬場內隨處可見的警衛立刻衝了過來，安撫著弓成。也許在警衛眼中，弓成和那三個人半斤八兩。

弓成悶悶不樂地喝完已經變溫的啤酒，走到圍場的柵欄旁。最熱門的是茶褐色的超級奧古力，大型電子看板上顯示了一點九倍的數字。

有的馬甩著頭，大聲踩著馬蹄向前走；有的馬靜靜地走，完全不把馬迷的想法和夢想放在眼裡。雖然每匹馬的毛色和性格各不相同，但身影都很優美。

弓成賭的是「鈴鹿亮」，體型比超級奧古力稍小，但栗色的毛富有光澤，圓圓的臀部肌肉結實。

「鈴鹿亮」在三歲第一次參加的比賽中獲勝之後，弓成就被牠馳騁時的漂亮身影深深地吸引，即使牠在其他賽馬場比賽時，也一定會買牠的馬票。無論是輸是贏，都無法不喜歡牠仍然帶著稚氣的那股衝勁。

白色柵欄外，五歲老馬鈴鹿亮開始繞第二圈。當牠甩著鬃毛剪短的頸子時，弓成覺得牠看了自己一眼。牠的眼神似乎在說，我一定會在這場比賽中跑第一。弓成忍不住激動起來，「好好表現！」他帶著滿腔期待，加買了鈴鹿亮獨贏的馬票。

雖然是多雲的天氣，但從雲間探頭的殘暑豔陽很烈。他從圍場回到看台，聳立在正前方的足立山因為暑氣而變得模糊起來。弓成擠在擁擠的看台最前排人群中，淌著汗水。

廣播中宣佈小倉紀念盃即將開始時，場內的觀眾頓時大聲歡呼起來。在騎士轡繩的操控下，十八匹賽馬在整備的綠色草皮區內輕快地跑了一陣，熟悉場地後，走向遠方的柵門。前方的電視牆上出現了各匹馬的特寫。

號聲響徹整個場內，大旗一揮後，十八匹馬依次排在柵門前的剎那，柵門打開了，所有的馬立刻姿態漂亮地衝出起點。鈴鹿亮從內側第三的理想位置衝到前頭，然後加快速度，衝過了第二個彎道。小倉賽馬場場地不大，跑在前面的馬比較有利。

有些賽馬會在最後衝刺的第四彎道時，在騎士的鞭策下，使出蓄積的所有力量，一口氣超越跑在前面的馬，第一個衝向終點。鈴鹿亮似乎討厭這種算計，總是一飛沖天似的勇往直前，一個勁地衝。

無論颳風下雨，還是豔陽高照，鈴鹿亮那種「強者不必在意外界條件」的馳騁身影，令弓成回想起自己當年當記者時，為了採訪獨家時而沉潛、時而堅持不懈地採訪的身影。

鈴鹿亮在第三個彎道時超越其他賽馬五個馬身，到第四個彎道時已經拉開八個馬身，後續的馬連牠的影子都追不到。驚人的速度令看台上響起一陣歡呼，馬迷們紛紛擠到馬場的柵欄邊，揮著賽馬報。弓成也忘情地叫著：「鈴鹿！鈴鹿！」為牠聲援。

鈴鹿亮踢著草皮，揚起陣陣塵土，衝向終點。最熱門的超級奧古力在騎士猛烈揮鞭下追了上來，但顯然很難追上即將破紀錄的鈴鹿。

突然，鈴鹿亮的右肩不自然地向前一衝，速度隨即慢了下來。快到終點了，到底發生了什麼事？當騎士把鈴鹿引導向外柵欄時，超級奧古力和其他五、六匹馬排成一排，同時衝了過去。比賽結束了。

鈴鹿亮抬起右前腳，無力地前後甩著，靠其他三隻腳站在原地。顯然是骨折了。相關人士都圍了過來，蹲在牠的前腿旁。

鈴鹿！弓成忍不住慘叫一聲。鈴鹿沒有嘶叫，也沒有垂頭喪氣，用三隻腳站在比賽已經結束的馬場外柵欄前。

如果鈴鹿在夏季的小倉紀念盃中獲得冠軍，就可以進軍秋天的天皇賞和年底的有馬紀念盃比賽，為什麼偏偏在終點前發生這種事？

難道是沒有人能夠控制的速度造成了牠的骨折嗎？弓成回想起自己當年曾經是政治部跑執政黨線經驗豐富的組長，卻葬送記者生命時的衝擊，忍不住渾身發抖。

所有的比賽不知道什麼時候已經結束了，弓成六神無主地徘徊在圍場旁的日本庭園裡，打開灑水用的水龍頭，用手接著溫熱的水咕嚕咕嚕喝了下去。夕陽照射下，他流了滿臉的汗，正準備用水洗臉時，猛然停了下來。水泥地上的水窪隱約映照出他的臉。那張宛如行屍走肉般的憔悴臉龐，就是自己現在的樣子嗎——？

他記得剛才聽到廣播，鈴鹿亮的右前腳關節粉碎性骨折。由於無法治療，只能立刻讓牠安樂死，才能幫助牠從疼痛中解脫。

安樂死——自己的人生沒有這個選項。雖然他有太多的時間，但他無力做任何事。他遠離了文字，書寫彷彿變成了天方夜譚。再繼續過這種行屍走肉般的生活，人生只會更加墮落，更加悲慘。

必須離開這片土地。夏末的夕陽沉入暗雲中，弓成邁開了蹣跚的腳步。

第十三章

沖繩

沖繩本島往南三百公里——位於東海上的宮古群島，由八個小島組成。

島嶼周圍五彩繽紛的珊瑚礁群生，陣陣海浪宛如為珊瑚鑲起了白色的蕾絲。

宮古島位於群島中央，搭快艇二十分鐘左右，就可以來到伊良部島和下地島這兩座相互依偎的島嶼，周圍是日本少有的清澈透明海域。

雖然才四月上旬，但亞熱帶島嶼的平均氣溫已不下二十四、五度。

在伊良部島西北方的佐和田濱，一個男人手拿海釣的長竹竿，坐在岩石後方垂釣。他的遮陽帽壓得低低的，穿著長袖襯衫、工作褲，光腳趿著橡膠拖鞋。他就是三年前，整天想著一死了之，在徬徨流浪後，終於來到這個島上的弓成亮太。他今年已經五十四歲，但一身肌肉的瘦削體格十分挺拔，雙眼也溫和清澈。

滿潮之後，潮水開始漸漸退去，可以清楚地看到珊瑚枝在礁岩下方的淺灘搖曳，五顏六色的熱帶魚在其間游泳嬉戲。

太陽越爬越高，眼前的大海呈透明的淡藍色，水深之處呈現出祖母綠色，遠方則是群青色，和飄著白色積雨雲的鈷藍色天空連成一片。

弓成五十歲時，曾經徘徊在孤獨和絕望的深淵，他拋棄了自己的人生，最後來到伊良部島。隨著兩年、三年的歲月過去，大自然的恩惠和島上居民淳樸的心讓他漸漸找回了自己，終於重新站了起來。

有魚上鉤了。雖然不是大魚，但他可以感受到魚餌寄居蟹被用力拉扯。他拉起魚竿，魚激烈掙扎，試圖逃脫。他配合魚的動作時而放鬆釣魚線，時而拉緊，深綠色的魚身出現在清澈的海水中。他瞄準時機用力一拉，在空中跳躍的是將近五十公分的鸚哥魚。這種魚即使咬住了誘餌，外行人也很難釣起。之前曾經有過釣線被咬斷或是逃之夭夭的經驗，所以弓成格外高興。

弓成把有著可以咬碎珊瑚的銳利牙齒和宛如盔甲般堅硬魚鱗的鸚哥魚，從釣鉤上拆了下來，放進浸在水窪裡的魚籃中，鸚哥魚仍然劇烈地拍動著尾鰭。魚籃裡的紅色珊瑚石斑魚、單帶海緋鯉的鰓仍然一張一合著。

今日的垂釣成果頗佳，今天和明天的晚餐可以加菜了。他收起長竹竿，走到海岬下方，等待退潮。

佐和田濱海岸一帶都是淺灘，退潮之後，雪白的沙灘上會出現很多蠑螺和海膽，是美味的下酒菜。

他撿了足夠的蠑螺與海膽後，沿著海岸旁的雜木林間小徑往上走，來到了村道。目前只鋪了碎石的路面凹凸不平，但政府已經計畫要鋪上水泥。這個島上也開始出現公共工程建設的蹤跡了。走在空曠無人的沿海村道上，在三岔路口轉彎後，兩側都是一片甘蔗田，遠方出現了一個小村落。弓成的住處就在村落僻角的低窪處。

由於颱風經常來襲，每戶人家的屋頂都改成了鋼筋水泥的平屋頂，但弓成住的房子是傳統的赤瓦平房，房子周圍用石牆圍了起來，庭院內種著細葉榕，野生的九重葛恣意綻放。

弓成漂流到伊良部島，在島上唯一的一家民宿長期逗留後，民宿主人為他介紹了幾棟屋主離家的空房子，最後弓成決定住在這一棟。在那些離島而去的屋主所留下的空房子中，只有這棟房子的骨架沒有鬆垮。一方面是因為處於窪地的關係，不會吹到太多風，再加上原本就建得很牢固，避免了屋頂的瓦片被風吹走。

決定住在這裡之後，他稍微整修了一下。在整修時，他虛心向附近的村民請教，這或許成為他被村民接受的原因。有人為他送來用林投樹根編的繩子串起的蜘蛛貝，告訴他這是本地習俗，掛在玄關可以驅邪。村民們對他這個外來客也展現出歡迎之意。

走進門戶大開而通風良好的家中，感覺到一陣涼意。

弓成直接走進廚房，將魚倒進塑膠桶，用水槽裡把雨水過濾後的水洗了一下，拿起菜刀，動作熟練地刮除魚鱗，去除了腸子。

「嗨，亮太哥，你還活著嗎？」

住在附近的漁夫伊佐方希充滿男子氣概的古銅色臉上帶著笑容，走了進來。弓成初來此地時，方希討厭不願透露真實身分的弓成，見了面也不答理他。然而，弓成在孤獨的生活中，落寞地彈著三線琴的身影似乎打動了他，他才漸漸對弓成表現出友善的態度。剛認識不久時的「弓成兄，最近好嗎？」的問候，也變成了「亮太哥，你還活著嗎？」這種充滿討海人粗獷親切感的打招呼。

「昨天的鰹魚漁獲怎麼樣？」

前往南方捕鰹魚時，必須在凌晨一點半左右出航，次日傍晚才能回家。方希是捕鰹魚船的船長。

「大豐收！大豐收！」

方希張大鼻孔，一臉得意的表情，同時探頭看看塑膠桶裡最後那一尾鸚哥魚，半開玩笑地說：「亮太哥，你的技術越來越好了。」

「原本想送過去給你，向你好好炫耀一下的。你連桶子一起拿回去吧！」

「謝啦！對了，這是我老媽叫我送過來的。」

他隨手遞過來一個盤子，裡面是蒸紫地瓜，還是熱的。

「好久沒吃紫地瓜了，代我向你媽問好。」

弓成話才剛講完，方希已經轉身離開了。雖然他已經老大不小，但每次聽到別人提到他媽媽，他就會覺得很害臊。弓成看到他忘了拿走的鸚哥魚，很受不了地苦笑著追了上去。

南國的夜幕很晚才降臨，當第一顆星在天上眨眼時，弓成用今天釣到的魚當下酒菜，開始喝泡盛酒❺。他在年輕時都喝燒酒，但在伊良部島佐和田蒸餾的泡盛酒口感很清爽，格外醉人。戶外沒有人工的光線。南方天空角落漸漸露出南十字星菱形的頭，金星、獅子座和處女座等滿天星斗在西方天際發出璀璨光芒，明亮的星光籠罩四周，充滿神秘的感覺。

他心情輕鬆地掀開蚊帳，躺在木板房間鋪著的涼蓆上，拿起枕邊的書。有很長一段時間，他

❺泡盛酒是沖繩的特產，全日本最古老的蒸餾釀造酒的始祖。

都抗拒文字，如今終於再度對文字產生了渴望。島上沒有書店，只有搭渡輪去宮古島時才能去書店逛一逛。

目前他正在看的是一本鄉土史學家編寫的琉球群島史。看著看著，他被「宮古研究——內夫斯基」❻的項目吸引，把檯燈拉了過來。

夕陽西下，一個男人突然出現在午後的村公所內。「打擾了。」聽到聲音抬起頭的辦事員瞪大了眼睛。這是他有生以來第一次看到金髮碧眼的壯漢，而且，這個外國人居然用流利的日文問：「村長在嗎？」一九二二年（大正十一年）八月，就連大和人❼（本土人）都很少見到的時代，來到村公所的居然是俄羅斯語言學家尼可萊．亞歷克塞德羅維奇．內夫斯基。他一個外國人，卻來正式調查宮古群島的語言、歌謠和民俗。辦事員備好馬，帶他去了村長家。

身為史學家的作者是當時村長的孫子，因此記述的內容栩栩如生。

內夫斯基從聖彼得堡大學東洋語系畢業後，一九一五年（大正四年）以公費留學生的身分來到日本，一九一七年，因為他的祖國發生了大革命，延誤了回國時間。在日本居住的十五年間，受到民俗學家柳田國男和折口信夫等人的影響，來到宮古群島，記錄了這裡的古語、歌謠和風俗民情。

從伊良部島佐和田出生的村民口中打聽到的即興歌〈多嘎尼〉那一段吸引了弓成的目光。

姆邁那　米夏米嗯　（不曾讓母親看過的）
拔他奴　那卡喲　（肚子裡）
阿桑那　米夏米嗯　（不曾讓父親看過的）
呀依嗄　絲庫喲　（內心深處）
攢安恩　呀答倆多　（因為是妳）
阿答拉西　卡那香　呀答倆多　（因為妳是我可愛的情人）
阿奇米西孃　（我才願意袒裎相見）

這是癡情的男人引頸期盼於深夜悄然造訪的可愛女孩時，所吟唱的戀歌。

筆記上正確記錄了曲調。雖說內夫斯基是語言天才，但他不顧從日本本土到此地的交通不便，千里迢迢地多次來到宮古群島，記錄下這麼豐富的資料，實在令人佩服。同時，正因為他的紀錄，才讓原本在流逝歲月中失傳的口傳文藝得以流傳至今，其中的意義也令人感嘆不已。

內夫斯基回國後，遭到史達林政權清算逮捕，被送到西伯利亞集中營後死亡，享年四十五歲。最高法院在弓成四十七歲那年判處他有罪定讞，因此，弓成不難想像內夫斯基當時內心的不甘。然

❻Nikolay Aleksandrovich Nevskiy是蘇聯學者，曾留學日本，娶日本女子為妻，對日本民俗學、宮古島方言有相當的研究。
❼大和是日本的舊國名，此處指的是沖繩人以外的日本人。

而，獲得了重生的自己，是否應該開始做一些自己該做的事了？他捫心自問著，漸漸進入了夢鄉。

六點剛過，天空露出了魚肚白，隔著蚊帳，可以看到敞開大門外的庭院。比其他鳥兒早起的烏鴉拍著翅膀飛來飛去，發出很大的聲響。

摺好蚊帳後，他來到庭院裡。庭院的角落有一小片蔬菜田，帶著朝露的番茄、苦瓜和茄子染上了鮮豔水嫩的色彩，紛紛吐出新芽。他摘了今天一天所需的蔬菜後回到屋內。

獨自生活在生活步調悠閒的南國島嶼，有時候一天都見不到一個人，也沒有開口說一句話。他並不會為此感到痛苦，也不會感到寂寞，但有時會情不自禁地想起妻子由里子和兩個兒子。想到自己這六年來杳無音訊的自私，不禁感到羞愧不已，但目前仍然希望持續這樣的生活。

這一天，他修補了紗窗的破洞，也修理了鬆動的門窗。

長得比一個人還高的甘蔗田內傳來沙、沙的乾澀聲音，從高高的深綠色葉子晃動的樣子，可以察覺有人在田裡幹活。弓成正在割甘蔗葉子。他用毛巾包住了頭和臉，只露出一雙眼睛，手上戴著棉紗手套，腳上穿著地下足袋❽。

雖然只是割除莖下的枯葉鋪在田裡，但必須蹲著作業，所以十分累人。

春、夏季節種甘蔗後，需要一年半的時間才能收成。在這一年半期間，為了避免鐵線蟲等蟲害，必須數度割葉。同時，把割下的葉子鋪在甘蔗田裡，有助於減少雜草生長，防止農田乾燥。

在不知道第幾次休息時，他坐在枯葉上，解開綁在臉上的毛巾擦汗，喝著水壺裡的水。周圍都是甘蔗滲出的酸甜氣味，甘蔗汁濺到臉上感覺特別癢。

「阿弓啊！」

綠色的甘蔗田後方傳來一個老太太的叫聲，她是這片甘蔗田的主人。

「我在這裡——」

弓成大聲回答，撥開甘蔗莖，穿著紮腿工作褲的駝背矮小老太太走了過來。

「你辛苦了，今天早上吹偏南風，我想來告訴你最好從南側開始割葉子，沒想到你早就知道了。你已經可以獨當一面了，我可以放心回去照顧老頭子了。」

老太太佈滿皺紋的臉上露出開心的笑容。

「老爹的身體怎麼樣？」

「不怎麼好。我告訴他說，阿弓來幫忙了，他說真不好意思。你真是幫了大忙了。」

「相互幫助啦！村裡的人也都很照顧我。」

遇到年紀大的村民時，弓成都努力用好不容易學會的本地話和語調說話。

「這裡交給我就好了，你回家休息一下，如果下午沒力氣上工就慘了。」

❽一種橡膠底的兩趾襪，日本人在工作或廟會時所穿。

「我再堅持一下，剩下的明天再做。大娘，妳不要太勉強，不然膝蓋又會積水，怎麼照顧老爹？這裡就交給我吧！」

大娘的兒子和女兒都離開了小島，弓成很擔心這對有病在身的老夫妻。但大娘不聽弓成的勸阻，開始在其他甘蔗田裡割葉子。

太陽高掛的天空中突然傳來「嗶庫嗶庫」的聒噪啼叫聲，原來是一群名叫灰面鷲的候鳥。牠們三月下旬從菲律賓、台灣飛來此地，秋天的時候再度南下。灰面鷲身長約四、五十公分，屬於鷹的一種，眼睛很銳利，嘴巴也很尖。牠們主要生活在樹林中，或許是以捕食昆蟲或蛇為生，所以很少見到牠們的蹤影。當看到像這樣五十隻、一百隻的一大群灰面鷲在高空振翅盤旋的景象，會很訝異這座小島上居然有這麼多灰面鷲棲息著。

將近二十公畝甘蔗田的葉子即將割完，弓成和大娘一起坐在甘蔗葉上休息時，一輛計程車駛了過來，揚起陣陣塵土。

「阿弓，你果然在這裡，我剛才送了客人去你家。」

「客人？誰啊？」

「不是本地人，我先走囉！」

司機在計程車對講機的催促下匆匆離開了。

弓成拍了拍工作服上的枯葉屑。當他回到家中，發現一個個頭不高、衣著整潔並上了年紀的男人站在庭院的細葉榕下，男人打量著戴了棉質手套、穿著地下足袋的弓成半天。

「你是……弓成先生吧？」

聽到這個確認的聲音，弓成頓時心跳加速。

「我是讀谷的渡久山朝友。」

弓成知道對方是誰，卻因為太驚愕而說不出話。

「突然不請自來，你一定嚇到了吧？我們已經有三年沒見了。」

他深有感慨地審視著弓成曬黑的臉。

「看到你一切安好就——」

他忍不住哽咽起來。

「沒想到你會來這裡。你之前的恩情我時時銘記在心，託你的福，我撿回了一條命，現在也活得好好的。」

睽違三年的重逢令弓成再度激動起來。

「不，不，是因為你有活下去的堅強意志。我聞到一股甘蔗的味道。」

渡久山瞇起圓形眼鏡後的雙眼。弓成這才發現自己還穿著滿是汗臭味的工作衣，邀渡久山進屋後，急忙換了衣服，端了涼茶出來。

「你對我有救命之恩，照理說，我應該登門拜訪，沒想到反而讓你來找我，實在太羞愧了。而且，你怎麼知道我住在這裡……？」

弓成納悶地問。

「純屬偶然。我在那霸師範學校的學弟，前一陣子來我擔任教務主任的讀谷中學任教，他從小在這個伊良部島南部村落長大。去年秋天，他父親八十大壽時，他難得回來祝壽，他說有一個知識分子從東京搬來這個島上獨自生活。雖然不知道叫什麼名字，但聽說住在這個島上已經有三年了，我就猜想可能是你。」

弓成最近聽村民說，其實有不少人從東京和大阪搬來宮古群島的離島生活。

「我住在你家時，曾經向你提過這件事嗎？」

「不，你即使在那麼虛弱的時候，都沒有暴露自己的身分，所以即使我猜到可能是你，仍然猶豫了半天，擔心上門會造成你的困擾。剛好我受邀來宮古參加教職員的感恩餐會，就鼓起勇氣上門了。畢竟當時你是在那樣的狀態下離開的，所以我很擔心。」

渡久山的溫暖關懷令弓成內心湧起一股暖流，眼前浮現出當年遇見渡久山，他拯救了當時身心狀態已達極限的自己的情景。

當時，最高法院駁回了弓成的上訴，做出不合理的有罪判決，在他憤怒和絕望之際，父親一手創下的弓成青果也面臨倒閉的命運，他整天沉迷於賭博。有一天，他在賽馬場的水窪中看到自己蓬頭垢面的樣子，頓時恍然大悟，如果繼續留在老家，永遠都無法重新站起來。於是，他離開了小倉，漫無目的地四處旅行，徬徨地尋找著自己的葬身之地。

不知道為什麼，在不知不覺間，他前往和妻兒所在的東京相反方向的南方，在昭和五十六年將近年底時，來到了鹿兒島港。
他渾身發冷，無法抵抗寒風，在船即將離岸時趕緊買了船票，搖搖晃晃地上了船。那是前往沖繩那霸港的客貨船「若潮丸」。
汽笛響起，當船離開碼頭時，擁擠的船內一陣喧囂，但弓成什麼都看不見，什麼都聽不到。窗外黯淡的大海讓他聯想到自己，心情也格外沉重。
當船來到外海時，東西向的季風吹起洶湧的海浪，船身上下、左右、前後劇烈地搖晃，他嚴重暈船，吐在船上準備的塑膠袋裡。從早上就幾乎沒吃什麼的胃裡根本沒有東西，但嘔吐的感覺始終無法消失，他痛苦不已，眼角流著淚，爬上了甲板。
霧笛在浪濤洶湧的海上響了好幾次。
真想讓自己徹底舒服——不光是因為暈船的關係。他在不知不覺中跨上船舷，正準備探出身體時，突然有人從背後抓住了他的長褲皮帶，船身剛好一陣強烈的搖晃，弓成重重地仰躺在甲板上。
「……你沒事吧？」
昏暗的燈光下，一個男人滿臉擔心地探頭看著他。剛才似乎因為抓著弓成的皮帶，那個人也一起倒了下來，一屁股坐在甲板上。
翌日，海上終於風平浪靜，放眼望去，一片蔚藍的大海。船停靠了好幾個島嶼，最後抵達那霸時天色已經暗了，溫和的風夾雜著大滴的雨。
弓成走下棧橋，卻無處可去，佇立在原地，任憑雨水打在身上。比他早下船的渡久山走了回來，看到弓成只拎了一個小行李袋，便告訴弓成，他兒子開車來接他，問弓成要不要搭便車。父子兩人一讓弓成坐進小客車的後座，他就失去了意識。

從未感受過的明亮陽光讓弓成終於甦醒過來，他發現自己躺在一間儉樸而乾淨的房間內。

「你覺得怎麼樣？」

一張戴著圓形眼鏡的溫和臉龐探頭張望著，和在船的甲板上看到的是同一張臉。弓成慌忙坐了起來，頓時感受到彷彿頭蓋骨裂開般的劇烈頭痛，他抱著頭。

「你似乎累壞了，雖然家裡很簡陋，但這間小屋不會有人來，你可以安心在這裡靜養，直到你體力恢復。我是本地一所中學的教務主任，不必擔心。」

男人露出微笑讓弓成安心，自我介紹說他叫渡久山朝友，並用手指寫了自己的名字。好久沒有聽到這種充滿溫情的聲音，立刻溫暖了弓成封閉的心，但他只說自己姓弓成，向渡久山打了聲招呼後，再度躺了下來。

在渡久山的妻子照料下，弓成漸漸恢復了體力，他為五天的逗留向渡久山夫婦道謝。

渡久山夫婦多次問他之後要去哪裡，弓成好不容易才吞下幾乎要脫口而出的話。臥床期間，他暗自決定要去伊良部島。雖然不知道伊良部島距離沖繩本島有多遠，但他想起自己讀小學時，父親三不五時告訴他：「伊良部是個好地方，簡直就像是龍宮，我改天要帶你去。」他只記得那裡離台灣很近。當時，父親在台灣大量收購香蕉後，在回程時順道購買宮古群島的蔬菜，似乎對伊良部島情有獨鍾。

然而，他還沒有作出明確的決定，而且如果無法適應那裡的生活，也許會繼續流浪。雖然此舉似乎愧對有救命之恩的渡久山，但他在臨行前，還是沒有留下行蹤。

窗外冒著蒸騰的熱氣，鮮紅的九重葛輕輕搖曳著。

「你我素昧平生，還承蒙了您的恩情，但我卻沒有任何聯絡，實在是非常抱歉。」

弓成再度為自己的失禮道歉。

「你需要這些歲月來沉澱，不瞞你說，我今天登門造訪是另有原因的。」

渡久山推了推眼鏡，從舊公事包裡拿出一個白色信封遞給弓成。弓成不解地打開信封一看，發現裡面有一張周圍已經泛黃的名片，不禁倒吸了一口氣。

每朝新聞東京總社政治部　弓成亮太

弓成很想問為什麼，卻問不出口，凝然注視著自己以前的名片。

「聽內人說，她幫你的西裝撣灰塵時，不知道從哪裡掉了出來。因為是一張舊名片，所以她沒有太在意，打算幫你洗完手帕、熨燙後，再一起放回口袋，結果卻忘記了，在你離開之後才發現。

「我沒想到原來你就是外務省洩密事件的記者弓成。我覺得很懊惱，如果當時知道是你，無論如何都會把你留下來，但想到你在船上不尋常的舉動，反而覺得應該慶幸是在不知情的情況下送你離開。總之，我左思右想，煩惱了很久，當漸漸淡忘這件事時，從學弟口中聽到了意想不到的消息，所以決定登門拜訪，順便將一直珍藏在家裡的這張名片帶過來。」

從渡久山的話中可以感受到他一直惦記著弓成的溫情，弓成接過泛黃的名片，用手指撫摸著邊緣。

「太感謝你了。其實，我也不知道為什麼身上只帶著這張名片。」

「是嗎？我猜想是你即使身處失意的深淵，仍然無法忘記身為報社記者的驕傲，仍然抱著一線希望。你是因為沖繩問題葬送了身為記者的生命，所以，我們一定會鼎力相助。信封背後有我的聯絡方式。」

他指著蓋了地址和電話的印章說。

門外傳來汽車喇叭聲。

「哎呀！已經這麼晚了。我怕趕不上前往宮古島的渡輪，預約了計程車。雖然還有很多話想聊，但今天只能先告辭了。」

渡久山說著，站了起來。弓成送他到計程車旁，和他約定：

「下一次我會去拜訪你。」

「那間小屋至今仍然空著，你可以多住一陣子。」

渡久山露出真誠的微笑。

翌日之後，弓成無論垂釣或是下田務農時，都惦記著每朝新聞時代的那張名片。

在贏得一審無罪宣判，向報社遞出辭呈後，他的頭銜就變成了弓成青果專務董事，即使如此，卻仍然隨身攜帶著記者時代的名片，連他自己都感到匪夷所思。照理說，他早就已經拋棄了「我天生就是報社記者」的自負，難道是潛意識仍難以捨棄這種身分嗎？無論他再怎麼否認這種可能性，但曾經在記者時代穿過的記憶還是從那件西裝滲了出來，他在這個現實面前感到不知所措，甚至感到羞恥。

白天的林間道路向來人煙稀少，今天卻人來人往，因為今天要在黑濱御嶽舉行春天的祭禮。御嶽是全村最神聖的神社，弓成覺得自己是外來者，所以不敢去參拜，但今天為了平靜起伏不定的心，還是走向那個方向。

平時經常去垂釣的佐和田濱往西北方的沿海道路上，檳榔樹和細葉榕枝葉婆娑，御嶽就在其中。鳥居和低牆都用水泥固定，以防來自海上的高浪和暴風。

走過小鳥居，沿著階梯往上走了幾階，數十名村民穿著便服，直接坐在平地的陰涼處。弓成悄悄地端坐在人群後方。

據說在神話時代❾，產土神從八重山群島來到了黑濱的海邊。之後，黑濱御嶽就成為祈子的

❾日本神話中，神武天皇統治之前，由神統治的時代。

聖地，無法生育的女人和家人悄悄來此向神明祈求，如今已發展為祈求航海安全、漁獲豐收和五穀豐收的聖地。

代表產土神御神體的岩石前方，供奉著村民們帶來的鹽、米、銀帶鯡和泡盛酒。

不一會兒，一身白衣的女祭司在副手的引導下，在御神體前鋪的草蓆上坐了下來，雙手手心向下，低著頭，莊嚴地開始祈禱。村民們也開始用有如歌頌般的口吻開始祈禱。

雖然是正午，但在陽光稍微被遮蔽的御嶽，女祭司寧靜的祈禱與村民們雙手合十的淳樸信仰融為一體，充滿神聖的氣氛。

弓成向神明感謝與渡久山的重逢。

第十四章

奇比奇里戛瑪

弓成緩緩走在沖繩本島西海岸的讀谷村海邊。

早上的大海風平浪靜，位於東海西方的慶良間群島若隱若現。

他從伊良部島搬來沖繩本島中部的讀谷已經一個月的時間。在渡久山朝友的盛情之下，他租用了渡久山家的小屋，在逐漸適應日常生活後，每天沿著坡道向下走五百公尺，來這裡的海邊散步。大海總是可以撫慰他的心，但美得有一種神聖感的伊良部島大海和讀谷的海有不同的感覺。

昭和二十年四月一日拂曉，讀谷至北谷的海岸遭到艦砲射擊和轟炸，十八萬三千多名美軍部隊隨著登陸艇和水陸兩用戰車，浩浩蕩蕩地登陸了。

當時，整片海面應該都是黑壓壓的一片。日本唯一將居民捲入的沖繩地面戰的可怕和悽慘令他感到揪心，每次一想像當時的情景，就不時感到悔悟，覺得自己在伊良部島住太久了。

朝陽升起，當大海開始染上群青色時，他繞過被打到海上的漂流木，轉身往回走。附近村落的和緩坡道上有一家小雜貨店，當他經過小雜貨店門口時，在剛開張的店門口與一名長髮女子視線交會。她手上拿著花灑，可能正準備為花草灑水。

「早安，要不要進來喝杯茶？」

她是小雜貨店老闆的外孫女謝花未知，聽說三十出頭，仍然是單身，爺孫倆一起住在這裡，她似乎和父母的緣分比較淺短。她有著沖繩女人特有的雙眼皮和漆黑的雙眸，下巴線條明顯的臉部輪廓令人印象特別深刻。

弓成在散步回程時偶爾會見到她，彼此也只有點頭之交，所以猶豫了一下，但他剛好要買東西，便走進店裡。店內的空間有一半都是商品陳列架，面向大海的地方放了一張老舊的大桌子。可能是因為老闆好客的關係，弓成經常看到中午過後，有三五好友聚在這裡聊天。從敞開的大窗戶可以遠眺剛才散步的那片海岸。

「妳阿公在田裡嗎？」

「不知道，可能去割草了。如果工作不是很忙，早上幾乎都是由我張羅開店。茶很燙，小心燙嘴。」

未知把裝了茉莉花茶的杯子放在弓成面前，頓了一下，自己也坐了下來。

她穿了一件雪白的T恤和扶桑花的印花裙子，近距離觀察時，發現她漂亮的鼻子尖挺，沒有曬到太陽的手臂內側白皙透明。

「你好像很喜歡大海。」

未知黑色的雙眸看著他問。難道她是從這個窗戶看到自己的身影？弓成放下一邊吹著熱氣，一邊喝著茶的茶杯，不置可否地回答說：

「也不能說是喜歡——」

「聽你這麼一說，好像的確不覺得你樂在其中。」

未知噗哧一笑，看到弓成躊躇的樣子，並沒有深究。

「對了，你等一下。」

她走進裡面，拿了一個淺藍色的玻璃杯走了回來。

「弓成先生，不知道你喜不喜歡？」

弓成對著朝陽欣賞著杯子。杯子裡夾雜了一些氣泡，藍色中混入了微妙的乳白色，形成一種很奇妙的色調。

「好漂亮的顏色，是妳自己做的嗎？」

未知目前正在讀谷玻璃工房跟著一位名師學藝，希望有朝一日成為琉球玻璃工藝家。

「如果你喜歡，就拿去用吧！我在嘗試混合各種材質時，剛好做出這個顏色，我自己也很滿意這件作品。」

聊到玻璃工藝時，未知的雙眼炯炯發亮。

「這麼重要的東西，怎麼好意思讓妳割愛。我相信妳有朝一日會開作品展，還是留到那個時候作展示品吧！」

弓成推辭道。

「我會根據這次的經驗做出更理想的作品，你不必在意——如果不小心打破了，我會再做一個給你。」

未知說著，隨手拿一張報紙把杯子包了起來，遞給弓成。弓成手足無措地接了過來，從店裡的陳列架上拿了罐頭和肥皂，結了帳，踏上了歸途。

渡久山家裡傳來兩個小學女生的歡笑聲，還不時夾雜著長子夫婦的說話聲。渡久山的長子和他一樣，在學校當老師，妻子是公家單位的職員，一家和樂融融。

弓成聽著他們的歡聲笑語，嘴角漾起笑意，打開了小屋的門。為了方便居住，小屋除了三坪和兩坪多大的兩個房間以外，還增建了廚房和浴室。之前坐渡久山長子的車從那霸港來到這裡後，整整睡了四天，但他已經不記得到底睡在哪一個房間，只記得是綠色的條紋窗簾，但如今已經換上了新的窗簾，牆上的污漬也不見了。當時，他在渡久山太太的照料下，喝了粥，也去了廁所好幾次，如今卻沒有具體的記憶，難道是潛意識拒絕當時的記憶嗎？

吃完早餐後，他把未知送的玻璃杯放在餐桌上，覺得似乎為簡陋的房間點亮了一盞溫暖的燈。他情不自禁地望著杯子出了神，突然聽到外面響起摩托車的聲音，有什麼東西丟進了信箱。他在最後才在小門旁裝了門牌和信箱。

鐵樹的葉子微微擺動著，他打開鐵樹旁的小門，打開信箱，發現裡面有一張明信片。拿出來一看，是伊良部島的一位漁夫朋友正在讀中學的兒子寫來的。他在明信片上提到，弓成離開後，他覺得很寂寞。他父親要求他在明年的爬龍船賽中展現討海人的氣勢爭奪第一名，所以希望弓成也去參觀。爬龍船賽是祈求漁獲豐收的慶典，漁夫們組隊參賽，由十名划船手和一名舵手乘著叫作「薩巴尼」的沖繩傳統爬龍船上，爭先恐後地勇奪冠軍。

他的眼前浮現起離開伊良部島時，許多村民都來渡輪碼頭為他送行，流淚惜別的情景。雖然弓成始終沒有暴露自己的真實身分，但對撫慰、療癒了他荒蕪內心的村民充滿感激。

「弓成先生，家具行打電話來，說他們馬上就會送到。」渡久山的妻子鶴站在庭院對他說道。

「謝謝，我馬上就去。」

弓成來到馬路上，鶴也跟了出來，語帶佩服地說：

「你搬來這裡之後，最先買的家具就是書桌和椅子，的確很像是你的作風。」

她年輕時也曾經是學校的老師。

「妳送了我那麼多生活用品，實在太感謝了。」

「都是家裡的舊東西。都屋這一帶在戰後被指定為禁止美軍進入的地區，所以，大家就把丟棄在路上的飛機和戰車上的硬鋁合金與零件，當成是『戰利品』帶回家，做成鍋啊盆啊什麼的，還有做成熨斗的呢！」

鶴的瓜子臉上露出溫和的笑容。

不一會兒，家具行的卡車抵達，將書桌和椅子從渡久山家的大門搬進來後，經過庭院，搬進了小屋內三坪大的房間。

整理完畢，弓成立刻坐在桌前。他輕輕撫摸著櫟木材質的表面，把放在紙箱裡的筆記用品都放進抽屜裡，覺得坐在這張桌前，應該最先給妻子寫一封道歉信。

然而，他沒有信封、信紙，也不知道該寫什麼……弓成回想起由里子哀傷的臉龐。

✻

刺桐的大樹上綻放著火紅的鮮花。

弓成像往常一樣，在晚餐後來到主屋找渡久山。這個時期的日照時間較長，即使已經七點了，天色還很亮，種在坡道下方屋子前的刺桐被花瓣染成了紅色。兩人喝著弓成帶來的泡盛酒，身穿麻質和服的渡久山望著花的方向說：

「如今，刺桐是沖繩的縣花，成為沖繩的象徵，觀光客也很喜愛這種充滿南國情調的花，但在沖繩戰中戰死者的家屬都很討厭這種花。」

「為什麼……？」

渡久山意想不到的話，讓弓成拿著酒杯的手停在半空。

「刺桐的花凋謝時，周圍的地上會變成一片血紅，對那些家屬來說，彷彿看到了鮮血。聽說有人每到這個季節就會頭痛或是情緒不穩定，導致失眠。」

弓成忍不住專注地傾聽。

「我今天想讓你看一下向讀谷村公所借來的照片。」

渡久山說著，請弓成前往籐桌的方向。兩人在籐桌前面對面坐下時，他從牛皮紙信封裡拿出幾張大約八開大小的黑白照片。

「這是——」

一陣強烈的衝擊貫穿了弓成的身體。昏暗的洞窟內，可以看到凹凸不平的岩石突起，看起來像是頭蓋骨、手和腳的白骨四散，周圍是破碎的玻璃瓶、鍋子和掉了柄的茶壺，甚至拍到了眼鏡和假牙。

「這是一九四五年四月一日，美軍登陸讀谷的翌日，在奇比奇里戛瑪集體自殺後拍的照片。」

「集體自殺……」弓成忍不住倒吸了一口氣。

「戛瑪」在沖繩話中代表洞窟的意思。沖繩本島原本就是珊瑚石灰岩隆起形成的，在島上的中南部，到處都是鐘乳洞，都屋也有兩、三個鐘乳洞，在戰爭期間曾經作為防空洞。

「那一年，從三月初開始轟炸時，隔壁波平部落三十一戶人家的一百四十個居民，就進入奇比奇里戛瑪內避難。在沖繩方言中，奇比奇里的『奇比』是尻，也就是臀部的意思，『奇里』是完結的意思，也可以姑且譯成『尻切洞』——兩年前才發現，這一百四十名居民中，有八十四個人都不幸喪生了。」

「啊？在此之前的三十八年都不知道這件事嗎？」

這麼大的慘劇怎麼會沒人知道？弓成暗自驚訝，忍不住這麼問。

「因為有人倖存下來，所以瞭解大致的情況，但這一帶很多人都和部落內的人結婚，居民之間都有很深的血緣關係，如果有人透露什麼，很可能會造成親屬之間彼此傷害。再加上不願意再回憶當時的慘況，所以，倖存者也都三緘其口，悄悄地完成了三十三回忌的法會，大家都認為奇比奇里戛瑪的集體自殺這段歷史將永遠被埋葬。

「沒想到五年後，一九八三年四月，讀谷村公所主辦了一位住東京的畫家下嶋哲朗先生的畫展，邀請了畫家本人到場。畫展即將結束時，他對村公所的年輕職員說：『我想去奇比奇里戛瑪。』」

「那位畫家怎麼會知道奇比奇里戛瑪？」

「下嶋先生除了繪畫以外，還在研究日裔移民。他研究沖繩後發現，在美軍登陸後被奪走土地的居民中，有人移民到巴西、玻利維亞，也有人移居到附近的八重山群島。下嶋先生熱心地進行追蹤調查，遇到了從讀谷村移居至八重山群島的石垣島上的一家人，得知了波平地區的奇比奇里戛瑪集體自殺事件。」

有俄羅斯的語言學家來到伊良部島調查當地古語，還有住在東京調查沖繩移民實況的畫家親自前往八重山群島，徹底靠自己的雙腳親自前來調查，令弓成深受感動。

「下嶋先生遇到的那位家庭主婦不經意地透露說，如果沒有那場戰爭，一家人不可能移居到八重山，更不可能發生那種慘劇。這句話打動了下嶋先生，之後，他就一直希望能夠親自走訪奇比奇里戛瑪。剛好，他受邀在讀谷舉辦畫展，讓他覺得是他的熱忱感動了上天，於是，等於握住了長期被視為禁忌的大門把手。」

然後，渡久山娓娓訴說著那起事件的來龍去脈。

在下嶋號召前往奇比奇里戛瑪後，有十五名年輕人響應，但在出發當天，只有四個人來到作為集合地點的中央公民會館。因為那些不瞭解集體自殺事件的年輕人被他們的父母阻止不可以去那裡，因為「一旦去了那裡，那些死者的靈魂就會飄出來，去那裡的人就會受到懲罰」。

鐘乳洞位於甘蔗田地下一個V字形的低谷，那裡長滿了大樹和雜草，幾乎淹沒了入口。下嶋和四個年輕人拿鐮刀和開山刀砍掉樹木，用繩子爬到地下十公尺的谷底，才終於發現了洞口。

幾個人悄然走進洞內。漆黑的山洞角落流著寬度不到五十公分的亞美西溪，因此洞內的濕度很高。

下嶋一行人用手電筒照亮洞內，發現了被火燒到變色的屍骨和還留著汽油的玻璃瓶。他們繼續往洞裡走。奇比奇里戛瑪呈葫蘆形，如果不彎下身體，就無法經過洞頂特別低的中間收縮部分。洞窟深處有許多屍骨疊在一起。一行人目睹被塵封了三十八年的死亡世界，不禁僵在原地默禱，最後終於無法忍受洞內的黑暗，衝去洞外呼吸新鮮空氣。

為了瞭解真相，瞭解當年為什麼會發生集體自殺事件，下嶋開始向奇比奇里戛瑪的每一個生還者打聽當時的情況，但不僅沒有人願意告訴他，甚至指責他一個外人不應該來刺探本地的隱私。下嶋回東京後，請那些年輕人繼續幫忙調查，但最終還是無法蒐集到集體自殺的相關證詞。

三個月後，下嶋再度來到讀谷，村民為他準備了以前美軍住的舊營房，直到他遇見村莊內德高望重的前波平區區長後，才終於得以展開正式的調查。前區長曾經去南方出征，在戰敗的第二年回到故鄉時，親戚的四個家族中，去山洞裡避難的十五個人全都死了。在前區長的說服下，原本堅稱「事到如今，再說也沒有用」、「那些事太痛苦了，不願再去回想，想了只能流淚」，不願再談往事的家屬中終於有一個人開了口，其他人也漸漸鬆了口，集團自殺的真相終於公諸於世。

「我能不能也去奇比奇里戛瑪參觀？」

弓成問道。渡久山抱著雙臂想了一下，然後，為弓成的酒杯裡倒了泡盛酒，靜靜地說：

「你現在已經是讀谷的居民了，而且，村公所的人也知道你是當初因為揭露《沖繩回歸協議》的密約遭到逮捕的報社記者，應該有人很尊敬你，所以，我相信只要你去村公所表達這個意願，他們應該會同意。」

※

在觀光客大量擁入沖繩享受美麗海灘的夏季過後，弓成坐在桌前，攤開嶄新的信紙。他想寫信給在東京的妻子，卻久久無法落筆。音訊斷絕多年，自己甚至不知道由里子目前的情況，他為自己的不負責任感到羞愧。猶豫再三，最終還是提起了筆。

拜啟。請原諒我的久未致函，我目前人在沖繩，但其實只是一個多月前的事，在此之前，我在沖繩本島南方的島嶼住了三年。

離開小倉的老家時，我迷失了自我，四處徬徨，整天只想著找一個地方了斷此生。之後，因緣際會地搭上前往沖繩那霸港的船，在船上有幸認識一位住在沖繩的中學教務主任。我受恩於他，才終於擺脫了身心的危機。

由里子，不知道妳過得好不好？妳很能幹，我相信一切都很安好，我一直都衷心祈禱妳過得健康平安。

洋一和純二都已經讀大學了，從高一時就前往美國留學的洋一不知道是否已經回到日本？我痛切感受到自己沒有對他們負起身為父親的任何責任，對他們來說，一定難以原諒父親的杳無音訊，也許接到我的死亡通知他們更能夠釋懷吧！

在那位有恩於我的朋友幫忙下，我從離島搬到他位於沖繩本島家中的小屋，才得以腳踏實地思考未來。雖然為時已晚，但我覺得已經可以站在第二人生的出發點了。

由里子，很抱歉讓妳操了這麼多年的心，我打算日後在沖繩定居。希望妳可以忘了我，自由地開始自己的生活。我應該更早通知妳，但我之前甚至無法提筆，還請妳多加原諒。

雖然無法完全表達內心的想法，但他還是把給妻子的道歉信裝進了信封。

「弓成先生在家嗎？」

聽到女人的聲音，弓成站了起來，發現身穿白色T恤和同色牛仔褲的謝花未知站在敞開著的大門口。

「上次謝謝妳——」

弓成擦拭著右手手指沾到的墨水印，為之前未知送他的琉球玻璃杯致謝。未知的一雙黑眼正視著他說：

「這一陣子都沒看到你去海岸散步。」

「是嗎？一旦壞了習慣，就……」

他含糊其詞。

「弓成先生，聽說你向村公所申請要去奇比奇里戛瑪？」

「妳怎麼知道？」

「我外婆和曾祖父母都在那裡自殺了。」

她垂著眼，痛切地訴說道：

「上次我阿公他們坐在一起聊天時，提到你去村公所，申請看奇比奇里戛瑪死者家屬的證詞和進入山洞，還起了一番爭執。其中一位家屬說，你之前是東京報社的記者，不知道你會怎麼寫，所以呼籲其他人也表示反對。山洞內的屍體由三十一戶人家一起撿骨後，埋入各家的墳墓，但其實只有一小部分而已……大部分的人根本分不清自己的父母、兄弟的屍骨，至今仍然留在山洞裡。因此，從這個角度來說，那裡是所有家屬共同的墳墓。」

「我並不是為了寫什麼才提出想進山洞或是看證詞集，是因為因緣際會成了讀谷的居民，既然知道了這件事，就希望深入瞭解那些戰爭犧牲者的事。同樣住在東京的畫家下嶋先生，之前克服交通和居住的不便前來調查，當時，我因為自己的官司被判有罪，不得上訴而深陷痛苦，所以我內心也帶著這分悔恨。」

弓成也向未知吐露了內心的真實想法。

「雖然你說這是你自己的事情，但是其實你還是為了沖繩而戰，不是嗎？戰爭總是折磨無助的居民，讓老百姓的家庭妻離子散。」

未知語帶悲傷地說。

「啊，你把杯子放在這裡當裝飾嗎？」

她看到架子上放著自己做的那個帶著一抹明亮色彩的杯子。

「因為很漂亮，所以就……」

弓成手足無措，擠出這句話。未知用難掩欣喜的表情看著弓成。

「關於你去山洞的事，我會說服反對的家屬。在沖繩，女人的力量不容小覷。」

說完，她起身離去，留下綁著一頭漆黑長髮的背影。

＊

午後的斜陽下，弓成從都屋出發，沿著讀谷縣道六號線前往兩公里外的波平奇比奇里戛瑪。在未知那天造訪的一星期後，讀谷村公所同意他進入山洞，同時也可以閱覽死者家屬的證詞集。

縣道兩側有很多輪胎店、中古車行和修車廠，似乎是沖繩汽車市場的寫照。其中也有幾家中古家具行，專賣美國士兵回國之際拋售的家具，特大號的沙發和床墊放在馬路旁。

不一會兒，甘蔗田出現在右前方。聽說山洞就在和產業道路交錯的路口往右轉的地方，但眼前只看到一整片甘蔗田。他停下腳步，擦去滴在臉上的汗水，四處巡視，在水泥電線杆後方看到了鐵柵欄。他抱著一線希望走過去一看，發現有通往下方的階梯，沿著十公尺左右的階梯緩緩往下走，最後來到了谷底。兩側被樹擋住了光線，即使在大白天，仍然十分昏暗。

奇比奇里戛瑪的洞口就在那裡。不知道是否因為旁邊流著寬五十公分左右、好像臭水溝般的亞美西溪的關係，空氣十分潮濕，蛞蝓四處爬來爬去。弓成遲疑了一下，踏進入口。洞內很暗，洞頂很低。聽說洞的中間特別窄，像一個葫蘆，前方洞窟和後方洞窟之間只有很小的空間連結。前方洞窟大約有四、五坪大，弓成彎著腰，用手電筒照著前方，以免頭撞到洞頂的岩石，發現中間變窄的空間旁，有一個長方形的石棺，石棺上放著線香、蠟台和供水的茶杯和花架。這裡的確就像是墳墓。弓成用打火機點燃帶來的一把線香，叭的一聲，火光照亮了漆黑的洞窟，紫煙繚繞，有一種陰森森的感覺。他關了打火機，將線香插在線香架上，合掌祭拜。石棺內裝著無法回收的屍骨。

線香的煙飄向洞頂，似乎不知飄往何處，彷彿是仍然留在這裡的死者靈魂在訴說著什麼。

弓成為死者祈禱冥福後，如爬狹洞般鑽過狹窄處。前方略微寬敞，但中央橫著一塊大石。前方伸手不見五指，如果不用手電筒，完全看不到任何東西。突然，有個冰冷的東西滴到臉上，他嚇得伸手一摸，原來是水滴。

這裡是鐘乳洞，所以地下水從岩石間慢慢滲出，洞壁的粗糙岩石也都濕濕的，不時滴下水滴。這些水滴宛如在這裡自決的人恐懼、絕望和哭喊的淚水。又有水滴滴到了他的臉上，他後退時，鞋底似乎踩斷了什麼。他用手電筒往地下一照，發現一根像是小樹枝般的深棕色東西折成了兩半。他蹲在地上撿起來時，深棕色的東西在他手中碎裂了。難道不小心踩到了屍骨？

弓成產生了一種錯覺，彷彿從岩石的縫隙中，聽到了在這裡自盡的人的叫喊，以及倖存了三十八年後，終於打破沉默的家屬證詞。

美軍登陸讀谷的那一天，一個避難的民眾在洞口附近第一次看到拿著槍靠近的美國大兵，嚇破了膽，頓時陷入了恐慌。

「魔鬼來了。」

——我把長竹槍交給年輕人，叫他們拿著這個去打敵人。母親們也都拿出菜刀，叫兒子離開山洞去打敵人。

——我們把長竹槍丟向十公尺上方的美國兵，結果他們用機關槍掃射，我們這些女人就逃回了山洞。

然後，那些美國兵就進入了山洞，帶了一個好像是日僑第二代的翻譯，用手勢和肢體語言告訴我們「我們不會殺你們，趕快出來吧」，我們覺得他們在說謊。

因為剛才那兩個丟長竹槍的男人中了美國兵的手榴彈和機關槍，身負重傷，一直在山洞裡呻吟。這兩個四十多歲的男人因為沒有被徵入軍隊打仗，覺得很沒面子，所以率先衝了出去，但我們看到他們受了傷，就知道所有人都沒命可活了。兩、三天前守在這裡的日本軍也是這麼說的。

那天晚上，那兩個人痛苦的呻吟吵得其他人一夜沒睡。自從三月初美軍開始空襲後，大家每次都會躲進山洞，所以早就累壞了，想法也越來越消極，大家都覺得沒有活下去的希望了。

不久之後，在塞班島日軍自決中倖存回到沖繩的人提出要自決，把被子、衣服等可燃物品都堆在一起，淋上汽油，打算點火自焚。他們說在塞班時，就是用這種方式，靠火和煙自決。

我們對那幾個人說，你們這麼想死，自己去死好了。「你們在說什麼！既然是日本人，就應該三呼天皇萬歲後以死明志！」然後，他們果真點了火。有四個女人立刻上前滅了火，她們都是幼兒的母親，有的剛出生不久，有的才一歲。

雖然女人滅了火，但主張死亡的人和主張活下去的人，繼續在山洞中爭執不休。

翌日四月三日清晨，美國兵再度進入山洞說：「我們不會殺你們，你們出來吧！」但沒有人出去。美國兵只好悻悻然離開了。

之後，在七七事變時去過中國的大叔說，日本軍對中國人做的那些慘絕人寰的事，這次輪到我們來承受了，於是，山洞內的生死之爭逐漸發展為自決的共識。

——一個女孩要求母親殺了她。她說，與其被美國兵強暴而死，她寧願保持純潔，死在養育自己的母親手中……她的母親覺得與其讓女兒遭美軍強暴後殺害，還不如讓她死得清清白白，於是下定了決心，把菜刀抵在女兒脖子上，但在最後關頭，還是下不了手。一個男人對那個母親說：「只要往脖子左側砍就會死，右側死不了。如果妳怕失手，就不要自己動手！」女兒一次又一次地央求說：

「美國兵要來了，趕快殺我！」結果，那個母親真的下手了。鮮血像下雨般濺得山洞內到處都是，也落在排排坐在洞內的人身上……那個母親殺紅了眼，揮著菜刀說要親手殺了所有家人。這時，美國兵進了山洞，想要制止那個母親，但她逃進了山洞深處。

看到這些情景，曾經是隨軍護士的女孩說：「我也想死，軍人殺人的方式真的很殘虐，我在中國時看多了。」然後，她從急救用的藥品箱裡拿出注射器和毒藥，讓家人們都聚集在一起。黑暗中，她一一確認親戚的每一張臉，她只為自己的親戚注射。注射之後，他們喝了水，據說喝了水就會死……就連七個月的小男嬰也……小男嬰的母親抱著已經死去的孩子，大口喝著水……其他人都很羨慕他們可以用注射的方式趁早了斷。

——並不是每個人都想死，有人開始哭喊，山洞內陷入一片混亂，又有人點燃了被子。

「我要點火了，想離開的人趕快走。」

從塞班回來的那個人大叫著，有些人被煙嗆到了，逃到前面時，美國兵又來了。他們用手電筒照著看起來好像裝了食物的盒子，說他們有食物，叫大家出去。大家都說食物裡有毒，沒有人敢拿。但我想反正最後也是死，已經很久沒吃東西了，就拿給小孩子吃，結果，吃了也沒有死。我告訴裡面的人，不用怕，美國兵不殺人，但他們還是不願出來。

——有人把汽油淋在被子和毛毯上，漆黑的山洞內頓時變得十分明亮，把在山洞深處的老爺爺和老奶奶的臉照得通紅。一切都結束了，我們像魔鬼般紅著臉，高舉雙手高喊天皇陛下萬歲……

——我帶著六個孩子和老母親，總共八個人躲在山洞深處，煙和火嗆得我們受不了，於是決定一起離開山洞。山洞內有好幾條小路，黑暗中，根本不知道該往哪裡走，長子先去探路，然後回來說找到路了，大家都跟著他走出山洞。不一會兒，就看到了陽光，但附近有很多美國兵。我一下子腿軟了，連話都說不出，甘蔗田裡也到處都是來來往往的戰車。

美國兵指著戰車（水陸兩用戰車），叫我們「上車」，我以為要把我們丟進海裡，大聲哭了起來，但他們把我們送到了都屋的收容所。

弓成無法呼吸，從山洞深處爬了出來，看到洞口微弱的陽光，立刻大口呼吸起來。親自走進山洞，身處那片漆黑中，更強烈感受到之前看下嶋的著作和在村公所看那些倖存家屬證詞集時，內心所產生的衝擊。

美軍登陸後，日軍對當地人民棄之不顧，八十四名無辜的居民害怕成為美軍的俘虜而自決的慘劇——日本本土的大空襲、廣島和長崎的原子彈轟炸固然造成了永久性的傷害，但沖繩的居民承受了另一種傷害。

畫家下嶋哲朗在調查奇比奇里戛瑪時，終於讓家屬打破了沉默。他在書中總結說，如果那些當事人三緘其口地離開人世，將永遠沒有人瞭解戰爭的真相，同時，也必須為後人留下那些埋藏在倖存者內心多年的痛苦和憎恨。

——我的家人去菲律賓打工賺錢，我住在阿姨家。我和阿姨家的五個人一起進了奇比奇里戛瑪。我阿姨很強勢，當美國兵出現時，她對我說：「妳已經十八歲了，要拿著菜刀去打仗。」所以我就跟在最後面，和大家一起走出了山洞，結果，前面的人中了手榴彈……然後有人說要自殺……我表妹因為身體虛弱死了。有一個親戚叫我們出去，我阿姨說：「我女兒死了，我們要死在一起。」死也不肯離開山洞。阿姨最小的孩子向我求助說：「姊姊，妳可不可以帶我走？」……啊，這件事最讓我忘不了……至今仍然整天在我腦海中盤旋。阿姨臨死前說：「妳一個人活下來有什麼用？如果妳活下來，我的心也會留在這個世上，每天晚上會出現在妳的床邊。」然後，阿姨一家都死了。當我的姨丈打仗回來後，我把事情經過一五一十地告訴了他。即使現在，姨丈每次喝酒時都會埋怨我：「為什麼不多救一個人？哪怕多救一個也好。」……我每天都去都屋收容所後方的海邊哇哇大哭……我不想再談這些事了……

每一段證詞都催人淚下，那些倖存者或許才是真正的戰爭受害者。

在沖繩，每三個居民中就有一人死於戰爭。弓成下定決心，要為那些犧牲的人和倖存者留下歷史的紀錄。

第十五章

鐵風暴

弓成亮太開著剛買不久的小車，前往沖繩本島南端的摩文仁。渡久山朝友坐在副駕駛座上為他帶路，後座的渡久山鶴捧著一束白色菊花。

「渡久山先生，沖繩在戰爭期間，有很多像你們一樣，先生參加鐵血勤皇隊，太太參加姬百合學生隊的夫妻嗎？」

他轉動方向盤，進入那霸南部沿海的道路後，看著渡久山夫婦問道。

「不，這種情況應該很少見。」

「對啊，我也幾乎沒聽說。當初我們因為同是學校的老師，所以對彼此有了好感，但之所以會走在一起，是因為我們可以撫慰彼此在戰爭中失去了很多朋友的悲痛。」

鶴的瓜子臉上露出哀傷的神情說道。

「以我們的鐵血勤皇隊來說，師範學校的三百八十六人中有兩百二十四人死亡，縣立第二中學的一百四十四人中，有一百二十七人死亡。在七所男校的學生兵中，死亡率是百分之五十三……即使戰爭結束之後，倖存下來的愧疚和空虛仍然在內心揮之不去。」

戴著圓形眼鏡的朝友眨了眨眼。十五歲到二十歲的青少年……弓成無言以對。

不一會兒，他們來到了沖繩南部糸滿的伊原附近，時值秋天的觀光季節，除了遊客之外，還有不少參加畢業旅行的學生。姬百合塔和後方的姬百合和平祈念資料館周圍特別擁擠。

弓成之前就曾經造訪過。聽見鶴說要到摩文仁，於是弓成也搭車同行，想要順道赴姬百合塔獻花祭拜。

弓成在姬百合塔前方停下車，三個人來到塔前，鶴獻上白菊花後合掌祭拜，渡久山和弓成站在她的身後合起雙手。接著他們把車開進停車場，又參拜了位於茂盛樹林前的沖繩師範健兒之塔。或許很少有人知道這座紀念師範學校學生隊死者的健兒之塔，所以周圍很安靜。三個人合掌祭拜完畢後，朝友率先走向樹林中的小徑。走了一會兒，前方出現了一片鈷藍色的大海。

來到海岸旁，海崖下的淺灘是一片白色沙灘。抬頭往西眺望，看到最南端荒崎海岸的黑色岩礁探出頭，海浪不時吞噬岩礁。

「進入地面戰的三個月後，沖繩守備軍的第三十二軍司令官和作戰參謀長在摩文仁的洞窟內自盡，但那些並不知道實情、在砲火下撿回一條命的士兵、學生隊和一般居民們，躲到了禁止進入的南巖天然洞窟裡。」

渡久山說著，坐在樹蔭下的長椅上，開始娓娓訴說起來。

＊

一九四四年十月十日，那霸市中心受到第一次大空襲後，我們沖繩師範學校就開始停課，包括教職員在內的五百名師生前往首里城周圍，為沖繩守備軍司令部和砲兵隊挖戰壕。

在空襲之前，學校就已經是半停課狀態了，因為我們要協助軍方為最精銳的第九師團挖戰壕，但我們並沒有為此感到不滿。自從十七世紀沖繩受薩摩藩支配以來，沖繩的好幾代人都因當政者的差別政策受到欺壓，或許是因為這種複雜心情的關係，這次讓我們覺得沖繩是天皇陛下的子民，派了最堅強的皇軍來守護，所以我們都滿心歡喜地加入建造陣地。我相信在所有的日本人中，沖繩縣民是最努力付出的，努力想成為最棒的日本國民。

在第二年的一九四五年三月三十一日晚上，全校五百名師生職員都接到「全體集合」的命令，我們紛紛衝出戰壕。我們在靠近首里城本丸⑩的外側圍牆的大岩石下，挖了一個很深的橫穴式戰壕，名為「留魂壕」，當作避難壕兼陣地。

全校職員和學生在留魂壕旁的廣場集合後，校長宣佈：

「各位同學在如此困難的時期，拋下課業，從早到晚建設軍用陣地。當初我答應你們的父母，要讓你們在學校用功讀書，雖然國難當前，但還是感到於心不忍。」

曾經擔任茨城縣女子師範學校校長的這位老師，被派來擔任新制師範學校第一任校長。天色太黑了，看不清楚他的表情，但他聲淚俱下的談話讓在場所有師生都鴉雀無聲。遠方傳來隆隆砲聲，誰都知道未來的路很坎坷。

當時，根據學生戰時動員體制確立要綱進行了學制改變，所有的學生都升級一年。我們預科二年級（十六歲）和預科三年級一起進入了本科。

校長的談話一結束，軍隊司令部派來的少尉接著訓示說：

「根據第三十二軍的命令，軍方徵收全員為『鐵血勤皇隊』，大家要下定決心，傾全力殲滅敵人，以安天皇陛下之心！」

鐵血勤皇師範隊有三大任務。從高年級生和本科二、三年級生中挑選出七十名身強力壯、成績優秀、意志堅定的學生組成殺敵隊。另一隊三十名成員負責向後方的一般居民和友軍士兵傳達戰況。剩下的大部分人都是野戰築城隊，主要任務是在前線附近為殺敵隊挖散兵坑、塹壕，維護聯外道路和橋樑，但暫時繼續在軍司令部的洞窟內建造司令部。

司令部從首里城周圍三個地方開始挖戰壕，這些洞窟從地面下貫穿首里城下方，通往城南沒有人煙的斜坡地。戰壕內有軍部司令官室、參謀長室，還有作戰會議室等大房間，還鋪了榻榻米。普通士兵則睡在坑道通道兩側狹小的兩、三層床鋪上。

地下司令部來不及在敵軍登陸之前完成，我們野戰築城隊第二中隊必須繼續修築未完成的部分，和士兵們一起日夜輪流趕工。燈泡照亮的泥地不斷滲著水，坑道內的水積到腳踝，腳都被泡爛了。

被大家充滿憎惡地稱為英美禽獸、洋鬼子或醜陋敵人的人，到底長什麼樣子？雖然我們根據西洋史中的肖像畫和照片想像著那些禽獸的模樣，但仍然無法產生明確的想像。更何況聽說他們是藍眼睛，視力很差，夜間有夜盲症，再加上他們平時生活奢侈、缺乏耐久力，所以更是難以想像。

在我們鑽入地下，像土撥鼠一樣把地下的泥土挖出來那段期間，敵人的陸軍在西海岸的讀

⑩本丸為城堡的中心部分。

谷，沒有流一滴血就順利登陸，佔領了座喜味的陸軍北機場和嘉手納的陸軍中機場，再以那裡為據點，於四月二日到達東海岸，將全長一百三十公里的細長形沖繩本島截斷為南、北兩部分，並向我們所在的南方首里挺進。

聽說我軍的作戰方案是「在敵軍登陸後，隱藏在地下戰壕的四百門大砲將同時開火，一舉殲滅敵人」，但重兵器始終保持沉默，所謂的反擊就是白天躲在地下戰壕內，入夜後才展開肉搏攻擊殺敵和靠特攻機擊沉敵軍的船艦。我軍將呼應地面部隊，與來自日本本土的戰鬥機、水面部隊一起的共同作戰也始終無聲無息。

只聞其聲的反攻久久沒有展開，原本的希望也變成了焦慮，甚至產生了疑慮。雖然還沒有傳出人員傷亡，但我們的洞窟留魂壕和作業地點附近轟炸的頻率增加，附近的樹木越來越少，綠地不見了，變成了一片禿地。

集中在近海的船艦緩緩前進，持續進行砲火攻擊。砲火十分激烈，發射的彈雨密集到幾乎看不到船艦，艦載機群宛如颱風前的蜻蜓般聚集起飛，隨即散開，然後又突然下降，形成一片鐵雨和火雨。

據可靠消息說，大和戰艦將前來沖繩本島西北進行護援，雖然我們翹首盼望，苦苦等待，但始終未見動靜。

大和戰艦收到聯合艦隊前往沖繩海上特攻的命令後，於四月七日，在鹿兒島縣坊岬海上遭到美軍航空隊三百八十六架戰機的波狀攻擊，最後不幸沉沒。

中部戰線是日美的最後決戰地，因此戰況格外激烈。日軍將司令部設置於首里的第三十二軍，在北方嘉數高地（宜野灣市）、前田高地（浦添市）建設地下陣地，配置了精銳部隊，並沿著普天間到首里約二十公里的縣道，修建雙重或三重的地下陣地，這地下陣地成為日、美的攻防戰場，雙方持續火併了五十天。最後，日軍喪失了百分之六十的主力部隊，美軍的損失也相當慘重，有兩萬六千名死傷，成為太平洋戰爭中最大規模的傷亡。

在美軍戰力壓倒性的優勢下，日軍之所以能夠進行長期持久戰，原因之一是採取了潛入地下的戰術，另一個原因，就是全面的特攻作戰爭取了時間。

原因之三，是當地居民也加入了這場激戰。當地的青壯年男子幾乎都被召集參加了防衛隊，和官兵們一起作戰。前田高地旁的村落中，有六成人口不幸犧牲了。

敵軍逼近首里後，靠鐵雨和火雨燒毀了古都，首里城付之一炬。我們的校舍也全毀，砲彈仍然不停地落在校舍的斷垣殘壁上。

五月二十三、二十四日左右，部隊下達命令「鐵血勤皇師範隊轉往摩文仁方向」。在校長的積極爭取下，我們比部隊早一步撤退到摩文仁，校方派了先遣部隊，在摩文仁的軍用司令部預定洞窟的附近，找到了一處安全的天然洞窟。

我們在為得救而鬆了一口氣的同時，也開始擔心到達目的地那十幾公里的路程，然而，時局不允許我們猶豫。

五月底，中部戰線經歷了長期攻防戰後，變成廢墟的首里城城牆上掛起了星條旗。當時，守備隊的司令部和倖存的戰鬥部隊，撤退到包括摩文仁在內的本島南端的島尻地區。五月中旬為止，主力部隊有將近六萬四千人戰死，軍司令部判斷「戰力已經耗盡」，任誰都相信沖繩戰已經結束。然而，在五月二十一日的作戰會議上，軍司令部決定轉往島尻地區。為了有利於本土決戰，沖繩守備隊成為爭取時間的棋子，要在南部戰場繼續抵抗。

我們在雨中一路南進。沖繩沒有梅雨這個名稱，也許是因為沖繩島上梅子無法結出果實的關係。雨雲聚集在南國的清澈藍天，陰鬱地壓了下來，不分晝夜，雨淅淅瀝瀝地下個不停。不一會兒，天空的水槽好像破了洞似的下起一場沛然豪雨。

比往年更晚的雨季突然變成了小滿至芒種期間下的芒種雨。我穿的三十號軍用鞋太大了，打到綁腿上的雨水滴落鞋內，每走一步，就發出吱吱咯咯的聲音。

南下的道路成為砲擊的目標，因此，我們必須走原野和農田。然而，那裡也變成了一片泥濘。水窪全是圓形，都是直徑很大的轟炸痕跡。

我們第二中隊在狂瀉的大雨中吞下雨水，咬緊牙關，努力拚死趕路，還要抬著因為阿米巴痢疾而骨瘦如柴的工科老師一起遷移。老師雖然已經瘦得不成人形，但他畢竟有著六呎之軀，要四個人輪流抬著走。
從小在島尻郡長大的學長走在前面。由於我們是在原野和農田中行走，每次經過村落附近時，都必須確認周圍的環境後決定前進方向。
照明彈照亮了腳下，可以看到樹林和村落。當照明彈亮起時，大家都加快了腳步，因為全身都暴露在亮處，讓人覺得好像隨時會遭到狙擊。
即使在這樣的豪雨之夜，砲彈仍然不停地飛來。雖然沒有白天那麼激烈，但還是不長眼地落地後爆炸。
從首里出發後不久，在識名附近的路旁，看到有士兵渾身泥巴地死在那裡。我們之前不是沒有看過戰死者，但都是已經收容的屍體。那是第一次看到暴露街頭的屍體彎成く形，雨水無情地打在滿身是泥的屍體上。「他媽的，死洋鬼子。」雖然內心頓時燃起了仇恨，那種情緒卻無法持續太久。也許是因為在悽慘孤獨的死亡中，看到了自己的未來，所以忍不住感到不寒而慄。
我們在部落角落的一棟半毀民房內休息，屋主已經逃難去了。老師的雙眼凹陷，眼球顯得特別大。再度上路後，輪到我負責抬老師了，我負責後方左側。好重。我無法跟上其他人的腳步，走得跌跌撞撞。
躺在擔架上已經筋疲力盡的老師說：「剛換手時，不容易配合其他人的步調。你們四個人都跟著我的口令，步調一致，一、二、一、二。」擔架的側棒深深卡進肩膀，痛得不得了，但我仍然咬緊牙關往前走。

我們避開大路持續南下，但想要過國場川，就必須走大路、過橋。大隊人馬、車輛都朝向大橋逼近。東西向連結與那原和那霸市的道路，是和國場川平行的大動脈，縣道是南北向連結首里方向與島尻郡之間的道路，這座橋就位於這兩條大道交接處的十字路口，從首里方向經過這座橋後，南方就是南風原的陸軍醫院和軍兵站部。經過這座橋後，傷病兵和轉移陣地的部隊往南行，彈藥、糧秣及新兵都往北行，也就是送往前線。南下、北上的官兵擠滿了這裡的街道。美軍的砲火都瞄準這裡猛烈攻擊，因此這裡被稱為「死亡街道」，每個人都避之唯恐不及。我們也和其他部隊一樣，觀察落彈的情況後，看準時機，一口氣衝過大橋。但我們抬著擔架，無法在被兵馬踩爛的泥濘和滿地屍體中快速前進。

好不容易穿越了「死亡街道」，不過，離摩文仁還很遙遠。

雖然衛生小組細心照顧老師，但老師的身體卻一天比一天虛弱。老師的人格高尚，具有高遠的思想和廣博的學識技術，深受學生景仰。即使在如此悲慘的狀況下，仍然無法動搖我們的師生關係，尤其是我們對老師的敬慕之情不減反增。

然而，正因為如此，嚴謹耿直的老師難以忍受這樣的狀態。雖然他罹患重病，躺在擔架上，但他向來不是那種會輕鬆地要求學生：「步調一致，一、二、一、二」的人，所以大家都知道老師的精神狀況也出了問題，也更覺得他眼前的樣子慘不忍睹。

雨下個不停。照明彈仍然一刻不停地打上天空，照亮了地面，地上大部分都是堆積起來的屍體。我們走過屍體旁，幾乎麻痺了，看到其中有一具屍體穿著束腳褲。那是一個女人的屍體，渾身浮腫，幾乎快把束腳褲撐破了。附近的堤防上，一個扛著扁擔的男人和小孩都死了！看到這一家人的身影，所有人都愣在原地。這家人在戰火中四處逃竄，最後變成了眼前的樣子。每個人的心都揪成了一團。

戰火延燒到我們的家鄉。一部分學童疏散到外縣，也有舉家逃亡至九州和台灣的，但那些都是有財力的人。大部分的人只能留在家鄉，被捲入這場戰爭。戰場上，沒有男女老少之分，也沒有兵民之分。民間人士避難的防空洞內沒有糧食，不知何去何從，我忍不住思念起仍在美軍登陸地的讀谷老家的家人。

豪雨終於停了，初夏的陽光照射大地，前方終於出現了一片綠意的摩文仁岳。如果沒有那些突起的岩石，根本不知道整個山丘是一座岩山。從部落的方向眺望，覺得摩文仁岳只是很普通的小山丘，當我們沿著山麓往山上走，可怕的絕壁漸漸逼近眼前。我們穿越綠色隧道，順著蜿蜒的小徑往上走，終於來到山頂上一片低矮的松林處。一陣初夏的微風吹來，前方是一望無際的太平洋，原來這裡就是南嚴的盡頭。我正準備深呼吸時，猛然大驚失色，因為我發現海上浮著兩艘敵軍的小艇。

回頭望著剛才上山的路，呈現在眼前的是部落和一片片的甘蔗田。松林中，小鳥啼囀，隱約聽見初蟬的叫聲、海浪聲，以及像遠方轟雷般的砲聲——部落內的大批士兵和這片大自然格格不入，但這裡仍然是和平之鄉。

先遣部隊費了千辛萬苦為我們二中隊找到的洞窟，位於地下七、八公尺的垂直坑道內，是個很理想的洞穴。洞內一片漆黑，當我們眼睛適應後，繼續往裡面走，發現洞窟很大、很深。躲在這裡的話，即使遭到砲擊，也可以毫髮無傷。
光線從垂直坑道照下來，即使不用梯子，也可以踩著岩壁爬到洞口。
好景不長，原本像遠雷般的砲擊聲一天比一天靠近。北側樹林裡不時冒出幾條硝煙，亮起閃光，松樹被炸裂後，碎片飛了過來。毫不間斷的砲擊漸漸逼近視野，格拉曼和寇蒂斯艦載機時而在上空亂舞，時而俯衝下來。距離我們不到十公里的地點成為第一線戰場，可以明確感受到包圍網漸漸縮小。以最南端喜屋武岬旁的摩文仁為中心，半徑七、八公里的弧線形成了包圍網，而且，包圍網正慢慢向弧線中心逼近。
不久之前，我們得知本科三年級的仲地和幾名士兵奉特命搭小舟離開了島尻，前往沖繩本島北部。
即使戰火逼近，仍然必須去調度糧食。值日生必須冒著生命危險，從摩文仁向北走到一、兩公里外的甘蔗田，找到甘蔗後，再迅速回到洞窟。當糧食送到時，分隊隊員紛紛從垂直坑道爬上來，在入口旁的廣場上一邊啃甘蔗，一邊聊戰況。砲彈似乎是迫擊砲，所以發射地點應該就在附近。有人聽到海面上好像在不停地敲大鼓，猜測一定是海上艦艇所發射的。就在這時，突然「轟」的一聲，塵土像雨點般打了下來，所有人都摸索著回到坑道口。沿著垂直坑道往下走後，發現本科二年級的石垣肩膀到背部被削掉一大塊肉，傷口像石榴一樣爛成一團。隔壁坑道內，預科二年級的照屋因為碎片貫穿頭部，當場死亡。
「山田不見了。」

我們的分隊長不見了。跑到洞外一看，發現山田已經死了。他的大腿被炸掉一大塊，胸口也被鮮血染紅了。自從本科三年級的分隊長死了之後，一直由他擔任分隊長照顧大家。高年級的學長一個又一個離開，只剩下一些低年級的學生，我和糸數成為全隊最高年級的學生。

但是，我們還是必須從摩文仁下山汲水和拿糧食。我們避開砲彈，去遠方的農田裡找地瓜，卻始終找不到，情急之下走進了田裡，在別人挖過的洞中尋找有沒有漏拿的地瓜，突然聽到嗡的金屬聲，寇蒂斯戰機飛了過來，機關槍答答答地把旁邊的地上打出一個又一個洞。當我們目送機影離去，決定低頭再找時，看到遠方的街道上出現一排黑壓壓的人群。那時候還不到黃昏時刻，可以清楚看見隊伍中的人身上的衣服，黑色中點綴著零零星星的白色，原來是這附近的居民，應該不少於四、五十人。他們前往北方敵軍的方向，難道打算集體投降嗎？士兵和我們這些學生光是照顧自己，就覺得生命稍縱即逝，更何況家有老小的居民，應該更加恐慌不安吧？聽說一旦被美軍抓到，女人會遭到輪姦，男人會遭到虐殺，但居民不是士兵，或許不會遭到殺害。

黑色中夾雜著白色的那群人，猶如送葬隊伍般緩緩走在荒涼的街道上。突然響起一陣轟炸聲，那群人被火和硝煙包圍了。當煙霧散開時，只看到屍首遍地。

我們的嘴唇不停地發抖，牙齒也無法咬合。我們衝上田埂，大叫著：「戰爭太瘋狂了！」拚命跑向洞窟。

那件事發生後不久，敵軍就進入了摩文仁。「要逃出去！」我們這個分隊總共有四個人，由糸數帶頭，我殿後，中間是預科二年級的新垣和桂兩個人。「快衝！」當轟炸聲響起時，我們衝進硝煙，穿越了山丘的頂端。槍聲立刻響起，打中了附近的岩石。

我們趴在部落角落的黑暗中四處張望，發現周圍有不少人屏氣凝神地趴在那裡，比我們分隊先逃出來的那群人也在那裡。

這時，一個頭上綁著繃帶的人影站了起來，是和我同班並且住同一間宿舍的宇江原。一陣機關槍的掃射後，宇江原倒了下來。他很喜歡玩沖繩摔角，性情很溫和。自從他頭部被碎片擊中而受傷之後，就始終悶悶不樂，不再和別人說話。

同窗好友的生命一個又一個在眼前消失。「向左前方匍匐前進，改變位置。」這時，我聽到有人壓低嗓門說道，所有人都向左方移動。左前方突然出現一個人影，我探頭一看，有一個人呆然地張著眼睛和嘴巴躺在地上，他是工科老師。雖然長期受阿米巴痢疾和飢餓的折磨，但因為老師原本身材高大，體力也很好，所以一直活到了今天，如今已經無法靠自身移動手腳了。他為什麼會躺在這裡？是有人把他送來這裡的嗎？也許那個人也無力繼續幫老師了。

我前面的幾個同學在匍匐前進時，也應該看到了老師，但大家還是繼續往前爬。匍匐前進時，連手肘都磨破皮了，根本無力再救老師，只能閉上眼睛，逃也似的快速向前爬，「不知羞恥，不知報恩」的聲音頻頻在腦海中響起。

沖繩本島最南端的島尻地區是珊瑚石灰岩的高地，地下有無數洞窟呈網狀分佈。當地居民及來自首里、那霸避難的民眾，都躲在這一帶的洞窟和龜甲墓中⓫。五月底，日軍採取躲在洞窟內持續戰鬥的戰術，倖存的所有部隊都移轉至此，在南北長度不到七公里的高地，聚集了三萬名部隊和十幾萬避難民眾，簡直如同甕中之鱉。

六月七日後，美軍的戰車隊、步兵隊向喜屋武半島的日本軍最後陣地發動了總攻擊。守備隊奮力抵抗，但美軍戰車隊在十七日突破防線，進入高地後，守備隊沒有迎戰，潛入地下洞窟，採取了爭取時間的戰略。美軍向地下的日軍陣地丟擲手榴彈和催淚彈，用噴火器焚燒乘勝追擊，但費了很大工夫才讓和軍隊雜居在一起的避難民眾走出來。

在垂死的戰場上，民眾被日本兵趕出戰壕，有人在「鐵風暴」中徬徨；有人被搶走食糧餓死街頭；有人因為士兵聽不懂沖繩方言，被當成間諜射殺；也有幼兒因為哭出聲音而被掐死……無論士兵還是避難民眾，都被逼入「人不像人」的狀態。

六月二十二日黎明，守備軍牛島司令官切腹自殺。照理說，沖繩戰也因此結束，但牛島司令官在遺書中下令「自今以後，各部隊由各地生還的上級指揮，勇敢戰鬥到最後，為永遠效忠天皇和國家而活」，也就是要求倖存的官兵在各地展開游擊戰，戰到最後一兵一卒。由於決定停戰的負責人已經不在了，只能將戰局拉長，希望把美軍困在沖繩，為本土決戰爭取時間。這個作戰決定凸顯了對沖繩縣民的蔑視。

⓫這是沖繩地區的主要墳墓形狀，由於狀似龜甲，故稱為龜甲墓。

天色暗了之後，敵軍的槍擊安靜下來，大家立刻起身，彎著腰快速往前跑。雖然不知道該跑向哪裡，但還是跟著前面的人跑，只要跟著同伴，就不會落單。

不一會兒，我們來到一個天然洞窟，洞口朝向天空張開大口。我們用架在入口的松木原木梯子往下走。比我們早幾天離開摩文仁岳洞窟的三中隊的同學也在那裡。

老師看到我們中隊的人都到了，便當眾宣佈：

「第三十二軍向大本營發了訣別的電報後，發動了最後的總攻擊。沖繩戰的組織性戰鬥宣告結束，各位同學至今為止，身為皇國的學生盡了各自的本分，鐵血勤皇隊的使命也宣告結束，就地解散。」

雖然他語帶沉痛，但內容只是事務性的命令傳達。沒想到在最後關頭宣佈解散，想必是來自軍方的命令。

沖繩戰敗了——曾經堅信的信仰無聲地崩潰，淚水不停地流，四周響起啜泣聲。

老師哽咽地說不出話，片刻之後，才終於下定決心似的繼續說道：

「今後，各位同學可以單獨行動，也可以兩、三個人結伴行動，我也不知道哪一種比較安全，運氣好的話，可以突破敵軍陣地，到達本島最北端的國頭山中，但絕對不能操之過急，一定要珍惜生命。明天敵人就會到這裡，必須趁今天晚上，天還沒亮之前到達海岸。」

然後，每個人領到了分別裝了兩杯糙米和味噌粉的兩隻襪子。

宣佈解散之後，除了本島北部的國頭以外，也無處可逃。從南方盡頭前往最北端的國頭郡，必須正面突破港川。我們二中隊四名成員中，糸數說：「那裡雖然是敵軍的佔領地區，但敵軍的主力在我們頭上的摩文仁，後方的港川兵力不足，所以可以衝！」所以我們也跟著他出發了，但在遙遠的路途上，很可能遭到艦艇的射擊，變成海中死屍，於是，我和桂、新垣躲回了摩文仁巖的岩石後方，因為我們覺得到時候用一顆手榴彈就可以解決自己的性命。我們白天躲在岩石群後方，晚上喝著海岸附近的岩石間滲出的水，很珍惜地舔著味噌粉。

味噌粉也吃完了。砲擊聲漸漸消失，我們膽子稍微變大，用空罐去裝海水，拿來煮草葉。而天皇陛下恩賜、刻有菊紋章的步槍，木質槍托因為含有油分，很容易燃燒，所以我們也都敲下來取火。

「我發現了這個。」

有一天，新垣拿出勸告投降的傳單，壓低嗓門說道。那時候，到處都在發這種傳單，已經有很多人拿到了，但是，我們兩個人都沒有多說什麼。不一會兒，可以感受到新垣露出期待的眼神看著我，他似乎在徵詢我的意見。

「我覺得還是不能出去，不能投降。」我無力地說道，他們兩個人都沒有反應。這時，海面的方向傳來擴音器的聲音。

「日本士兵，請你們出來吧！」

不知道過了多久，突然有十幾個穿著兜襠布的人迅速從岸邊跑向海上的小船，他們打算集體投降。當海水即將淹到那些踢著白色浪花奔跑的人們腰際時，海岸的岩石後方突然響起一陣機關槍聲。其中一個人倒了下來，當機關槍準備朝向其他人射擊時，小船上的機關槍朝著岩石猛烈掃射。那些穿著兜襠布的士兵逃離了友軍的虎口，快速游到小船旁，被人拉了上去。

這是怎麼回事？難道「寧戰死為榮，被俘乃軍人之恥」不是自律，而是強迫人的嗎？

天色漸漸亮了，這時，海崖上傳來異樣的聲音。回頭一看，發現紅著臉的美國兵居然站在那裡！我們口中的禽獸敵人居然低頭看著我們。我們不假思索地跑向斷崖的裂縫。其他四名士兵也跟在我們身後跑了過來。

雖然斷崖的裂縫很大，但擠七個人還是有點狹小，我們只能前胸貼後背地擠在一起。一個戴著戰鬥帽，看起來像是沖繩人的年長防衛隊員過來叫我們投降。「喂，小心幹掉你。」其中一名士兵低聲對他說。防衛隊員嚇得趕緊縮了回去，但隨即又回來頻頻勸我們投降。

兩名士兵從腰間拔出手榴彈爬出斷崖，其他人也都紛紛跟進。桂和新垣兩人蒼白的臉上露出不知所措的表情，但我不知道該怎麼辦。雖然懊惱沒有跟那幾個士兵一起行動，身體卻無法和心保持同步。我覺得投降的行為是最大的背叛，對不起死去的老師和同學。靠投降尋求苟活是欺騙、背叛他們，是寡廉鮮恥的行為，等於讓他們白白送命。

然而，只剩下我們三個人時，我不禁慌亂起來。接到解散命令時，最令我感到震撼的不是戰敗，而是必須單獨行動前往國頭。要我們自行思考簡直就像是在接受拷問，因此，最先想到的是「我們被拋棄了」。

太陽已經高掛天空，我想到很多事，但想像已經到了盡頭。腦海中浮現的都是家裡的事，尤其是祖母露出悲傷的雙眼，用首里腔叫著我：「朝友。」我也忍不住在心裡叫著「恩梅」（奶奶），便再也無法克制自己的情緒。就在這時，頭上有人用英文叫著：「嗨，上來吧！」我不假思索地放下手榴彈，桂和新垣也跟著我投降了。

兩人一組的美國士兵搜了我們的身，然後，我們和其他俘虜坐在一起。所有人都默然不語，垂頭喪氣。

山丘上吹著夏天涼爽的風，閉上眼睛，覺得一切祥和。然而，曾經被綠樹包圍的山丘上，紅土被挖了起來，岩石也被硝煙燻黑了，樹木的樹幹被燒禿了。望著故鄉的滿目瘡痍，彷彿看到了自己和沖繩的未來，心情越發沉重。然而，再怎麼想也沒有用，因為我已經變成了俘虜。

＊

渡久山朝友說完後，揮趕著蚊子，凝視映照著積雨雲的茫茫大海。

那是年僅十六歲的師範學校預科生投身於戰爭的慘烈日子，在日本本土被空襲嚇得心驚膽戰的人，也難以想像有人可以走過那樣的日子活下來。即使現代已經有很多人談及在戰爭中的經驗，但包括弓成在內，仍有許多人都不知道身歷其境的具體事實。

弓成不知該說什麼，渡久山終於再度開了口。

「雖然我們是十五歲到二十歲的青少年學生，但畢竟是男生，和那些成為隨軍看護的姬百合學生隊的悲慘相比，實在不值一提。」

他看了一眼身旁的妻子，鶴深深地點了點頭。

「當美軍逼近時，許多同學的屍體都堆在泥地上。師範女子部和縣立第一女高的學生和職員總共有兩百九十七名，有十六名職員和兩百零八名學生都戰死了。

「終戰那一年的十月，當我和老師、同學來這裡撿屍骨時，看到已經變成白骨的頭蓋骨上還黏著綁了辮子的頭髮，忍不住放聲痛哭起來。之後，因為太難過，也覺得太對不起她們，就再也沒有來過這裡。」

一行淚水滑落鶴的臉頰，她開始訴說。

✻

沖繩縣立女子師範學校位於目前的那霸市區，石造大門前種著整排的相思樹。走進大門後，右側是女子師範學校，左側是一女高。女子師範學校俗稱是「白百合」，一女高稱為「乙姬」，因此兩所學校也合稱為「姬百合學園」。

我苦讀多年，終於如願考進了女子師範學校，但一九四四年，受戰局影響，學生也經常被徵召支援後勤任務。翌年，三月二十四日傍晚，女子師範學校和一女高的學生們組成「姬百合學生隊」，加入了南風原陸軍醫院的看護工作。

醫院位於向東北方向突出山丘的兩個戰壕中，只能收容少數病患，大部分的病患都收容在南風原國民學校的校舍內。醫院的地下戰壕還在繼續挖掘。

三月二十九日晚上，野田校長、女子部的西岡部長現身，在緊急建造的茅草三角屋頂兵營內舉行了畢業典禮。港川那裡砲聲隆隆，砲彈也落在兵營附近，可以感受到爆炸引起的強風。

會場點了兩根蠟燭，野田校長致詞後，西岡部長也激勵我們，全體合唱「海行兮」作為學生致答辭，但歌聲中夾著啜泣聲，歌聲也不時被砲彈爆炸聲淹沒。

畢業典禮後，我們本科二年級學生變成了畢業生，擺脫了學生身分，但立刻成為姬百合學生隊員從了軍。

翌日三十日，兵營付之一炬，似乎預示了姬百合學生隊的前途。於是，我們開始在未完成的地下戰壕內生活。

醫院戰壕內充斥著臭汗、鮮血和膿瘡的惡臭，無數傷兵吐出的氣讓蠟燭都快要熄滅了。送來的傷兵一天一天增加，都是斷了腿或是腹、胸中槍的重傷病人，於是，就在糸數（玉城村）設置了分室。

到處都傳來「學生妹妹」的叫聲，一聽到叫聲，我們便立刻飛奔過去。傷兵在呻吟的同時會提出各種要求，只要我們稍有遲疑，他們就會破口大罵。那時候我們才發現，入隊之前接受的看護訓練只是扮家家酒。

有些傷兵被砲彈貫穿身體或是砲彈碎片仍然留在體內，也有的傷兵斷了手腳，尤其看到內臟破裂的病患時，我們會忍不住轉過頭。

除了處理傷口以外，還要照顧他們的排洩問題。便壺的數量永遠都不夠，得用空瓶和空罐，排尿時，必須為他們扶著下體。廁紙供應量不足時，就把筆記本和書一張一張撕下來，揉軟後使用。雖然根本沒時間看書，但還是為能夠派上用場感到高興。

到處都可以聽到「學生妹妹，幫我換一下繃帶」的叫聲，傷兵的傷口都爬著蠕動的蛆，在吃傷口裡的膿。這裡雖然是醫院，但只是徒有其名。

學生隊隊員不時被砲彈炸死。慶良間島海上到沖繩本島海岸附近，都被美軍艦隊佔領了，放眼望去，一片黑壓壓的。入夜之後，所有的船艦都亮起燈光，毫不間斷地向岸上發射砲彈。

看護工作中最可怕的就是去汲水和打飯，因為必須走出戰壕外，暴露在槍林彈雨中。打飯時，必須去廚房領飯後，兩人一組扛著飯桶穿過砲彈雨林，當炸彈在附近爆炸時，得用肉身保護飯桶。

處理屍體的工作也在砲彈攻擊暫停的時候進行。剛開始時，我們會扛著屍體埋進挖好的洞裡，合掌為他們祈禱冥福，但漸漸無法這麼從容，只能將屍體搬到彈坑附近，叫著「一、二、三」的口令把屍體丟出去後，不顧一切地逃回地下戰壕中。

五月二十七日，軍司令部轉移到摩文仁，但我們當時根本不知道，所以也不瞭解為什麼砲彈的攻擊越來越激烈。幾個負責傳令的學妹不知道從哪裡找到了黑砂糖送過來，說了聲「那我走了」，剛走出地下戰壕時，砲彈剛好落地，兩個學妹不幸喪生，另一個人身受重傷，連腸子都跑了出來。我們讓她躺在門板上，把腸子塞回她的肚子裡，縫合後用繃帶包起來。她央求說：「給我水。」但一旦給她喝了水，就會加速死亡。我們只能一直安慰她：「別擔心。」她不停地哀求：「如果妳們可憐我，就趕快拿藥水來……反正我早晚會死。」她說話的聲音越來越小，我們用脫脂棉沾了茶杯裡的水餵她喝，她用宛如夢囈般的聲音小聲說：「我會比我媽他們早死。」然後就斷了氣。

翌日，醫院決定南下。可以行走的傷病兵在我們的攙扶下，離開了南風原的地下醫院。事後聽說院方留給無法行走的兩千多名重傷病人手榴彈和氰化鉀，讓他們自殺。

我們順利經過了南風原村嘉屋武的「魔鬼十字路口」，在被砲彈炸得滿目瘡痍、被雨淋濕的泥濘中趕路，經過真壁、糸洲、伊原、山城，終於來到波平的第一外科地下戰壕。一開始沒有敵機襲擊，周圍格外安靜，但不久之後，白天有「蜻蜓」（席斯納軍用機）襲擊，晚上則用照明彈偵察後，從海、陸、空三方攻擊。六月十七日，美軍終於來到波平，護士長率領護士和衛生兵，一起轉移到伊原第一外科的地下戰壕，我們還來不及喘口氣，洞窟入口就被砲彈炸開了，二十幾位同學和護士都犧牲了。

兩天後，所有學生都集中在洞窟內，宣佈了醫院解散的命令。

「如果大家一起排隊走出去，就絕對沒有生還的機會，所以，五、六個人一組，由高年級同學帶低年級同學一起往北部避難。可以沿東海岸走，也可以游過敵軍已經攻打的港川，妳們自行決定。」

黎明前，我們離開了地下戰壕，潛伏在農田中或是躲在岩石後方，然後，快速逃到細葉榕樹後。到處都是屍體，惡臭撲鼻。我想起前一天晚上老師說：「如果看到我受傷了，妳們別管我；如果妳們受傷了，我也會丟下妳們。」雖然到處都聽到有人喊「救命！」、「給我一點水喝！」我們卻無能為力。

我和同村隔壁部落的比嘉秀、來自宮古島的宮國節三個人一起行動，對彼此說：「我們很快就會受折磨而死，希望可以一下子就被炸死。」然後，不顧一切地衝往海岸。

士兵和居民們從四面八方湧向海岸。聽說只要能夠游過港川，就會有援軍來救我們，士兵都走進海裡想游過去，但敵人似乎早就等待這一刻，用機關槍掃射。我們原本也打算游過港川，所以走進海裡，但水太深了，差一點溺死，好不容易才游到較淺的岩礁，小秀也在那裡，小節卻越漂越遠，即使向士兵求救，也沒有人理會她。幸好她漂到了可以站直的地方才撿回一命。

我們再度走進木麻黃樹後方，小節的地下足袋和急救袋掉了，就連束腳褲也被沖走了，下半身只穿了一條短褲。我身上穿了兩件束腳褲，就脫下一件給她穿。我在海裡的時候，地下足袋也沖走了，光著腳走在海岸上很吃力。珊瑚石灰岩的岩角好像針一樣銳利，腳底已經血肉模糊了。

既然無法從海上突圍，就只能走海岸線，但海崖下是深海，我們只能攀著岩石摸索前進。走了一會兒，看到一個肩上扛著扁擔的男人坐在地上打瞌睡，扁擔兩端載著行李，行李中的飯鍋裡似乎裝了飯，我們很想拿一點來吃，但理智還是告訴自己不能偷竊。有一個男人察覺到我們的視線，一把搶過飯鍋吃了起來，還遞到我們面前，叫我們也一起吃，我們立刻不假思索地狼吞虎嘸。一個和家人走散的五、六歲男孩走過來央求：「帶我一起走。」我們沒有理會他，男孩垂頭喪氣地走開了。

我們在摩文仁附近海邊的洞穴裡東躲西藏，連旁邊躺著死人的水窪裡的水也照喝不誤。

海崖上和海上的小艇中不時傳來廣播聲：「戰爭已經結束了，沖繩人和士兵都可以出來了。」天空中也撒下很多勸告投降的傳單，但如果拿起來看，很可能會被友軍的士兵一槍打死。

不久之後，擴音器中傳來字正腔圓的日文宣佈：「如果不在十一點前出來，就要用噴火器放火燒了！」突然有兩個美國大兵出現在我們面前，我們情急之下，抓著手榴彈。「嗨，女學生！」美國士兵很親切地向我們打招呼，然後撲了過來，搶走我們的手榴彈離開了。

舉著白旗的士兵和高舉雙手的居民陸續走了出來，我既覺得他們可恥，又覺得根本無所謂。不，生存本能戰勝了一切，我們也跟著走了出去。原以為俘虜中只有我們三個學生，所以覺得抬不起頭，但看到人越來越多，就告訴自己應該不是只有我們而已。直到在人群中遇到了正在讀專科的學姊，才終於鬆了一口氣。我衝向那個學姊，抱著她大哭起來。

我雖然活了下來，但想到那些大和魂已經滲進骨子深處，死在砲彈下和用手榴彈自盡，把大海染成一片鮮紅的同窗，就懊惱、難過得無法自已。

✻

從摩文仁回來的那天晚上，渡久山夫婦的慘痛戰爭經驗深深地刺痛了弓成的心，他坐在書桌前，久久不願離開。

執政者的徹底皇民化教育，鼓舞十幾歲的純真學生要成為比本土的日本人更純粹的日本人，把他們捲入了戰火，當喪失戰鬥能力後，居然在槍林彈雨中宣佈解散命令——

根據美國陸軍部的紀錄，打在南北長達一百三十公里的細長形沖繩的砲彈中，有六十萬發艦砲砲彈和一百七十六萬發地面砲彈，可以形容為「鐵風暴」的砲火攻擊持續了超過三個月，沖繩全島遭到了徹底破壞，山也都失去了原本的形狀。

「鐵風暴」攻擊導致七萬三千名正規日本官兵喪生，如果包含防衛隊在內，死亡人數達到十四至十五萬名。沖繩本島每三個人中就有一人，包括離島在內的沖繩全縣每四人中就有一個人「被戰火吞噬」了。

弓成心如刀割，感到口乾舌燥，起身拿起放在架子上的藍白色杯子。那是在奇比奇里戛瑪集體自殺者的遺族，目前正在學習玻璃工藝的謝花未知送他的杯子，之前他都拿來作為裝飾品。他第一次在這只杯中裝滿水後，流入咽喉的水平靜了他的心情。

第十六章

OKINAWA

那霸市最熱鬧的國際大道上，賣沖繩特產的泡盛酒、黑砂糖、傳統工藝陶器和漆器的商店鱗次櫛比，其中還夾雜著賣美軍士兵舊衣服、勳章及太陽眼鏡的雜貨店和T恤專賣店，觀光客絡繹不絕。

時序已進入十一月底，雖然身處亞熱帶島嶼，但弓成還是在長袖襯衫外套了一件薄外套。買了車之後，他經常來到那霸，主要是為了逛書店。沖繩有不少人透過本地的出版社，出版了跨越不同領域的書籍，但統計資料並沒有顯示沖繩是全國最熱愛閱讀的地區，這種現象實在令人匪夷所思，對弓成來說卻是求之不得。無論新作品還是舊書，他每次都會帶幾本書回家。

他去和國際大道隔了兩條街的舊書店訂購已經絕版的歷史書後，拎著裝了新書的紙袋走往停車場前，繞進了一家麵店。雖然早就過了午餐時間，但麵店內有不少本地的客人。

他點了艾草麵和炒苦瓜，喝著冰水潤喉時，從紙袋裡拿出今天他一眼看中的一本名叫《方言札考》的剛出版新書。封面上畫了一塊看起來像是實物大小的長方形舊木牌。他之前去過博物館、資料館，對沖繩的歷史有了相當程度的瞭解，卻從來沒有見過用毛筆寫了「方言札」的木牌。

他翻開書頁，立刻看了起來。

沖繩的方言札出現在二十世紀初，一直到戰後仍然存在。方言札是各地學校用來懲罰的牌子，作為推動標準語（共通語）的強制手段。只要有學生說方言，就要把寫有「方言札」的木牌或是紙製的牌子掛在脖子上。

一九四〇年（昭和十五年），沖繩縣當局大力推廣標準語作為全縣運動，但由於過度強制和懲罰手段太激烈，反而導致蔑視方言，扭曲兒童的心理，對民眾的生活情感造成壓迫，因而引起了反彈。

弓成深受吸引地繼續往下看。

「打擾一下，請問你是大和人嗎？」

一個皮膚黝黑的白髮老人不知道什麼時候坐在他的對面。弓成闔起手上的書回答說：

「我來這裡只有半年……」

老人瞥了他手上的書一眼，笑著說：

「好久沒有看到方言札了，我在首里的小學讀書時，班導師是本土師範學校畢業的老師，他告訴我們說，以後沖繩人若不會說標準話，就無法成為真正的日本人，所以禁止我們說沖繩話。有學生說沖繩話時，脖子上就要掛像這本書封面上的那種木牌子，站在教室後面。」

「像你們那個世代的人都受過這種教育嗎？」

「是啊！雖然老師要求我們成為真正的日本人，但調皮搗蛋的小學生根本搞不懂，誰都不想掛這種木牌，只要看到其他說沖繩話的學生，就立刻把木牌交給下一個人。當周圍的人都小心謹慎，忍著不說話時，他就故意踩別人的腳，對方大叫『阿嘎！』（好痛！）他就說：『哈！你說沖繩話了。』然後就把木牌交給對方。我覺得老師和家長比較認真看待推廣『大和話』這件事。」

老人說完，吃著送上來的麵。弓成也吃著很快就送上來的麵，納悶地問：

「現在會覺得這些事很不可思議，但是博物館之類的地方為什麼沒有展示方言札呢？」

「這是我長大以後才知道的，聽說因為那是封建時代的東西，屬於強硬推行派的縣學務部以此為恥，所以刻意隱匿了這件事。當我們小學生被強制參加消滅方言活動時，來自東京的學者得知了這件事，批判這是侮蔑方言、會導致鄉土文化滅亡，為此大肆爭論。沖繩縣務部認為，如果我們標準話的能力不佳，會招致外縣的誤解和不利。直到戰爭之後，我才瞭解老師他們想要和本土同化的心情。來自本土的士兵聽不懂我們說的話，再加上戰爭每況愈下，於是傳聞四起，說沖繩人是美軍的間諜，有不少人因此遭到槍殺。」

說著，他喝了一口麵湯。

「你已經習慣這裡的麵了嗎？」

老人改變了話題。沖繩的麵沒有加蕎麥粉，只用小麥粉擀麵，感覺有點像拉麵，湯頭也使用昆布和豬骨熬製的高湯。雖然弓成一開始有點不太習慣，但現在已經懂得如何挑選好吃的麵店了。

弓成坦誠地告訴老人。

「太好了。那我先走一步了——」

老人拄著枴杖，搖晃了一下站了起來。

從在麵店偶然同桌的市井老人口中也感受到沖繩歷史的特異性，令弓成不禁深有感慨。他走出麵店，坐上停在停車場的車，駛向國道五十八號線。

國道五十八號線南北縱貫沖繩本島面向東海的西海岸，這條幹線道路的中央分隔島兩旁各有三個車道。

美軍佔領時期，國道五十八號線稱為軍用道路一號線，在一九五〇年代初期的美蘇冷戰時代，萬一沖繩的美軍基地受到轟炸無法使用時，這條道路將用來代替跑道，供戰鬥機起降。聽說當時中間沒有分隔島，道路兩側也沒有建築物，因此很有這個可能。

一九七〇年代越戰時期，滿載著身穿迷彩服美軍士兵的吉普車、卡車和牽引大砲的拖車，不分晝夜地行駛在這條軍用道路上。

「從衛生紙到導彈」，所有軍用物資都來自那霸軍用港和位於北方的牧港補給基地，然後再運往越戰前線。

隔著圍籬，矗立著一大片巨大的倉庫，從建築物的縫隙中可以隱約看到東海的藍色海面。

後方突然有人猛按喇叭，按喇叭的方式似乎在威嚇：「閃開，快閃開！」往照後鏡一看，果然是美軍的大卡車以驚人的速度直逼過來。弓成已經不止一次目睹美軍車輛像是直奔戰場或參加軍事演習般，目中無人地行駛在民間幹線道路上，他很不甘願地讓出了車道。前後的車輛也都習慣這種情況，所以並未發生追撞或碰撞意外，但是，當重型卡車駛過車旁時，強大的風壓讓弓成的小車幾乎快飄起來了。他用力握著方向盤，不禁怒火中燒。

他沿著國道五十八號線繼續北上來到宜野灣市，普天間機場佔據了市區中心。美軍在一九四五年建造了跑道，之後又整備擴大的普天間基地成為海軍航空團的指揮部，以直升機為中心，總共有七、八十架飛機。

由於基地佔據了市中心，道路、商店街、學校和醫院都在基地周圍呈甜甜圈狀分佈，直升機的噪音和發生墜機意外的可能性，都對居民們造成了莫大的威脅。

弓成沿著五十八號線繼續北上，駛往讀谷的方向，右側再度出現了綿延不斷的圍籬。這裡是嘉手納基地，圍籬旁種滿了夾竹桃，許多地方都無法看到基地內部的情況。

在三岔路等號誌燈時，弓成突然想去可以俯瞰一部分嘉手納基地的「安保之丘」看看。當號誌燈轉綠時，他把方向盤向右轉，將車子停在通往山丘小徑附近的路旁。

這條坡道是誰建造的？他沿著容一個人通過的狹小坡道往上走，來到一片砍掉雜木林後形成的平地。

這座有著「不沉的航空母艦」之名的廣大基地，包括滑行道，總共有兩條四千公尺級的跑道。停機坪上，Ｆ１５戰鬥機、Ｂ５２戰略轟炸機、Ｐ３Ｃ反潛巡邏機的機影在蒸騰的熱氣中搖晃。這裡是《日美安保條約》的縮影。

基地內住了兩萬名美國軍人及其家屬，附有種滿花草庭院的軍官宿舍、一般士兵宿舍、零售店、電影院、保齡球館、教堂和診所等設施一應俱全，宛如是「美國的嘉手納鎮」。

沖繩的總面積佔日本國土的百分之零點六，但百分之七十五的美軍基地都集中在這片土地上。住在本土的大和人有多少人知道，在沖繩回歸祖國十三年後，這種異常狀況仍然持續？

弓成在報社當記者時代，採訪《沖繩回歸協議》時的第一個獨家報導，就是美軍歸還基地的清單。

當時，他在報導中批判歸還的基地數量太少，現在回想起來，那只不過是紙上談兵式的憤怒。必須讓全國民眾瞭解自己實際住在沖繩後切身感受到的種種不合理，他強烈地認為這是自己的職責。

❊

謝花未知和其他三名徒弟一起站在一片通紅的一千三百度窯爐前，神色緊張地注視著師父稻嶺的一舉一動。

留著花白山羊鬍、身材瘦削的稻嶺穿著長袖襯衫和牛仔褲，手上戴著棉紗手套，用鐵製的長吹竿沾取窯爐內宛如麥芽糖般的熔融玻璃液。

他的嘴對著長一點五公尺、直徑一公分的吹竿用力一吹，熔融玻璃液頓時像橘色氣球般圓圓地鼓了起來。稻嶺用雙手往上支撐著吹竿，繼續向內吹氣後，把吹竿交給了未知。未知動作俐落地將鼓起的前端放入窯爐中，保持高溫後，再交還給稻嶺。

稻嶺鼓著兩頰繼續吹氣，橘色氣球越來越大，同時出現了許多小氣泡，形成微妙的圖案。這是名為「宙吹」的技法，在忍受高溫的同時，需要有瞬間的創意，因此格外辛苦。

決定基礎形狀的大小後，稻嶺走到窯爐旁的滾台，把吹竿橫放在面前，未知和其他徒弟遞上的竹刀和木板將作品口部不斷延展，並用濕報紙墊在作品的底部。在咻地冒出水蒸氣的同時，動作俐落地為底部塑型。

原本是圓形的熔融玻璃漸漸變成了橢圓形，不一會兒，就出現了一個乳白色的深底大盤。未知立刻用吹竿從窯爐中五種不同顏色的坩堝中舀出藍色的熔融玻璃，滴在稻嶺和其他徒弟不停轉動的盤緣。

未知白皙的臉頰上泛著紅暈，汗水順著她的止汗髮帶，不停地沿著她的脖子流了下來。其他徒弟也都大汗淋漓地執行著稻嶺事先指示的任務，分毫不差，合作無間。

邊緣的藍色在令人聯想到白色蓮花的清雅大盤內勾勒出波狀紋，之後，大盤數度放進溫度略低的窯爐中加溫。

「好，完成了。」

稻嶺說著，仔細打量著完成的作品。玻璃製品會隨著溫度、顏色的成分和加溫情況，呈現出微妙的變化，這個世界上無法做出第二件相同的作品。

未知和其他徒弟出神地看著稻嶺露出會心的笑容，流滿汗水的每一張臉上都漾著喜悅。作品要在五百度的低溫窯爐內放置一晚，翌日早晨打開窯爐蓋時，才能夠感受到由衷的喜悅。

「喲，弓成先生，你怎麼來了？」

換上深藍色短袖T恤、頸上掛著毛巾的未知雀躍地向站在工房外的弓成打招呼，她的臉上仍然滲著汗水。

「我剛從那霸回來，心想今天一定要來看看，沒想到製作玻璃工藝這麼辛苦。」

弓成發自內心地感到佩服。

「最大的關鍵就是不怕熱，集中注意力。別看工房的天花板那麼高，室溫差不多仍有四十度。」

嶄新的工房的五角形屋頂很高，但工房內有三座窯爐，即使作業已經完成，仍然可以感受到熱風拂來。

未知喝完手上的礦泉水，丟進了附近專門放空瓶的箱子裡。

「這些瓶子都按不同的顏色分開，周圍這些堆積如山的空瓶全都是原料。」

弓成再度巡視著那些裝了空瓶的塑膠箱子。之前曾經聽未知說，戰後的琉球玻璃藝術是回收利用美國文化象徵的可口可樂、百事可樂、啤酒和威士忌的空瓶所創作出來的，但看到玻璃藝術作品後感到難以置信。

「沒想到美國文化融入了戰後的沖繩，醞釀出沖繩特有的文化。」

他對因為地面戰失去了一切，戰後也在美軍統治下飽嘗辛酸的沖繩人的生命力感到嘆為觀止。

「歡迎，歡迎啊！」

稻嶺也向弓成打招呼。弓成偶爾去居酒屋時，曾經見過稻嶺兩、三次。稻嶺是赫赫有名的工藝家，卻從不炫耀，酒量好像無底洞，會隨著三線琴的音樂高唱民謠，其他客人也用手、用腳打著拍子，甚至有人翩翩起舞。

「稻嶺先生，我第一次見識到你的工作，實在太令人震撼了。」

弓成坦誠地表達內心的想法。

「剛才我是在挑戰新的技法，因為已經失敗了多次，所以做的時候特別專注。如果每天都這麼吹，我早就死在玻璃底下了。」
他用充滿稚氣的表情說道，和剛才判若兩人。
「藝廊展示了作品，要不要去看看？」
「當然要欣賞——」
他們走進平房內的藝廊。
一踏進藝廊內，弓成瞪大了眼睛。杯子、花瓶和盤子等作品，靜靜地在巧妙結合了自然光與間接照明的展示架上呼吸著，難以想像是用剛才看到的廢瓶子所創作的，可以充分感受到稻嶺的創意。
「我之前聽未知說，你獨創的宙吹氣泡玻璃工藝，反向利用了原本玻璃製品中不應該有的氣泡，讓工藝品達到了更高的境界。這種反向思考的創意太令人驚訝了。」
「未知這樣說嗎？」
稻嶺呵呵地開心笑著，點了一支菸，陶醉地抽了起來。
「其實，這種想法的起點只是好奇心。我中學畢業後，好不容易在宜野灣的玻璃工廠找到一份工作，每天都在製作日常生活用品。玻璃製品中一旦有氣泡就不合格，玻璃工藝師傅最煩惱的就是如何避免產生氣泡。但是，當玻璃中的氣泡增加時，有一種難以用言語形容的美，於是我開始認真思考如何運用這些氣泡表現出某種特色。我多次嘗試，終於製作出有生命力的氣泡。接著，我嘗試改變色彩，想把身邊的東西放進熔化的玻璃中，瞭解色彩的變化。」
「身邊的東西是指——？」

「比方說，放入咖哩粉或是米糠、黑糖時，氣泡呈現的方式就會不同。當我開始研究加入什麼東西會產生何種變化時，發現簡直就像是無底洞。

「我花了四、五年的時間，終於製作出自己滿意的作品，於是，就開著車去那霸推銷。雖然大家都說我的作品很與眾不同，但沒有人願意買。我用一個玻璃器皿換了一瓶泡盛酒把自己灌醉，沒辦法開車，就睡在車子上。用現在的話來說，就是開始過著流浪的生活，但我仍然相信終有一天會得到認同。」

他淡然訴說著，點了第二支菸。

「我的努力算是有了回報，在沖繩得了兩、三個獎，但作品還是賣不出去。沖繩回歸本土後，才大大改變了我。京都的一位業者看到我的作品後，為我在和服會館的展示廳舉辦了為期一週的個展，結果所有作品四天就銷售一空。之後，就不斷有來自本土的買家上門，激發了我的創作意願。」

「回歸本土」這幾個字在弓成內心產生了很大的迴響。在此之前，本土的人來沖繩或是沖繩人去本土時都需要用護照。

「聽說最近還有東京的年輕人說要向你拜師學藝。」

「雖然他們的學習意願很高，但很多人不瞭解琉球玻璃工藝是沖繩炎熱氣候的產物，所以都敗興而歸。目前，我最期待的就是未知。雖然女人做這個工作有先天上的不利因素，但她具有女人特有的品味，再加上很有體力和毅力，很了不起，我希望她阿公在有生之年可以看到她能獨當一面。」

稻嶺淡然的說話聲頓時充滿了感情。弓成豎起耳朵，想繼續聽下去時，工房那裡打電話來說，檢查窯爐的業者到了。

稻嶺立刻走出去。弓成獨自繼續欣賞著展示架，買了最初吸引他目光的琉璃礁酒盅和酒杯組。

他拿著包好的酒盅來到門外時，看到未知正開著水龍頭，用金屬刷子仔細清洗水桶中的每一個廢瓶，一看到弓成手上的包裝袋，立刻問他：

「你買了什麼？」

弓成拆開包裝紙，打開硬紙盒的蓋子。

「你真有眼光——」

未知綻開笑臉，用眼神徵求弓成的同意後，雙手取出紙盒裡的酒盅放在陽光下。

「這是師父在鈷玻璃中加入珊瑚石灰發泡，而且經過多次發泡的最新作品之一，謝謝你選了這一個。」

不知道是不是剛好選中了未知深有感情的作品，她真心誠意地向弓成道謝。酒盅口附近是清澈的藍色，鼓起的瓶身是暗茶色，其中還帶著些深淺不一的深綠色，營造出玻璃的立體感。彷彿海藻纏繞在海邊岩礁上的酒盅帶有一股深奧的韻味，用這個酒盅倒的酒應該很好喝。

未知把酒盅放回紙箱時問：

「你要回去了嗎？」

「今天天氣不錯，我想順道去座喜味城遺址走一走。」

弓成之前就想去看看，但城址的一部分被颱風吹垮了，封閉了很長一段時間。

「那我為你帶路，你等我一下。」

未知說著，走回了工房。一個看起來好像新學徒的年輕女子在工房旁的陰影下洗刷空瓶內的污垢，對面的手推車前，一個年輕人正用鐵鍾敲碎乾燥後的瓶子。

原來放入窯爐內的玻璃原料處理也完全是手工作業。弓成再度小心翼翼地抱起酒盅。

弓成開著車，由副駕駛座上的未知帶路，小心翼翼地駛上樹木茂盛的紅土林間道路。利用山丘斜坡建造的九個連續階梯窯的紅色屋頂，和周圍的綠意與藍色天空形成了強烈的對比。

高地的東側是嘉手納彈藥庫基地，近年來，其中一部分土地歸還給沖繩後，讀谷村整個買了下來，打造了沖繩傳統工藝的文化村。沖繩人意識到只有靠沖繩文化才能和佔領者地位平等，因此率先邀集了富有傳統的陶藝業者。各窯廠在首里和那霸的住宅區排放大量的煙逐漸引起居民不滿，紛紛來到此地尋求新天地，被稱為「人間國寶」的名師也在這裡新建了窯爐。

接著，讀谷富有傳統的花布織廠也紛紛聚集而來，稻嶺的玻璃工房也在這股熱潮中，從宜野灣遷來此地。

駛過村道後，前方是歷史民俗資料館。

「你可以把車子停在資料館的停車場。」

未知說完就先下了車。寬敞的停車場內，只有觀光客停車區內停了幾輛外縣市車牌和租車車牌的車子。

未知像往常一樣把一頭黑色長髮在腦後綁成馬尾，穿著白色牛仔褲和球鞋的她腳步輕盈地走在前面。周圍是修剪整齊的琉球松林，松林中間有一條散步道。

走上從刻著「座喜味城跡」的石碑開始的一大段石階路，眼前是用石灰岩堆砌的城牆，中央有一道頂部呈半圓形的拱門。弓成覺得和熟悉的沖繩風景有一種不同的感覺。

「你看這裡。」

瘦高的未知指著拱門上方。弓成抬頭一看，發現上面的卡榫石，可以感受到高超的建築技術。

「這裡是城堡的二之丸，前面那道拱門裡面是一之丸。」⑫

未知向他解釋。如今，這裡已經沒有任何建築物，只有一片長滿草皮的寬敞空間。

「以前是怎樣的城堡？」

「從城堡遺跡中沒有發現任何屋瓦，所以猜想是茅草屋頂。在出土的遺物中，發現了很多中國的陶瓷器碎片和古錢幣。」

未知邊說，邊回頭看著弓成。

「蓋這座城堡的是這一帶的按司（領主），也是著名的築城家護佐丸，更是一個悲劇名將。之後，尚家在首里建造了城堡，統一琉球王國後，為他冠上莫須有的謀反罪名。護佐丸為了證明自己的忠誠，在居城的中城城內舉刀自盡，是悲劇名將——」

十三世紀的戰國時代，各地的按司分別建了大小不一的城堡各自稱霸，在逐漸統一的十五世紀，中山府的尚巴志成立了「琉球王國」這個日本以外的獨立國家。之後，直到薩摩藩用槍砲這種新式武器入侵的一百八十年期間，琉球王國藉由和中國的朝貢貿易逐漸昌盛，他們向中國皇帝獻上貢品，用帆船帶回豐富的中國產品。除了和日本、朝鮮以外，他們還和暹羅、爪哇、呂宋等東亞國家交易，建立了獨特的政治外交和文化，成為一個繁榮的國家。原本沉浸在這段浪漫歷史中的弓成，從未知口中得知建造這座城堡的按司的悲劇後，立刻回到了現實中。

「我記得戰爭期間，日軍推測美軍會從沖繩登陸而在讀谷蓋陸軍北機場時，在一丸建造了高射砲陣地。」

美軍登陸後，立刻佔領了此地作為雷達基地，向艦艇傳達了從九州知覽飛來的特攻機行蹤，艦艇擊落了所有特攻機。高地頂端一百五十公尺是戰略要衝，也是軍方的首要軍事地形。

兩人在一丸的拱門與正準備離開的觀光客擦身而過，彼此相互點了點頭，未知咚咚地走上通往城牆的簡易鐵梯，向弓成招著手。弓成也跟著她走上鐵梯，站在寬度有三、四公尺的城牆上時，不禁大吃一驚。

眼前的視野開闊，讀谷村和大海盡收眼底。

「太壯觀了——」

⑫城堡的中心稱為本丸或一之丸，中心外的第二道圍牆稱二之丸。

弓成用手遮住夕陽光線，四處張望。

「斜前方不是有兩條大路嗎？那是日軍動員所有居民建造的北機場，美軍在戰後加以整備，作為降落傘的跳傘訓練場，當風向改變時，打開降落傘的學員無法順利在目標地點降落，剛好落在一個小孩身上，造成那個孩童死亡的意外。美軍還進行了假想機場設施遭到化學武器攻擊時的訓練，看到戴著防毒面具、身穿防護服的士兵，就很擔心不知道有什麼毒氣被帶進村莊，也不知道什麼時候會漏出來。」

除了美軍卡車旁若無人地行駛在民間道路上以外，沒想到危險的演習和毒氣就在身邊——

「你可以看到前面那片圓筒形的天線吧？那裡是楚邊通訊站，雖然離我們住的地方很近，但禁止民眾靠近。」

弓成點點頭。直徑兩百公尺、高二十八公尺的筒狀天線俗稱為「象籠」，目前由海軍管理，負責監聽飛機、船舶和軍用通訊。

「嘉手納基地在哪裡？」

弓成一下子找不到巨大的嘉手納基地在哪裡。

「這裡只能看到側面，所以不容易發現。象籠右側不是有一片細長的帶狀空間嗎？那就是美國的嘉手納鎮。」

未知的語氣中充滿了怒氣。夕陽光線太強烈，看不太清楚，只看到很寬的帶狀空間綿延，後方的東海上波光粼粼。在嘉手納基地和指呼之間的是美軍登陸的海岸，後方是慶良間群島和伊江島。

無論走在沖繩的哪一條街上，都可以看到基地；無論走在哪一個基地，都會看到曾經發生戰爭的戰跡。讀谷就像是沖繩的縮影，座喜味城址是基地和戰跡的交集點。

「弓成先生，你為什麼離開你的家人？你總是散發出一種落寞的感覺——」

未知突然問道。弓成遲疑了一下，看著腳下的石頭說：

「一言難盡。」

「你沒有和你太太離婚吧？」

未知今天窮追不捨。

「這個嘛……」

弓成點點頭，想起向渡久山借了小屋，掛上門牌後，第一次寫了一封留下住址的信給妻子由里子，為自己的自私道歉。妻子至今仍然沒有回信。他到伊良部島後，曾經寫信通知在下關恢復了「弓成青果」這塊招牌的堂弟，但當時對由里子的感情還未整理出一個頭緒，所以始終沒有與她聯絡。由里子是否無法原諒自己？或者，那封道歉信是否給由里子平靜的生活造成了困擾？他不時感到後悔。

「你有女兒嗎？」沉默片刻後，未知再度問道。

「不，有兩個兒子。」

他想像著已經難以想像的洋一和純二的面容，小聲地說道。

「未知，妳怎麼了？」

他看著欲言又止的未知。未知挺著身體，站在他的面前。

「你應該知道我是混血兒這件事吧？」她不帶感情地問。

弓成嚇了一跳，但又覺得之前果然沒有猜錯。她的頸部和手臂內側不容易曬黑，格外白皙，堅挺的鼻子，鼻尖微微上揚，下巴到頸部的線條也很俐落。瘦高的身材，雙腿修長，但充滿熱情的黑色眼眸和宛如黑色瀑布般的黑髮，是沖繩女人獨有的美麗特徵。

雖然弓成曾經猜測她是混血兒，但認識未知的渡久山夫婦和未知的阿公、稻嶺都沒有提過這件事，弓成也沒有刻意打聽。

「我痛恨自己來到這個世界。」

她的聲音帶著彷彿在黑暗中哭泣般的悲痛。弓成無言以對，不知該說什麼。

「從我懂事開始，我阿公就告訴我，我媽在十八歲的時候，和從韓戰期間轉派到嘉手納基地的戰鬥機飛行員生下了我。我媽生下我之後，因為產後營養不良，一個月後就死了。那個飛行員之後回了國，臨走時說一定會回來接我，但從此杳無音訊。我媽叫阿年，家裡沒有一張她的照片，至於那個飛行員父親，既不知道他的名字，更不知道他在美國住在哪裡。」

波光瀲灩的海上吹來冷風，吹過他們的頭上。

「那是我小學六年級那一年的清明節，我感冒躺在家裡，但因為很想見其他親戚，所以就去了龜甲墓。」

然後，未知看向大海，似乎壓抑著內心的情感訴說起來。

農曆三月的清明時節，沖繩人都會舉家前往祖先的門中墓（共同墓）掃墓，掃墓之後，大家會在墓庭喝著帶去的泡盛酒、吃著帶去的下酒菜，一起聊家族內的情況，向墓中的祖先報告。那天，大家喝了酒，有了幾分醉意，熱熱鬧鬧地聊天時，舅舅突然哭著說，阿年姊快三十歲了，難道到死都要一直住在愛光園嗎？當時我並不知道愛光園是位於山原（沖繩北部）的一家精神病院，但聽到原本以為已經死了的母親還活著，急忙衝到舅舅身旁。沒有人發現我來了，所以他們個個臉色鐵青，根本無心繼續清明祭了。之後，舅媽和表哥、表姊比之前更加善待我，但隻字不提我媽的事。

上了中學後，我很想見我媽一面，於是調查了醫院所在的地點，偷偷去看她。那裡是基督教的精神病院，牧師說我搞錯了，不讓我見我媽。

或許是因為地面戰太激烈了，戰後，許多人都住進了精神病院，當時所有的病房都住滿了人。

我背著牧師偷偷去病房找人，但我甚至沒看過我媽的照片，根本找不到……一位醫生看了於心不忍，告訴了我。那個女人一看到我就拚命發抖，扯尖了嗓子大喊「滾開」，之後，我就再也沒見過她。

我質問阿公，他才終於告訴我真相。那一年，我媽獨自在農田裡幹活時，遭到三、四個美國兵的襲擊。我媽抵抗時，被他們用槍托毆打，最後被拖進了附近的樹林裡。附近的沖繩民警聽到慘叫聲趕到，但手無寸鐵的民警在武裝的士兵面前就像是稻草人……

那些美國兵簡直就像是野獸……我身上流著骯髒的血液，我很痛恨產婆為什麼沒有在我出生時把我掐死。有很多女人因為被美國士兵強暴而生下孩子，許多人不忍心看到母親和孩子受到折磨，就私下掐死孩子……

「未知，妳別說了！」

弓成大聲制止了她。

「對於妳母親遇到的事，我不知道該怎麼安慰，但不管妳母親怎麼樣，妳都應該感謝她生下了妳。」

「我媽那次看到我，一直往後退。幾年後，她在醫院死了。我一直覺得她是見到我之後，病情加重了……」

未知臉色蒼白，自責地說。

這個女人竟然背負著如此悲慘的命運？難道淤積在未知內心深處的是沖繩的泥濘嗎？

「我不知道該依靠什麼活下去，這件事一直折磨著我。我很希望工房一千度的窯火可以燒盡自己身上骯髒的血液，我就是帶著這種想法認真做玻璃。」

「那也很好啊！妳創造出了自己的精神支柱。剛才妳在工房和稻嶺先生合作，全心全意創作這世上絕無僅有的作品的身影，有一種稀世的美，我第一次看到那樣的妳。」

弓成充滿熱情地鼓勵她，未知的臉上終於恢復了血色，目不轉睛地看著弓成，突然倒在他的懷裡。

「弓成先生，希望你一直留在沖繩……一直守護我。」

該如何接受這個溫暖而又柔弱的身體？弓成努力克制著想要用力把未知摟入懷中的衝動。

第十七章

土地鬥爭

弓成拿著宛如海藻纏在海邊岩礁般的玻璃酒盅，把泡盛酒倒進了杯裡。藍色透明的酒杯和酒盅瓶口的顏色相同，他欣賞著酒在杯中微微晃動的樣子。

「這個酒盅真漂亮。」

戴著圓形眼鏡的渡久山朝友穿著甚平⑬，從主屋的庭院走來小屋，他一臉柔和的表情，把臉湊了過來。

「我之前向你提到過，在稻嶺先生的工房買的就是這個。我原本決定第一次用它的時候要和你一起喝酒，所以一直收藏著，但你這一陣子都在讀谷村公所加班到很晚，結果我就等不及了——」

渡久山從學校退休後，受邀成為村史編纂委員。生性認真的他專心投入，每天都很晚才回家。

「讀谷村公所決定為紀念開村八十週年出版的村史出一本補遺本，這也想編進去，那也不想漏，結果就越來越投入了。」

渡久山說著，在門口脫下鞋子，坐在弓成面前。

「真不錯，也給我一杯吧？」

他拿起倒扣在盤中的酒杯遞到弓成面前，接著緩緩喝下倒滿的酒。

「真好喝！看來你也終於有心情欣賞工藝品了。」

他開心地說道。

「在那個工房的謝花未知最近還好嗎？」

他仔細欣賞了酒盅，為弓成的杯中倒了酒。

「雖然那是一份辛苦的工作，但她在一群男人中毫不遜色。聽稻嶺先生說，希望在她阿公的有生之年讓她可以獨當一面——」

「聽說她的手藝也不錯，但像我這種老一輩的人希望她在工作有成就之前，能夠找到人生的伴侶，感受一下家庭的溫暖。」

「她不想結婚嗎？難道是因為她的身世？」

弓成鼓起勇氣問道。

「原來你知道？就連她阿公也難以瞭解她內心的黑暗。」

渡久山感慨良多地說。

「弓成先生，未知一開始就跟你很親近，輕鬆地和你聊天，連我太太都覺得很納悶。」

「是嗎？我以為是沖繩的女人個性都很開朗……」

弓成回想起之前一起去座喜味城址，未知突然向他提起自己的出身和母親的死訊時，他所感受到的震撼，但他沒有提及未知撲進自己懷裡的事。

「今天的月亮真漂亮，是滿月嗎？」

渡久山拿著酒杯，仰望懸在天空的明月，然後突然嚴肅地問：

⑬日本人在夏天所穿的短褲、短衫居家服，稱為甚平。

「對了，你打聽到伊佐濱土地鬥爭的事了嗎？」

「這……」

弓成放下酒杯。

戰爭期間，日本唯一發生地面戰的沖繩每四個人中就有一人戰死，即使戰爭結束後，仍然被迫付出犧牲。《舊金山和平條約》使沖繩和日本本土分割，由美軍統治後，在美蘇冷戰時期，美軍為了促進沖繩進一步基地化，在一九五三年公佈了土地徵收令，不由分說地從無數居民手中搶走了土地。讀谷南部的宜野灣村伊佐濱也是其中一例，雖然很多資料都提及沖繩的土地鬥爭，但弓成直接向民眾打聽當時的情況時，每個人都用狐疑的眼神看著他，三緘其口。即使經由渡久山的介紹拜訪的村民也不願開口。

「我果然沒猜錯。不瞞你說，之前我介紹給你的其中一個朋友向我抱怨，不要隨便把他的名字告訴大和人，所以我擔心你沒什麼進展。」

「對不起，給你添麻煩了。我在伊良部島過了太久碌碌無為的生活，如果不是你拉了我一把，我現在仍然每天都在釣魚，一想到這點，就覺得羞愧不已。」

弓成一口氣喝下泡盛酒。

「你被推入了人生的谷底，需要一段時間才能重新站起來。別人很難接近的未知能夠很快和你成為朋友，或許是直覺地感受到你們可以相互撫平內心的創傷。」

渡久山神情嚴肅地說。

「我也不知道。和未知的傷痛相比，我的實在太微不足道了。」弓成微微搖著頭說：「我告訴自己不要著急，慢慢往前走。」

「你的熱情一定可以感動別人，一定會有人願意開口的。沖繩和本土不同，生活步調比較慢，你要發揮一點耐心。」

渡久山柔和的臉上露出爽快的微笑。弓成為他的杯中倒滿酒，兩人乾了杯，月夜下響起清脆的玻璃碰撞聲。

❊

弓成已經好久沒有一大早在讀谷村的海岸散步了。這一天，他在海岸散步時，看到遠處有一個矮小的老人牽著牛，走進海中，忍不住定睛細看。那個老人不正是未知的阿公——有時候自己會去買生活用品的「謝花商店」老闆謝花榮義阿公嗎？到底是怎麼回事？弓成忍不住加快了腳步，走近一看，發現並不是阿公個子矮小的關係，而是他牽的那頭牛特別大。

弓成打了一下招呼後趕緊問：

「這頭大牛怎麼了——？」

阿公捲起工作服的褲管，海水已經浸沒了他的小腿。

「你看了不就知道了嗎？這是讀谷最棒的鬥牛黃金丸！」

他滿臉得意地說著，用一個圓形大鋼刷刷洗著發出黑光的牛身。

鬥牛──聽榮義阿公這麼一說，弓成才發現牠的確比普通的牛大了將近一倍，有著乳白色和淺棕色條紋的牛角異常粗大，散發出令人難以靠近的勇猛。

「這頭牛，不，黃金丸平時養在哪裡？」

「我弟弟住在楚邊，這是他家養的牛，因為他工作太忙，沒時間照顧，所以就由其他親戚和附近喜歡牛的鄰居輪流帶牠來散步，用舊輪胎練習頂角──未知沒有向你提過嗎？」

「沒聽她說過，我第一次看到鬥牛。」

「這也難怪，比起鬥牛，未知對玻璃更有興趣。」

榮義阿公笑著說。他的個子和未知完全不像，但從他們的一雙大眼睛，可以清楚感受到爺孫倆的血緣關係。

「牠掉毛掉得真厲害。」

阿公用刷子刷著牛的龐大身軀，不斷有淺棕色的東西掉落在海面上。

「你眼睛不好嗎？這是黃金丸的皮屑。牠會掉皮屑，代表牠的新陳代謝很旺盛。想要養一頭優秀的鬥牛，必須讓牠吃大量有營養的東西，讓牠長出適合戰鬥的肌肉。」

阿公瞇著眼睛，眼尾擠出一堆皺紋，不停地對黃金丸說話。黃金丸從頭到粗壯的脖子、後背和四肢的肌肉都很緊實，只能用「完美」這兩個字形容。或許是阿公幫牠刷洗得太舒服了，黃金丸一雙圓眼睛露出沉醉之色。

回到岸上時，黃金丸用力抖了一下龐大的身體，左右用力搖晃著細細的牛尾。甩在空中的細小水滴染成了彩虹色。

「回家吧！」

阿公握著韁繩，在海邊邁開步伐。弓成也跟了上去，向阿公打聽到黃金丸今年六歲，體重九百七十公斤，自從去年在本地的讀谷鬥牛大會上出場比賽之後，一路過關斬將，捷報頻傳。

「下下個星期，黃金丸就要參加具志川鬥牛大賽，到時候，沖繩本島各地的猛牛都會來參加比賽，所以我現在帶牠在沙灘散步磨蹄，用海水洗掉皮膚上的跳蚤殺菌，為參加比賽做準備。我這一陣子沒時間顧店，如果缺什麼東西，自己去拿就好。」

他顯然滿腦子都想著兩週後的比賽。

「阿公，你以前也養過鬥牛嗎？」

弓成試探地問，阿公點點頭。

「當然有養過啊！戰前，大部分農戶都養牛用來耕作，到了農閒期，鄉下地方沒什麼娛樂，就各自把家裡的牛牽出來鬥牛，整個村莊都瘋狂了。

「戰後，出現了耕耘機，加上被美軍搶走了土地，所以鬥牛沉寂了好一陣子，但我們的熱血仍然沸騰。八重山群島和德島有不少好牛會帶到本島的市集來賣，所以就買一、兩歲的牛回來養成鬥牛。

「我也想要養鬥牛，但家裡只有我和未知兩個人，根本沒辦法養。」

他越說越小聲，最後那句話似乎是對自己說的。

美軍的巨大通訊設施「象籠」那高大的圓桶，堅立在甘蔗田的遠方。

「讀谷鬥牛場就在這附近。」

阿公說著，把黃金丸從建築物的泥土道出入口牽了進去，那是一棟為了抵禦颱風，而用鋼筋水泥蓋成的堅固兩層樓房子。

「回來啦！」

屋內響起好幾個聲音。

「黃金丸，舒服嗎？」

一個看起來像是榮義阿公弟弟的老人接過韁繩，瞥了弓成一眼。

「他是未知的朋友，也是我店裡的客人。他第一次看到鬥牛，我們一路聊著聊著，就一起走到這裡了。」

阿公若無其事地笑著說。他弟弟似乎從他說話的語氣中感受到弓成不是壞人，雖然仍然繃著臉，但還是點頭回應了弓成的招呼。

「阿公，黃金丸屙出來的是軟便。」

正在打掃牛舍的一個中年男子出示了裝在畚箕內的牛糞。穿著長雨靴的他看起來像這戶人家的長子。

「咦？會不會是還不適應昨天開始吃的新飼料？」

榮義阿公把鼻子湊近牛糞聞了一下。

「可能加太多蛋了。」

他和弟弟互看了一眼，偏著頭說。

來這裡的路上，弓成聽榮義阿公說，餵食鬥牛的飼料是各家的商業機密，各家都費心研究出要用怎樣的比例調配草、甘蔗葉、麥飯、豆腐和雞蛋等飼料。

「那你今天就讓牠吃我一大早起來割的芒草葉吧！」

阿公指著綁在樹下的黃金丸說。聽說阿公每天清晨等天一亮就上山，割下還含著朝露的草回來餵黃金丸。道路兩旁的草都吸收了汽車的廢氣，所以不會餵牛吃。

阿公的姪子用水仔細清掃著鋪在牛舍內的墊子，叫剛好走進庭院的兒子拿去陽光充足的地方曬一下。

「簡直是全家總動員啊！」弓成佩服地說。

「只要我們用心照顧，牛一定會報答，這是最讓人高興的事。宜野灣的萬福丸就是最好的例子。」

榮義阿公說，其他人都用力點著頭。

那已經是十多年前的事了。一個在宜野灣經營餐廳的老闆愛牛成癡，他去了德島，想買一頭好牛，在屠宰場看到了被綁在門口的萬福丸。德島是鬥牛勝地，萬福丸也出場比賽，但連戰連輸，年輕的飼主對牠失望至極，把牠送到了屠宰場。萬福丸瘦巴巴的，馬上就要被殺了，但餐廳老闆和牠互看一眼時，就認定牠具備了鬥牛的潛力，把牠帶回了本島的宜野灣悉心照料，晚上也把自己的床搬到牛舍裡，和萬福丸一起睡。

萬福丸沒有辜負飼主的期待，牠不僅具有鬥牛的潛力，更勢如破竹地連戰連勝，最後成為橫綱，獲得十連勝——聽說賺了上億的獎金。

沒想到飼主得了癌症，在得知自己的死期後，留下了遺書。

萬福丸終有一天會輸，希望在這一天到來之前引退。為了讓牠不能繼續再戰，請鋸下牠的角……

弓成聽了，不禁深受感動。

「都在啊，黃金丸好嗎？我來送東西給牠。」

一個村民聲音洪亮地向大家打招呼。

「我老媽看到超市的廣告上有賣一百圓一盒的雞蛋就會張大眼睛，只有對黃金丸另眼相看，這是烏骨雞的蛋。」

他遞上雞蛋，發現沒有人答腔。

「怎麼了？」他環視所有人問：「咦？你不是住在都屋的渡久山老師家裡的……」

村民驚訝地問。

「我今天第一次在海岸遇到黃金丸，對牠一見鍾情，就跟過來這裡了——」

弓成抓著頭說。

「太好了，具志川鬥牛賽的時候，我們一起去為牠加油。」

聽到弓成也喜歡牛，那位村民立刻接納了他。

深綠色丘陵一片鄉村風情，如果沒有數百輛車子停在那裡，根本難以想像附近正在舉行鬥牛大賽。

然而，越過一個小山丘，就可以看到一個呈大碗狀的鬥牛場，看台上擠滿了攜家帶眷的觀眾，個個搖旗吶喊，熱情聲援。

最下方的鬥牛場上，分為紅組和白組的牛相互撞擊著龐大的身軀，在鬥牛士的口令和手勢激勵下，用牛角頂向對手。每當糾在一起的粗壯大牛角改變角度，就會聽到咔嚐、咔嚐的聲音。當比賽陷入白熱化時，賽場和看台都會同時搖晃起來。

弓成離開正在場外牛舍待命的黃金丸，來到鬥牛出入口附近的通道上。這是他第一次看鬥牛，手心情不自禁地冒著汗。鬥牛比他一度喜歡的賽馬更具有震撼力。

出場順序排在後面的牛隻，都將近有一噸的體重。

哞，哞。

在即將上場的新鬥牛前撒鹽後，入口方向響起雄壯的嘶吼聲，一身棕毛的鬥牛在鬥牛士的韁繩牽引下，踩著震撼大地的腳步，走進了鬥牛場。

「赤狼，你終於來了！」

看台上到處響起吆喝聲，那頭棕牛嗅聞著賽場的味道，用粗壯的前腿將泥土踢向後方，然後，又彎著膝蓋，把泥土擦在脖子上。充滿旺盛鬥志的樣子令看台上響起一陣歡呼。

對戰的黑牛也走進場內。

由於並沒有裁判，所以兩頭牛互瞪了一眼後，比賽立刻開始。兩頭牛不停地用頭頂撞對方，將又粗又大的牛角纏在一起，壓低了頭，前腿用力撐地，牛蹄都陷進了泥土中，用盡渾身的力氣相互較勁。每當幾乎壓到地面的鼻子吐出急促的呼吸時，就揚起一陣塵土。

「希亞！希亞！」（加油！）

雙方的鬥牛士從兩側吆喝著，拍著牛背，激勵士氣。由於戰況激烈，每個鬥牛士的體力無法持續超過五分鐘，每頭牛都有四、五個鬥牛士輪番上陣。

棕牛用力甩了甩頭，連續用牛角攻擊對方的眉間，把黑牛逼得步步後退。黑牛不小心踉蹌了一下，但立刻重新站穩，用力頂了回來。兩頭牛的牛角纏在一起，雙方都不甘示弱。為了威嚇對方，在比賽的前一天，都會用銼刀把牛角磨得像針一樣尖。

兩頭牛相持不下，互頂著對方已經超過十分鐘。在這場力量對決中，雙方絲毫不肯讓步，牛腹用力起伏著。原以為陷入了膠著狀態，沒想到有著一對水平彎曲牛角的黑牛猛然以特有的纏繞絕技頂向棕牛的脖子，棕牛立刻喪失了鬥志，勝負已定。棕牛完全忘記了進場時的威風，那拔腿逃命的樣子也贏得了滿堂采。

獲勝的黑牛背上掛著大毛巾，鬥牛士們滿臉喜色地為牛角綁上鮮豔的綠色和粉紅色毛巾，看起來像是飼主兒子的少年坐上了牛背。和牛共同生活的少年興奮地舉起雙手，賽場內響起如雷的掌聲和口哨聲。聽說讓小孩子坐在獲勝的牛背上，可以分享牛的生命力。

弓成也為少年祝福，這時瞥了一眼手錶，發現黃金丸差不多該入場了，他便沿著通道走到外面。等待出場的鬥牛分別被關在用磚塊砌成的小屋內，黃金丸的牛舍柱上釘著以芒草葉編的驅邪裝飾。

榮義阿公和他弟弟的家人，以及幫忙照顧黃金丸的左鄰右舍都不禁緊張起來。

「終於輪到黃金丸了。」

弓成小聲地對榮義阿公說，但榮義阿公心神不定，目不轉睛地看著黃金丸的圓眼。

為了參加今天的比賽，黃金丸從三天前就開始減少食量，牠的眼中透露出內心的焦躁，但這都是為了激發牠的鬥志。

阿公的姪子是主要鬥牛士，他在黃金丸的尾巴上綁了一根紅色的布條。這是代表紅組出場比賽的標誌。

弓成怕自己礙事，趕緊回到看台上，發現黃金丸的加油團都圍在出入口附近。弓成一站在角落，立刻有人遞上罐裝咖啡、燒酒汽水和爆米花。

不一會兒，黃金丸緩緩地被用韁繩牽了進來。牠每走一步，地面就會隨之震動。在牠身上已經看不到身為謝花家的榮譽而備受呵護的年輕牛隻的天真無邪，像黑色天鵝絨般發光的龐大身軀，散發出代表當地參加大型比賽的牛特有的生命力。

「黃金丸！非贏不可！」加油團異口同聲地聲援道。

對戰的對手也很快入場。對方也是一頭黑牛，但額頭至鼻子有一片灰斑，牛角是橫向呈一字形的「一字角」。

「爆進王！幹掉牠！」

對方的加油聲蓋過了黃金丸加油團。

兩頭牛對看了一眼後，立刻發出了牛角撞擊的聲音，相互頂撞起來。

「希亞！希亞！」

兩頭牛的鬥牛士聲嘶力竭地吆喝著，跺著腳，彷彿是自己在場上對戰。

當爆進王發動側攻時，黃金丸不甘示弱地朝向牠的眉心還擊，接連用全身的力量正面進攻，看台上響起陣陣歡呼。

爆進王銳利的牛角似乎撞到了黃金丸的牛角根部，站在遠處就可以看到鮮血滲了出來。黃金丸危險！加油團的聲音都叫啞了，但仍然不斷喊著：「希亞！」不知道黃金丸是否聽到了聲援，牠猛然甩著一對朝天角，迅速往爆進王的側面進攻，把爆進王逼到了賽場角落。兩頭牛在奮力加油的弓成他們眼前展開了一進一退的攻防，可以聽到牠們驚人的喘息聲。爆進王吐著灰色的舌頭，這是喪失戰意的徵兆，但黃金丸的腹部也劇烈起伏著，牛角根部滲出的鮮血已經流到了額頭。

「黃金丸，衝啊！」

鬥牛士跺著腳激勵牠的士氣。黃金丸先是幾乎把頭壓到地面，接著用力抬起牛角，勾住爆進王的牛角後使勁一扭，爆進王立刻逃到賽場和看台之間一公尺寬的堤道上，發出「哞」的叫聲，黃金丸再從下方頂撞牠的腹部，爆進王四腳朝天，跌坐在賽場上。

勝負已定！黃金丸贏得出道之戰的勝利。

守在賽場旁的榮義阿公等年長的鬥牛士馬上衝了出去，把五顏六色的毛巾綁在牠的角上。黃金丸露出劇烈起伏的胸膛，甩了甩頭，似乎在向眾人示威。落敗的爆進王似乎也對剛才四腳朝天的糗樣不以為意，一副「下一次我會贏」的態度，邁著悠然的步伐退場時，觀眾也為牠的驍勇善戰熱烈鼓掌，絲毫不比黃金丸贏得的掌聲遜色。

弓成來到沖繩本島後，第一次看到這裡的人天真無邪的喜悅，自己也忍不住沉浸在這分愉悅中。當他回過神時，發現兩旁的阿婆和年輕人拉著他的手，他也忘情地大叫著：「黃金丸！幹得好！」

❋

弓成親自體會到沖繩有不同的面貌後，和周遭的人之間有了更多的交流，也開始每週參加三線琴的聚會。

不久之後，其他人告訴弓成，關於他正在調查的伊佐濱土地鬥爭的事，宜野灣市伊佐的知念安是合適的人選。弓成立刻登門拜訪，但對方說不想談這些陳年往事，拒絕了他。

弓成沒有放棄，這天又再度上門。

「怎麼又是你？」

知念剛好站在敞開的門口，看到弓成，一臉驚訝地問。

「對不起，我又不請自來了。因為大家都說想要瞭解伊佐濱土地鬥爭的事，你是不二人選，所以我只好厚著臉皮——」

美軍宣告徵收土地時，知念的父親是伊佐濱部落的區長，也是請求撤回運動的中心人物。

「鬥牛工會的事務局長也打電話來，叫我一定要見你。當時，《琉球新聞》和《沖繩新聞》連續好幾天報導了這件事，你只要去翻舊報紙不就知道了嗎？」

剛從市公所退休的知念態度依然冷淡。

「我已經看過報紙了，也看了反對運動支持者的手記——」

弓成的話還沒說完，就被人打斷了。

「哥，他就是你說的那個大和人嗎？你一直打聽我們家的事，到底想怎麼樣？」

兩兄弟雖然長得很像，但穿著紅色馬球衫的弟弟有一種乳臭未乾的毛躁。弟弟懷疑的眼神令弓成有點退縮。

「我並不奢望你們這麼快就願意告訴我。但是，住在本土的人雖然同為日本人，卻幾乎都不瞭解沖繩人所付出的犧牲，我來這裡的時間並不長，很希望直接從各位口中瞭解從報章雜誌上絕對無法瞭解的真相——」

「所以你根本不瞭解情況，就想靠四處打聽之後寫成書嗎？你也想得太美了。」知念的弟弟露出厭惡的表情。

「你們要站在門口聊到什麼時候？請客人進來喝杯茶吧！」

一個看起來像是知念太太，舉止悠然的婦人端著放了茶點的托盤，笑著對弓成說：「請進。」知念拚命向妻子使眼色，但知念太太似乎沒有察覺。無奈之下，知念只好把弓成帶進玄關旁的房間。這是弓成在沖繩落腳後，第一次走進別人家的客廳，客廳的牆上掛著油畫。

「我先走了。我要回去的時候會再來看你們。」

知念的弟弟向兄嫂打完招呼後，瞥了弓成一眼就離開了。

「真不好意思，他剛從巴西回來探親……在那裡生活了多年，所以……」

「巴西嗎？」弓成問坐在對面沙發上的知念夫婦。

「在土地徵收時，我家的三千坪農地被徵收了，他和我父親一起去了巴西，在咖啡園打工謀生。當時巴西不接受自由移民，所以是由一位戰前從沖繩移民到巴西，在那裡成功經營咖啡園的人僱用他們。」

「你沒有一起去嗎？」

「我本來打算晚一點去，但後來接到我父親的信，說那裡沒有前途，叫我不要去。我父親和弟弟受了很多苦，原本希望有朝一日可以自己經營咖啡園，但去了巴西之後才發現，很多事都和當初的合約大不相同。最後他們去了聖保羅，開了一個小吃攤，存了一點錢後，改行投入縫紉業，縫製長褲和襯衫鈕釦，從早到晚都在踩縫紉機，連睡覺的時間都沒有。我父親因為語言不通，無法適應都市的生活，弟弟在那裡結婚後，光靠縫紉工作無法支付兒女的教育費用，所以只能回來日本打工賺錢。」

剛才還堅決不願多談的知念感慨萬千地說道。

「老公，人家是上門來打聽土地徵收的事，你就從頭說起吧！」

知念太太用很有精神的開朗聲音說道。從她的態度來看，似乎也曾經體會過當時的辛酸。知念抱起雙臂。

「你似乎已經做了不少調查，我不知道該從何說起——我想，還是從那一天說起吧！」

說著，他閉上了眼睛。

一九五四年（昭和二十九年）七月八日，發生了令人意想不到的變化。伊佐濱的稻米是二期作，當農民正準備為第二期插秧時，接到了美軍的通知，禁止民眾插秧，說是因為水田裡有孑孓，導致蚊子大增，可能會引起日本腦炎蔓延，這根本是騙小孩子的藉口。

在地面戰時，農田遭到嚴重毀損。戰爭結束後，農民在收容所裡生活了兩年，不知道自己的土地什麼時候會被指定為軍用地，美軍也沒有支付租地費用。因此，一離開收容所，大家紛紛開始整地，花了兩、三年的時間才恢復了水田和農田的原貌。

地面戰時，我父親被徵召入防衛隊，之後又被關在俘虜營內。一九四六年年底，我從中國大陸的戰地回家時，我家的農地上長滿了從未見過的硬草，我費了很大的力氣開墾，兩、三年後，才終於有了比較理想的收成。當時，官方賣給民眾的配給米是混有碎石的進口米，連家畜都不願意吃。經常有人因為營養失調而病倒，只要用在這裡收成的米熬成粥給這些病人吃，他們的身體立刻就恢復了，所以需求量很大，收入也不錯。

這時，美軍突然公佈了土地徵收的命令，包括我們伊佐濱在內的宜野灣村四個地區的區長向村長交涉，表示這裡好不容易恢復了沖繩收成最理想的農田，地下水也很豐富，希望不要徵收這裡作為軍事用地，但村長沒有答應。不久之後，美軍單方面提出了租地費。當時，伊佐濱每坪農地的年度產值以精米來計算是一點二升，以金額來算為一百二十圓（此處的「圓」指美軍佔領沖繩時所發行的軍票B圓），每年收成兩次。然而，美軍提出的租地費用只有每年每坪兩圓到最高四圓五十錢，根本沒辦法談。

我們立刻提出要求撤銷的申請，美國軍方卻不接受，並回覆我們，既然我們對伊佐濱這麼執著，可以將西側的三萬坪填海地作為替代農地。他們打算接收伊佐濱部落等四個地區的十三萬坪農地，卻只給我們三萬坪填海地，而且還不願明確回答是否會做護岸工程。我們當然無法接受，四個地區的六十多名居民代表分別坐上農協的卡車前往那霸的琉球政府，向比嘉主席要求撤回徵收土地的要求。主席卻冠冕堂皇地說：「我從村長口中得知了各位的困難，感到很痛心，但我也瞭解美軍需要土地，才能保護自由國家。我們沖繩人願意協助世界和平，但在此之前，必須先照顧我們自己的生計，我會盡全力向軍方尋求協助，在找到解決方案之前，請你們繼續努力工作。」雖然大家一再堅持「我們的土地屬於我們自己，世界上哪裡有不能耕耘自己土地的道理」，但主席一再堅稱，再給他一點時間。這種情況代表主席根本沒有任何權限。那棟大樓的一、二樓是琉球政府，三、四樓是佔領者的美國平民政府，大樓掛著星條旗。即使如此，農民也只能向琉球政府求助。

我們這些男人認為只能接受土地代替案，於是，從大白天就開始借酒澆愁。

「看到那些男人的窩囊，我們女人怒不可遏。」

始終沉默不語的知念太太豐腴的身體探向弓成的方向。

「當時，我還沒有和他結婚。聽那些婆婆媽媽們參加的婦女會說，這件事不能交給男人處理，於是，二十幾位婆婆媽媽去向主席陳情。她們流著淚對主席說，那些男人已經妥協，願意用填海地作為替代農地。但即使給我們這些含有鹽分的填海地，也沒辦法種植農作物，根本沒辦法養育兒女。我們現在的心情就像是被迫站在死刑台上，等待執行的時間。主席頻頻點頭，和美軍直接交涉的副主席向她們保證，一定會把她們的心情轉達給美軍，於是，婦女會就要求副主席寫下誓約書。副主席說，會把誓約書交給村長。」

這種為母則強的精神令弓成深受感動。

「沒錯，」知念插嘴說：「我們部落的女人無所畏懼，都是很強悍的女人，但翌年七月十一日，美軍發佈通知，要求我們在一週內搬遷，一旦拒絕，將強制驅離。沖繩各地都知道伊佐濱發生了土地鬥爭，在強制搬遷的十八日當天，以那霸方面為中心，有五千多名支援者趕來聲援，在國道兩側豎起寫有『金錢是一年之財，土地是萬年之財』的旗幟。或許是因為氣氛異常，美軍只能掉頭離開，但最後還是美軍略勝一籌。」

短暫的沉默後，知念閉上眼睛，再度說了起來。

除了一小部分人以外，大部分支援者都離開了，村莊再度恢復了寂靜。我家在海邊，那天晚上，我和父親一起為平安無事感到喜悅，但總覺得不放心，那天晚上，久久無法入睡。大約四點半天快亮時，我走去庭院，在一片漆黑中，聽見怪手的聲音。我走到國道上，豎起耳朵，發現相反方向傳來轟隆隆的可怕聲音，似乎有人走動的動靜，但沖繩夏天的日出時間是六點，所以什麼都看不清。當天空泛白時，才看到一輛輛滿載了武裝士兵的卡車和兩側載了武裝兵的怪手，都沒有開車燈，緩緩地駛向了部落。然後，又發現沖繩的勞工在武裝士兵的監視下，在隔著軍用一號線靠山那一側的十三萬坪水田和農田周圍拉起了帶刺鐵網，鏟除水田的田埂後踩平。三十二戶房屋周圍也圍起了鐵絲網，身為日僑後代的翻譯命令大家立刻離開家園，但是沒有人離開，大家都坐在那裡做最後的抵抗。美國士兵用槍指著每一個人，硬是把大家拉到鐵網外。然後，把鶴嘴鎬打在部落入口旁的雜貨店屋頂上，將繩子掛在露出的屋頂樑柱上，再用怪手把房子拉倒了。那根本是殺雞儆猴式的殘酷破壞方式。他們用刀槍和怪手讓居民敢怒不敢言，接二連三地破壞了三十二戶民宅。海岸旁停著好幾艘浚渫船，連著長長的管線，穿越國道，把混有珊瑚沙的海水灌進了農田。

他們居然在村民面前破壞農田！村民們眼睜睜地看著祖先傳下來的農田就這樣遭人破壞，想哭也哭不出來。

知念說完張開了眼睛，雙眼泛著淚光。

弓成不禁想起和伊佐濱土地強奪事件同一個時期發生的「伊江島事件」。

在沖繩本島西北方的東海上，舊日本軍曾在離島伊江島的真謝區緊急建了一個機場。不知道是不是因為這個緣故，當地居民也收到了美軍徵收土地的通知，三百名武裝士兵包圍了三百名農民。負責測量的美軍軍官說：「沖繩是一萬四千名戰死的美國官兵用鮮血從日本軍手上奪來的，三等國民無權抵抗。」然後便放火燒了民宅。村民們持續不抵抗的抵抗，美軍拿繩子把他們五花大綁後，用毛毯包起來，再用飛機把他們載到嘉手納基地接受軍事審判，以妨礙公務的罪名判處了有期徒刑。真謝地區的農民被搶走土地後，拉起寫著「乞食固然可恥，但逼人乞食更寡廉鮮恥」的牌子和布條，在那霸的平和大道、琉球政府前，以及島上各地列隊乞討，接受民眾施捨的同時，控訴美軍的慘無人道。

弓成提起這件事，知念沒有回答。室內雖然開著電風扇，但房間內的空氣格外悶熱。知念太太打開窗戶改善通風，才終於帶走了感傷的氣氛。

「當時，沖繩農民的生活方式各不相同，伊佐濱地區的農民房子突然被拆除，他們只穿了身上的衣服就被迫搬到正在放暑假的小學。我剛才也說了，因為我家在海邊，所以沒有被拆除，但和周圍的房子一起被鐵網圍了起來。那時候我在村公所工作，每天都要鑽過鐵網去上班。

「ＣＩＣ（美軍防諜部隊）和警察二十四小時嚴密監視，所以我們在公所上班時，完全不談論土地徵收的話題。當時，雖然戰爭已經結束，但很多男人都覺得沖繩被美軍佔領，一旦被美國人盯上了，不知道會有什麼下場，所以個個心生畏懼。」

這番話既然出自在公所工作的人之口，想必是當時民眾真實的心聲。

「和村長、區長不同，我們全家都很痛恨美國人。」知念太太說道：「我們一家除了祖父母以外，在戰前一起去了塞班，直到戰敗後才回國。父親租用了在戰爭中被人棄置的一小塊土地，辛苦耕種稻米，我的哥哥和弟弟為美軍洗車、擦油漆，做一些雜活，並把小飯館的殘羹剩飯帶回家餵豬。家裡養的豬漸漸增加，生活好不容易安頓下來時，被刀槍和怪手趕出了家園，甚至無法帶走屬於我們財產的豬，變得身無分文。我們好不容易活著從塞班回到家園，又被美國人趕離家園，簡直是雙重、甚至三重的打擊。那天，我坐在怪手上，被美國士兵用槍托毆打，立刻昏了過去。」

知念太太懊惱地拭著淚。

「如果沒有戰爭……」

知念喃喃說道。

「小學開學後，那些在學校避難的人搬去沖繩市一處叫『美里』的高地，那是俗稱『因努米雅多』的地方，琉球政府為他們蓋了六、七坪大的鐵皮屋。」

「那根本稱不上是房子。『因努米雅多』是暫時收留從海外歸來者和即將出國者的收容所。我們從塞班回來時，曾經去過那裡，由美軍為我們做了傳染病的檢查。那裡的地上鋪了厚厚的珊瑚石灰岩，連地瓜都長不出來，而且風特別大，當每秒風速超過十公尺時，鐵皮屋頂就會被吹起來，嚇死人了。住在這種地方不可能有未來，我公公和其他伊佐濱的幹部在八重山開發事務所的斡旋下，前往石垣島和西表島，向那裡的先遣部隊瞭解情況，對吧？」

知念太太回頭看著丈夫。

「對。我父親和其他人察看了那裡的土地，那裡土壤環境不佳，而且還有瘧疾，於是，判斷並不是農民可以養家餬口的土地。在走投無路之際，只能向琉球政府申請移民到巴西，結果就像我一開始所說的，能夠帶著絕望回國的還算是幸運的，甚至有的家庭根本下落不明。」

弓成記錄下這一切後，以肅然的心情為打擾多時道了歉，走出了知念家。天空仍然陰沉沉的，水泥空地前方圍著圍籬，裡面停著大卡車和聯結車。如果是為了這種設施，根本沒有必要搶走農民的農田。

一九五五年，日本本土開始有人認為「戰後的時代已經結束」，然而，仍然被迫為戰敗付出代價的沖繩人被奪走了生活，還在痛苦中掙扎。

＊

搬來讀谷後的第一個新年終於即將來臨，沖繩回歸後，逐漸開始在元旦慶祝新年，年菜都以豬肉料理為主，所以採買豬肉漸漸成為民眾談論的話題。

弓成坐在桌前，在筆記本上疾書。來讀谷之後，記錄所見所聞的筆記本越來越多。

門外傳來摩托車的聲音，車子停在門口，小門打開了，謝花未知穿著長褲的修長身影走了進來。窗外的她與弓成視線交會，未知白皙的漂亮臉蛋上漾起了笑容。

「你是不是在忙？」

看到弓成正在寫東西，她拘謹地問道。

「我正想休息，我泡好喝的日本茶給妳喝。」

弓成走到簷廊上對未知說道。

「我怎麼好意思讓你泡茶給我喝，而且，我喝不慣日本茶。」

未知說著，和弓成一起在簷廊坐了下來。

「剛才聽到摩托車的聲音，妳騎摩托車來的嗎？」

「我買了一輛兩百五十西西的中古摩托車，我早就考取了摩托車駕照，但阿公說女孩子騎什麼摩托車，我花了整整一年的時間才說服他。」

「兩百五十西西的摩托車很大，幸虧妳腿長，騎起來沒有問題。」

「機車不小心倒下時，要花很大的力氣才能扶起來。等我再騎一段時間適應之後，再載你去山原的樹林兜風。」

未知一雙黑色眼眸看著他。弓成假裝沒有察覺，移開了視線。

「對了，有你的信。剛才我經過轉角時，剛好遇到認識的郵差，所以就幫你收下了。」

她拿出一個白色信封。弓成大吃一驚，不需要翻過來看背面，就知道行雲流水般的草書字體出自妻子由里子之手。他搬來讀谷不久後曾經寫信通知妻子，但之前都不曾收到妻子的回信。

「是很重要的信吧？對不起，我沒有多想就幫你收下了。」

未知察覺了弓成的表情，聳了聳肩。

「是住在東京的妻子寄來的，因為未通音訊多年，所以我有點驚訝。」

「和紙信封真高雅，而且字也很漂亮。」

未知不知道是否第一次看到這樣的信封和文字，好奇地端詳著，然後幽幽地說：

「你太太是一個堅強的女人。」

「是嗎？她只是普通的家庭主婦而已。」

「普通的太太怎麼可能讓丈夫這麼長時間做自己想做的事，她一定很愛你。那我先走了——」

未知的聲音中帶著一絲惆悵。

「妳是不是有事來找我？」

弓成問道。未知停下腳步，從腰包裡拿出一個印有報社名的牛皮紙信封。

「明年一月底，玻璃工房會在《沖繩新聞》的藝廊舉行例行的琉球玻璃作品展，稻嶺老師說，也會展示幾件我的作品，我想到時候請你去參觀。」

「恭喜妳。看來妳從稻嶺工房獨立的日子不遠了，妳阿公一定很欣慰。」

「託你的福——改天再和你談展覽的事。」

未知說完，轉身走出小門，立刻傳來摩托車的引擎聲，但或許是轉彎離開了，很快就聽不到了。

弓成回到桌前，打開信封。便箋上工整流暢的筆跡令他感到很懷念。

收到你的信之後，一直猶豫該不該給你寫回信。

我從你的堂弟阿敦口中得知，你處理了北九州的老家後，搬去了沖繩南部的離島。你沒有通知我，而是通知阿敦，想必內心有某些想法，所以我也沒有主動和你聯絡。

在我們互不聯絡的這段時間，雖然當初曾經怨恨、曾經痛苦，但我已經走出來了。我很擔心我的回信會不會擾亂你內心的平靜，但又告訴自己，必須把兩個兒子的近況告訴你，所以才又提起了筆。

洋一從波士頓的高中跳級進入芝加哥大學後，已經畢業了，日前接到他的來信，說想要在加州的矽谷找電腦相關的工作。純二目前是北海道大學經濟系二年級的學生，熱中於冰上曲棍球的社團活動，過年時回來過一次。兩個兒子都很健康強壯，也很獨立。

我和阿敦商量後，把世田谷祖師谷的房子出租交給房屋仲介公司管理。我目前住在逗子老家附近的公寓，在車站附近的大樓租了一個房間，在一名歸國女子協助下繼續開英語教室，生活可以自立。

妻子的來信，弓成看了兩遍。

沒想到洋一選擇繼續留在美國，純二也像是逃避東京似的就讀北海道的大學，祖師谷的房子也出租了……得知因為自己的關係導致全家妻離子散，不曉得當初家人是帶著怎樣的心情面對自己遭到逮捕，忍受開庭的報導——弓成感受到滿心的虧欠，忍不住咬緊了牙關。雖然是自己主動不和家人聯絡，但寂寥感還是油然而生。他摺起信紙，打算放回信封裡，卻放不進去。他再度打開信封，發現裡面有一張摺成三摺的雜誌剪報，打開一看，是《春秋月刊》今年八月號的剪報，「自由黨犯罪史」主題中的一篇文章。

政治記者在幹什麼？

媒體無法揭露政治人物的真相嗎？姑且不論日前的銀丸副首相巨額逃稅事件，日本的報界已經放棄揭露政界之惡。

想當年，媒體將田淵角造捧為「今太閤」⑭，當因為金錢問題導致政權危機時，卻又無情地加以撻伐。報界藉由痛打落水狗證明媒體是社會的木鐸……

自由黨一黨獨大的政治史正是當權者和媒體記者勾結的歷史。《讀日新聞》的社長山部一雄、從《旭日新聞》投入電視界的七浦甲子男，以及因外務省洩密事件而黯然離開《每朝新聞》的弓成亮太等，成為永田町傳說的王牌記者不勝枚舉。

山部曾經是小野伴睦副主席的御用記者，屬於實力派記者，可以對小野派的年輕政治人物頤指氣使，在建造報社新大樓時，成功地為公司爭取到國有土地標售，讓他順利邁向社長之路。他能夠乘勝追擊，很早就開始為利根川一康爭取黨魁大位佈局，並使利根川順利成為黨魁，當然和發行量一千萬份的《讀日》之存在不無關係。

小平正良擔任官房長官時代，弓成亮太曾經是他的親信記者，聽說弓成曾經是弘池會的智囊，建立了不少功績。如果他繼續留在《每朝》，絕對可以勝任社長一職。有人認為，若弓成當年沒有離開，《每朝》有可能與《旭日》、《讀日》分庭抗禮——

從這篇報導的內容來看，應該是出自年輕的政治記者之手。原本以為自己被週刊抹黑後，只留下污名，政界和媒體早就遺忘了自己，看到有年輕人如此肯定自己，弓成湧起一股難以形容的感慨。

從由里子附上這張月刊的剪報，可以體會到她無法在信中表達的激勵。

將妻子的信放回抽屜後，弓成來到庭院。這裡看不到讀谷的大海，但可以嗅到海水的氣味。他用力深呼吸，吸入滿懷的清新空氣。除了要對於孑然一身的現實作好心理準備，為了向家人贖罪，必須充分運用目前住在沖繩的有利條件，完成自己的志業。

小門旁的棕櫚樹葉子上有什麼亮閃閃的東西滑落在地上，弓成走過去撿了起來，發現是一只玻璃耳環，和剛才在未知白皙的耳上戴的深綠色耳環一模一樣，一定是她離開時不小心掉的。

他把耳環放在掌心，蘊含深邃光芒的玻璃耳環撫慰了他的心。

⑭豐臣秀吉出身卑微，之後成為太閤，此為將田淵比喻為豐臣秀吉再世之意。

※

迎接了新的一年，二月也結束後，緋寒櫻的深紅色花朵紛紛飄落，變成了葉櫻。

弓成前往那霸縣政府調查沖繩對美請求權的問題，但由於縣政府大樓要進行改建，拆除了原本的樓房，不同的部門分別搬到組合屋和附近的大樓內。基地資料室搬到泉崎大樓內，他花了一番工夫才終於找到。

他仔細巡視了資料室的書架，拿出寫著「對美請求權紀錄」的資料，坐在資料室內的小桌前翻閱起來，但沒有看到任何有關《沖繩回歸協議》上記載的四百萬美元復原補償費的內容。

他向職員打聽其他資料的下落。

「當初由業者幫忙搬家，現在還沒有完全整理好。如果你很急的話，一樓是基地對策總部，你可以問一下那裡的課長，他大致的事情都知道。」

職員好心地告訴他。

他來到一樓，在各部門的牌子中很快就找到了基地對策總部。職員的辦公桌周圍堆放著還沒有打開的紙箱。他向入口附近的職員報上了課長的名字。

「是我，請來這裡。」

一頭花白短髮的男人向弓成打招呼。弓成側著身體，沿著狹小的通道來到課長辦公桌前說明了來意，課長偏著頭納悶：

「四百萬美元？有這件事嗎？」

弓成正想開口說明，課長打斷了他，向他確認說：

「是不是指中央政府撥款的一百二十億日圓？」

「一百二十億日圓──？」

「對。日本在《舊金山和平條約》中不是放棄了請求權嗎？當初把沖繩棄之不顧，仍然由美軍佔領，使沖繩無法順利走上復興之路。回歸祖國後，又必須同時放棄請求權，沖繩居民無不感到憤怒。當時，總共有十二萬件，總額達到一千兩百億的被害申請，屋良知事⑮要求中央政府盡快補償，結果左刪右刪，最後決定支付十分之一的一百二十億特別支出費，分七年分期支出。」

「有沒有詳細的支付細目？」

「由於實際金額只有請求額的十分之一，很難計算出到底要支付給誰多少錢。當時，沖繩的人口剛好一百萬出頭，所以就決定用在全縣居民身上，用於確保水源、道路整備和人才培育。」

「原來是這樣。」弓成點點頭。「我想瞭解的不是這個，而是這份《回歸協議》第四條第三項中所記載的軍用地復原補償費四百萬美元。」

弓成出示了影本。課長戴上眼鏡，看了看影本的內容。

⑮知事為日本一級地方行政區都、道、府、縣的首長。屋良知事是沖繩回歸日本後的第一屆沖繩縣知事。

「經你這麼一說，我記得在回歸前一年還曾經在國會引起爭議。有一家報社的記者和外務省高官的女秘書暗通款曲，竊取機密文件，揭露了關於四百萬美元的密約——但我不知道那筆錢的下落。」

課長漠不關心的態度令弓成啞口無言，他走出了辦公室。

負責人對於這件事的印象就僅止於此嗎？一旦被貼上標籤便難以消除的殘酷現實，令弓成離開本島後，第一次感到情緒激動。

原以為自己對這件事早就心如止水，為什麼會這麼激動？他為自己無法告訴那位課長，他就是那個記者而感到懊惱。

他走向附近的海景飯店，試圖使自己的心情平靜下來。

位於狹窄坡道盡頭的飯店庭院內種了一棵枝葉茂盛的細葉榕。他走進大廳深處的酒吧，點了一杯咖啡。

沖繩很少有這種典雅的飯店，中午過後的酒吧內只有幾桌談生意的客人。

他蹺著腿坐在沙發上，聞到了不知從何處飄來的菸味。那是和平菸獨特的甜味。

咖啡已經送了上來，但弓成一點都不想喝，滿腦子都想抽菸。自從踏上沖繩，在伊良部島生活之後，他已經漸漸戒了菸。

他無法克制自己想抽菸的衝動，舉起手，正打算請服務生幫他買菸時——

「大叔，沒長眼睛嗎？」

突然聽到關西腔的咒罵聲。弓成覺得剛才舉手時並沒有碰到他，抬頭一看，發現兩個戴著墨鏡、渾身酒味的男人站在面前，既像是黑道兄弟，又像是最近常見的土地掮客。

弓成內心的鬱悶快要爆發了，他壓低了嗓門，語帶挑釁地說：

「想找我麻煩嗎？」

「你說什麼？給我站起來！」

對方抓住了弓成的手臂，酒吧內所有的客人都屏住了呼吸，眼看著就要打起來了。

「弓成先生，讓你久等了。」

穿著洋裝的未知滿臉笑容地走了過來。

「哼，原來是和混血妞約會，想在女人面前耍酷。」

那兩個人仍然糾纏不清。未知依舊帶著笑容，走過兩個男人身邊，在弓成對面坐了下來，完全無視那兩個人的存在。

劍拔弩張的氣氛消失了，服務生立刻上前為未知點餐。

「給我冰紅茶。」

未知用開朗的聲音說道，然後關心地問弓成：

「你怎麼了？」

「不，沒事……不過妳真厲害，居然可以忍受他們。」

弓成語帶佩服地說。

「我無所謂，從我懂事的時候開始，就是聽比這些更難聽的話長大的。」

想必她的內心無法真正平靜。未知之所以不願外出，始終不踏出讀谷一步，就是因為害怕世人的眼光。然而，她堅強地承受了這一切，可以完全無視對方的存在。弓成為自己的脆弱感到羞愧。

「我來這裡是調查資料。妳怎麼會來這裡？真難得。」

弓成已經不想抽菸了，拿起已冷掉的咖啡杯。

「我來代替稻嶺老師參加玻璃工藝的聚會，結果太早來了，正在大廳裡不知道該怎麼打發時間，剛好看到你。」

「是嗎？妳也越來越忙了。上個月的展覽會很受好評，除了妳阿公，我也為妳感到高興。」

弓成說著，臉上終於露出了笑容。

「展覽會之後，老師建議我自立門戶，說現在他可以全力支援我。」

「是嗎？妳終於要自立門戶了。」

「還不會這麼快，要建自己的窯爐需要資金，況且，我阿公希望我早點結婚。他希望我去照顧叔公的黃金丸，還說最好能嫁給養鬥牛的男人，讓他可以高枕無憂，所以我們一大早就吵了一架。」

未知在說話時，黑色的雙眸神采飛揚。

幾個同行在他們身後向未知打招呼。

「改天我去工房時再聽妳詳談，那我先走了。」

弓成站了起來。

接著，弓成前往那霸市自治館內的對美請求權事業協會。

走出飯店前，他用大廳的公用電話預約了拜訪對這方面情況瞭若指掌的事務局長。

兩人在小型會客室面對面坐下後，個子高大的事務局長把資料放在桌上說：

「我沒想到有人在調查這四百萬美元的事。」

弓成報上了自己的姓名，但事務局長並沒有在意，弓成還沒有發問，他就主動聊了起來。

協議第四條第三項明確記載的遺漏補償費用其實就是慰問金。日本政府簽下《舊金山和平條約》放棄了對美請求權，協議上也記載了這一點，但我們一貫主張沖繩居民無意放棄個別的損害補償，所以在《舊金山和平條約》之前，美方支付了兩千萬美元作為補償。雖然居民的請求額是四千萬美元，但被砍掉了一半。

沖繩回歸後，要求美方付清之前未解決的補償，沖繩方面提出了約五百八十萬美元的請求額，結果在《回歸協議》中減少到四百萬美元。回歸後，美國方面做了實地調查，我記得是一個叫哈利．堀田的日僑第二代帶著他們四處察看土地。我告訴他們：

「你們看，這裡以前是農田，現在變成柏油路。那裡也被挖得亂七八糟的，根本不像是農地了。」

沒想到他們卻反駁說：

「把原本的山夷成了平地，這不是很好嗎？哪有什麼損失？」

「你們真的打算恢復農田嗎？到時候只會得不償失，灌溉水之後，這裡就會變成濕地。」

美國不管在簽定《舊金山和平條約》之前還是之後都一樣，只想把賠償金減少到請求額的一半以下。不知道他們是憑什麼根據這麼想的。

事務局長停頓了一下，笑了起來。

「所以意思是指，這次遺漏補償的五百八十萬美元變成四百萬美元，並沒有直接對砍成一半，我們應該覺得慶幸囉？這筆錢是什麼時候支付的？」

「回歸後第三、四年，DE（美國陸軍沖繩地區工兵隊）用美元支票支付的，當時沒有收到支票的人應該日後去美國領事館領取了，但實際支付總額只有一百四十萬美元。」

「啊？」弓成驚訝地注視著事務局長。

「這雖然比恢復原狀所需的金額還差了許多，但是我一開始就說了，那只是慰問金而已。」

「我可以看詳細的支付清單嗎？」

「接到你的電話後，我找了一下，沒有馬上找到。既然有第四條第三項支付清單和標題，花一點時間應該可以找到。」

他被弓成的熱忱打動了。

「那我改天再來，到時候再麻煩你。」

弓成向他鞠躬道。

第十八章

女童事件

一九九五年九月四日夜晚——

沖繩縣警總部一樓深處的記者聯誼會內，晚上九點過後，仍然像傍晚一樣燈火通明，人聲鼎沸。二十多家報社、電視台擠在用薄板隔開的狹小空間內，地方報《琉球新聞》和《沖繩新聞》因隨時有四名兼跑縣警與司法線的記者，佔了很大的優勢。

《琉球新聞》社會部縣警線的組長儀保正一邊等著翌日早報的最終校樣出爐，一邊寫著連載的專欄報導。自從改用文字處理機後，眼睛很容易疲勞，他拿下眼鏡，用力眨了眨眼睛。隔板的另一端，從全國性大報大阪分社調來那霸支局的年輕記者用濃重的關西腔說著本地話，他每次說話，就會引起哄堂大笑。共同休息室內，大家都喝著泡盛酒聊天。

比東京日落晚三十分鐘的沖繩夏夜一如往常地熱鬧。

儀保桌前的電話響了，他從資料堆中找到電話，拿起聽筒。

「組長，我是天願。」

是北部支局的年輕記者打來的。聽到他壓低嗓門的說話聲，儀保立刻知道有事件發生了。

「發生什麼事了？」

「因為剛才這裡突然變得很匆忙，所以我就去署裡張望了一下，似乎發佈了緊急動員。我打電話到縣警勤務指揮中心確認，他們否認了這件事。你那裡有沒有聽到什麼消息？」

「沒有什麼特別的動靜。」

為了避免被其他報社察覺，儀保悄悄戳了戳身旁的記者，在便條紙上寫上「北部地區緊急動員」幾個字。

既然警車已經出動，勤務指揮中心應該掌握了案發時間和地點，如今勤務中心矢口否認，顯然不是尋常的案件。

「我立刻去問一課。你和各支局合作，追蹤這條消息。」

儀保發出指示後，看了手錶一眼，應該可以趕上最終版的截稿時間。

他指示部屬分頭與沖繩市的中部報導中心，以及石川、具志川各支局聯絡，自己假裝去吃消夜，走出了記者聯誼會。

走進四樓搜查一課的辦公室，白天擠了六、七十名偵查員，空氣十分悶熱的辦公室內空空盪盪，只有七、八名值夜班偵查員聽著警車和勤務中心的無線對話，埋頭做各自的工作。儀保豎起耳朵，無線對話中的談話內容並沒有特別緊張的樣子，也許是遭到封鎖了。

一個和儀保交情不錯的警部緊皺著兩道濃眉，似乎正在與鑑識人員通話。鑑識人員似乎搜證得相當仔細。等警部一掛上電話，儀保就走了過去。

「嶺兄，聽說北部的各條道路都在路檢，發生什麼案子了？」

「有嗎？我怎麼沒聽說？」警部面無表情地否認道。

「我接到支局通知，聽說北部署的轄區內一片喧擾，警車也出動了。是美國士兵引發的案子嗎？」儀保小聲地說出自己的推測。

「我也不知道，可能是不想讓報社知道的案子吧！」

儀保覺得警部冷淡的回答中，暗示著的確發生了重大事件。
「打擾了。」
儀保說完，走出一課的辦公室，克制著興奮的心情衝下樓梯，用一樓角落的公用電話打到記者聯誼會，接電話的是副組長金城。
「一課不願透露，從無線電也沒有察覺到異常，但一課的人並沒有否認是與美國士兵有關的案子，該不會……」
「沒錯，我向各支局打聽後得知，三名美國士兵在北部海岸附近強暴了一名女性，目前駕車逃逸。縣警和美軍調查機關已經聯手合作進行路檢，各基地的所有出入口也派了縣警和憲兵站崗。」
金城小聲地報告。怎麼又是強暴女性？儀保的內心湧起一陣苦澀。
「被害人現在安全嗎？」
「生命安全沒有問題，但被害人是小六的學生。」
「什麼？」
儀保驚訝得說不出話。三名美國士兵輪姦只有小學六年級的女童未免太殘酷、太令人痛心了。他回想起美軍佔領時，一名六歲女童遭到美軍士兵強暴致死的殘酷事件。
「沖繩回歸至今已經二十三年了，這種天理難容的犯罪，簡直就像當年在佔領期間，連法律都起不了作用的地區所發生的。趕快在最終版上刊登這則新聞。」
「不，等一下。因為被害人是小六的女童，如果不謹慎處理，很可能對這個孩子造成一輩子無可挽回的影響。」

「但其他報社早晚也會知道。」

「保護被害女童比搶獨家報導更重要。總之，大家都回報社集合。」

儀保走出縣警總部，前往報社，身上好像壓了千斤重擔。

那霸最繁華的國際大道上仍然熱鬧不已，但不遠處的行政街人影稀疏，只有車輛川流不息。

時序雖已進入九月，宛如盛夏般的熱風仍然吹拂在臉上。儀保帶著鬱悶的心情來到步行三分鐘路程的報社總社，通往正面玄關石階兩側，鳳凰樹濃密的葉子伴著鮮紅的花朵即使在夜晚也格外醒目。今天晚上，這些花卻格外刺眼，儀保忍不住移開了視線。

好久沒有進編輯局了。如果向主編報告這起事件，主編一定會要求刊登這篇報導，所以他不太願意進辦公室，但除了這裡，找不到地方和其他記者討論。

他剛坐下，果然不出所料，值夜班的主編立刻問他：

「你的臉色很難看，發生了什麼麻煩的事件嗎？」

主編的直覺很敏銳。儀保簡短地向他報告了情況，說要借用一下會議室，主編眼中閃過嚴肅的眼神點了點頭。

凌晨十二點過後，記者聯誼會的記者們陸續回到了報社。

從他們分頭掌握的消息中，大致釐清了案情的全貌。

晚上八點過後，位於沖繩本島北部的農村，一名小學六年級女童去附近的文具店買筆記本，回家的路上，發生了意外。

一輛停在國道旁的小客車上走下來一個身穿馬球衫、短褲的年輕黑人向女童搭訕。女童嚇了一跳，停下腳步。這時，另一個黑人從女童背後悄悄靠近，把她反手抱住，塞進車內。女童激烈反抗，她的眼睛、嘴巴和雙手都被黑人事先準備的軍用膠帶綁了起來，臉部和腹部遭到用力毆打。車子從綁架現場駛向一片甘蔗田和地瓜田的產業道路。

綁架現場附近雖然是鄉村，但鄰近有住家，也有來往的行人，只是剛好沒有人目擊。產業道路的盡頭是海岸，前方有一個八公尺高的海崖，歹徒在海崖下方停了車。附近有養雞場，但當地居民平時很少出沒，如果沒有事先調查，根本不可能去那裡。

三名士兵輪姦女童後，把她丟下車後逃逸。

女童走到離案發現場一公里處的民宅求救，然後打電話回家。

由於女童遲遲沒有回家，擔心不已的父母外出尋找，女童讀高中的哥哥接到了電話。

女童家人立刻向一一〇報案。

最年輕的記者看著採訪筆記說：「歹徒犯案所開的車子是向基地內的租車公司租借的，遲早會回基地歸還，所以，歹徒可能已經遭到美軍調查機關羈押。」

「這麼說，美軍這次不會又不願意把人犯交給縣警吧？」

「發生這麼慘絕人寰的事件，如果美軍仍然拿出《日美地位協定》作為擋箭牌，像以往一樣拒絕交出人犯，縣民絕對不會善罷甘休，應該會趁這個機會發出怒吼。」

這位二十幾歲的記者義憤填膺。

「我也這麼認為，但我向附近的居民採訪時，當地居民要求，為了受害女童的將來著想，絕對不能透露她的名字、年齡和居住的地區。」

副組長金城帶著複雜的表情說道。

「我能理解那些居民想要保護那個女童的心情，但如果不趕快正視這個問題，很可能會再度發生第二起、第三起事件，我們在寫的時候可以避免提到地名。」

年輕的記者反駁道。

「總之，在確定犯人是誰之前先按兵不動。即使要寫，也要審慎考慮用哪一種方法報導。」

儀保宣佈討論結束。

散會後，儀保躺在休息室的床上。代替安眠藥喝的泡盛酒完全無法發揮效果，他在狹小的床上輾轉反側，對沖繩被迫承受的這些痛苦感到義憤填膺，湧起一股虛脫感。

進報社十年，在社會版工作多年的儀保曾經寫過的美軍士兵犯罪案件不計其數。

三年前，嘉手納基地附近餐飲街的酒吧內，七十七歲的老闆遭到三名海軍士兵攻擊，被搶走兩百五十美元現金。三名歹徒逃回基地，沖繩署要求美國軍方交出人犯，遭到拒絕。歹徒在基地內可以自由行動，在以關係人身分到案說明期間，搭軍機飛回了美國。

翌年五月，同樣是嘉手納的陸軍士兵向熟識的當地女子謊稱帶她參觀基地，一進入基地大門，立刻把她拉到暗處強暴得逞。被害人即刻前往沖繩署報案，控告美國士兵強暴，但軍方不願交出人犯，只把他留置在基地內。由於美軍的監視不夠嚴密，人犯偽造了部隊司令官核發的離隊許可證，從那霸機場的國際線搭民航機經由關島回到洛杉磯，輕而易舉地逃回了本國。三個月後，他遭到孟菲斯市警方逮捕，送回沖繩。最後，那名美國士兵並沒有接受日本法律的制裁，而是在軍法審判中因逃兵罪接受軍法處置。

沖繩回歸祖國已經二十三年了，但這裡仍有四十二處美軍設施和兩萬七千名駐軍。美國士兵引發的殺人事件、強暴、竊盜和肇事逃逸等刑法犯罪超過四千七百件。每次事件發生後，縣政府和縣警就向美方表達抗議，但美軍以「努力肅正綱紀」打發，類似的事件一再上演。

最根本的原因就在於《日美地位協定》的不平等。協定第十七條明定，當美國軍人或軍眷在執行公務期間犯罪時，由美軍掌握優先審判權。公務期間以外犯罪時，則由日方掌握優先審判權。但該協定第五項又規定，如果美方優先拘捕嫌犯，在日本檢方起訴之前，由美方負責羈押。這個障礙導致日方無法對美軍士兵的犯罪行為進行公正的偵查，日方在起訴之前，無法接管人犯，正因為如此，這種如同佔領地無法可管地帶的情況才會一再發生。

本土媒體對這些事的漠不關心也令人感到心寒。雖然各個媒體多次討論《日美安保條約》，卻很少注意到深受其害的沖繩縣民。戰鬥機墜落、噪音、實彈演習和美國士兵犯罪，沖繩的地方報在頭版大篇幅報導的內容，卻經常無法在全國性報紙上佔據一行字。

儀保翻來覆去，不禁為被害女童感到擔憂。美國士兵禽獸不如的惡行一旦公開，將會對縣民們造成極大的震撼。然而，必須犧牲一名女童才能夠激發縣民的危機意識嗎？至今為止，沖繩人對罪大惡極的犯罪行為的憤怒，往往都只是暫時性的，因此美方才會認為沖繩人個性溫馴，根本不把縣民們當成一回事。儀保對沖繩社會的這種現實感到怒不可遏，也為自己身為媒體人卻無法完成應有使命的無力感到羞愧。

如果不抓到歹徒，這起案子就會漸漸被人遺忘，女童的隱私權或許會因此受到保障——他甚至有了這種想法。

他還無法整理出一個頭緒，天色就亮了。

※

事件發生四天後的九月八日，《琉球新聞》晚報的社會版以兩段十九行的篇幅，低調報導了這個消息。

縣警在八日對三名美國士兵以強暴婦女的嫌疑申請了逮捕令。目前三名士兵遭到美軍刑事調查局（ＮＣＩＳ）的羈押。事件發生在四日夜晚的本島北部地區。三名美國士兵把出門買東西回家的小學生拉進車內，在附近的海灘強暴得逞……縣警已經從犯罪所使用的租車車輛中查出三人身分，正展開進一步調查，並要求美國軍方交出三名士兵。

三天來將保護女童人權放在首要位置的《琉球新聞》，最後決定以這種方式報導這則新聞。

讀者立刻致電到報社瞭解情況。

「光寫北部怎麼知道是在哪裡？」

「被害人到底幾歲？你們整整過了三天之後才知道這起事件嗎？」

照理說，在報導類似案件時應該有詳細的解說，因此，《琉球新聞》這篇簡短、抽象的報導反而引起了讀者的注意。

儀保在縣警記者聯誼會內，回想起在官方召開記者會正式公佈這則消息前刊登這篇報導的來龍去脈。

中部報導中心最快傳來消息，說歹徒遭到羈押後，縣警也派出偵查員前往基地內，以關係人的身分偵訊三名歹徒，但是，光是根據採訪偵查員的內容無法寫報導。

儀保打算立刻夜訪縣警搜查一課課長的家中，但課長深夜仍然沒有回家。儀保去了一課課長經常造訪的一家位於那霸櫻坂的關東煮店，果然發現虎背熊腰的一課課長坐在吧檯前。他平時很少一個人喝酒，想必是因為女童事件深感苦惱。

儀保悄然在他身旁坐了下來，一課課長沮喪的小眼睛擠出一絲笑意。

「聽說你也一起去偵訊了歹徒？」

「嗯——」

沒想到課長很乾脆地承認了。他把泡盛酒一飲而盡，緩緩說了起來。

三名士兵在犯案的翌日早晨回到基地。

等候已久的憲兵立刻上前拘捕並嚴密監視。美軍刑事調查局已經事先從一名士兵口中得知「他們找我一起去，但我拒絕了」的消息，因此，事先掌握了歹徒所屬的部隊。三個人分別是海軍海兵隊二十歲到二十二歲的士兵。

三個人中，其中一人對案情供認不諱，並供稱「犯案後，我們把車開去非所屬部隊的其他基地清洗車子，並把膠帶等證物丟進了垃圾桶」，於是，縣警立刻派當地警察署的偵查員前往尋找，但垃圾已經遭到回收。

縣警當下要求回收業者停止處理垃圾，偵查員大舉翻找垃圾山後，從中找到了士兵供稱的膠帶、面紙和擦血的布，以及剛從文具店買回來的筆記本。在綁架現場也找到了啤酒空瓶，發現了其中一人的指紋。

從緊急動員時開始，就由縣警和美軍刑事調查局合作展開偵查工作，七日，縣警申請了逮捕令，當天就要求美軍交出人犯，但美方和之前發生犯罪案件時一樣，以《日美地位協定》第十七條第五項的內容為由拒絕了縣警的要求。

事件發生後，為了保護女童，儀保甚至希望歹徒逃之夭夭，讓事件銷聲匿跡。但是，發生了如此惡劣的事件，而且一開始就由縣警協助展開調查，美國軍方竟然拒絕縣警要求交出人犯的要求。儀保察覺到一課課長內心的感受，強烈認為應該呼籲修改《日美地位協定》。

在《琉球新聞》晚報刊登了相關報導的翌日，競爭對手《沖繩新聞》早報在社會版大肆報導了這起事件。從標題的「美軍士兵對女童施暴」可以發現，《沖繩新聞》也很早就掌握了這個消息，但慎重思考該如何處理這則新聞，因此，最後沒有使用「強暴女童」，而是用「施暴」這個字眼。「強暴」等於是「強姦」的同義詞，但「施暴」則可以有其他的解釋。

雖然《琉球新聞》和《沖繩新聞》是競爭對手，但同樣身為當地的報紙，雙方都最優先考慮到女童的痛楚，將訴求重點放在《日美地位協定》不平等的問題上。

*

《琉球新聞》政經部的親泊正在東京出差，他在四谷地鐵車站內發現了一個公用電話，附近沒什麼人來往，便插入電話卡，撥打了在沖繩縣議會記者聯誼會的同事潮屋的電話。潮屋是政經部跑軍事線的負責窗口。

「是我，親泊——」親泊口齒清晰地自報姓名後說：「我昨天就到東京了，等一下要與防衛廳的江戶廳長一起吃午餐，有沒有什麼要我代為打聽的事？」

只有沖繩地方報紙《琉球新聞》和《沖繩新聞》有軍事窗口。

「這裡發生了大案子。」

向來沉著冷靜、素有「司令塔」之稱的潮屋難得用激動的語氣說道。

「案子？什麼案子？」

這次親泊是自費到東京出差，所以還沒有去東京支局。

「三名美國士兵綁架了一名國小女童性侵得逞，事件發生在四號晚上，社會部當天就掌握了消息——」

潮屋說著，把事件的大致情況告訴了親泊。又是一起讓人聽了就反胃的事件。

「這起事件發生後，拒絕續約的軍用地地主可能會增加。從之前的趨勢來看，最後可能由多田知事代替反戰地主簽名，但縣民的憤怒已經一發不可收拾，所以情況會很微妙。」

「是嗎？難怪我來東京之前，安排和上之原議員對談時，知事似乎也很煩惱的樣子，那就先這樣了。」

以目前的局勢，根本不是向潮屋打聽有什麼問題要問防衛廳長的時候，親泊掛上了電話。

親泊曾被派駐在東京支局多年，直到一年前才被調回那霸總社。調回總社後，他仍然投入相關主題的研究，為了向來自沖繩的上之原參議院議員等政界人脈打聽消息，他不時自費出差到東京。

聽到這起意想不到的可怕事件，親泊帶著沉重的心情走進防衛廳附近的豬排店，坐在預約的包廂內等候。

十幾分鐘後，一派瀟灑的防衛廳長江戶在老闆娘的帶領下走了進來。

江戶在上座盤腿坐下後，用冰毛巾擦了擦臉。

「你還是這麼積極，看到你的積極態度，讓我忍不住提心吊膽是不是今年元旦的報導又會出現續篇。」江戶半開玩笑地說道。

「雖然我無意增加您的煩惱，但我的確正在企劃相關報導。」

親泊若無其事地回答。元旦之後，政經部連續一週報導了讓沖繩成為國際都市的構想，這個構想表達了期待在二十年後的二〇一五年，階段性撤走集中在沖繩的基地的願望。一旦基地撤離，將會失去來自基地的收入，也會喪失八千個工作機會，軍用地地主、軍方雇員家屬的五百億圓消費額也會隨之消失，總計將導致一千八百億圓的損失，該構想的系列報導討論了如何創造替代產業拯救沖繩的經濟。最受矚目的就是利用美軍基地舊址建造工廠，將戰鬥機的相關高科技技術用於和平產業。同時，充分利用目前閒置的海灘和森林等觀光資源。

這一系列報導由ＣＩＡ（美國中央情報局）逐一送至華盛頓特區，美國政府向日本政府表達了關切。

當熱騰騰的豬排送上來時，江戶廳長立刻拿起了筷子。

「親泊，你可不可以說服知事答應？」

他直截了當地問與多田知事交情甚篤的親泊。親泊心想，該來的還是躲不掉。在一九九七年使用期限到期的軍用地中，有三萬五千平方公尺是三十五位反戰地主的土地。為了能夠繼續強制使用，必須由各市、町、村長代替地主審閱物件調查資料後簽名，但各市、町、村長都已表明為反戰自治體，拒絕代理簽名。如果多田知事不再像上次期限屆滿時一樣代替市、町、村長簽名，提供的土地就失去了法律依據，美軍就會變成非法佔用土地。

在美軍佔領時期，強制徵收的土地租金不到十瓶可樂的價錢，因此，反戰地主超過三十人。沖繩回歸時，租地費用一下子漲了六倍，之後也因為防衛設施廳的政策，租地費用逐年增加，反戰地主人數大為減少，但仍然有地主不為所動，堅持反戰。

包廂內的冷氣嗡嗡地發出聲響。江戶廳長咬著爽脆的高麗菜絲，喝了一口味噌湯，語帶擔心地說：「如果不趕快辦完手續，或許就會發生國家違法佔有民間土地的狀況，就像一九七七年修訂法律時，國會紛爭導致了四天的空窗期間。一旦發生這種情況，那些激進派的一坪反戰地主可能會戴上安全帽，從東京衝到基地。」

「我能瞭解您的擔心，但這次恐怕不會發生您擔心的情況。」

親泊毫不猶豫地打斷了他。

「你憑什麼這麼斷定？」

「咦？廳長還不知道那起事件嗎？」

「哪起事件？」

「就是女童強暴事件。不瞞您說，我因為來這裡出差，在打電話回報社之前，完全不知道這件事。昨天本報在晚報中搶先報導後，《沖繩新聞》今天在早報上大肆報導了這起事件。這麼大的事件居然沒有任何一家全國性報紙報導，這種現象本身就是很大的問題，但案發至今已經五天，身為防衛廳中樞的您居然沒有得到任何消息，簡直令人難以置信。」

比別人更注重危機管理的江戶廳長頓時臉色大變，抓起壁龕旁的電話。

接電話的好像是他的秘書，江戶嚴厲命令道：

「聽說沖繩發生了重大事件，你立刻去查一下。」

當他轉身坐回桌前時，嘆著氣說：

「所以我早就說要趕快辦完手續，現在居然發生這種事。我知道目前的狀況很嚴峻，但最好避免中央發動強權，怎樣才能讓多田答應簽字？」

江戶已經無心吃飯，探出身體問。

「這我就不知道了──」

「你不是多田的心腹嗎？」

「開什麼玩笑，我經常抨擊知事的經濟政策，他應該很討厭我。」

親泊笑著否認。

「你別謙虛了，我曾經聽多田提過你。他擔任第一任知事的時候，還不知道怎樣運用策略與中央進行交涉，你曾經強勢批判他在經濟方面毫無政策。他很光火，對你破口大罵說：你這個三十出頭的年輕人膽子不小，到底在對誰說話?!結果你反唇相譏說，就是說他。可見你們的交情非比尋常。」

親泊和知事之間的確發生過這種事。這些當然是在知事的辦公室裡，與知事單獨相處的時候。有一次，脾氣暴躁的知事因為情緒太激動流著鼻血，盛氣凌人地說：「我才是知事。」親泊聽了很不舒服，便反駁說：「你不必這麼激動。萬一你在下一屆知事選舉中落選就是普通的老頭子，除了我以外，沒有人會邀你去喝酒。」多田立刻閉了嘴。從此之後，親泊就被稱為「讓多田知事流鼻血的記者」，非但沒有遭到排斥，反而成為知事吐露真心話的對象。

「總之，你回那霸之後可不可以立刻去見多田，代我為剛才聽到的事件表達遺憾，同時瞭解一下他內心的想法？」江戶廳長進一步要求。

「廳長，我現在能夠告訴您的，就是歸還普天間基地。」

「為什麼是普天間？」

「知事對普天間很執著。知事在琉球大學擔任教授期間，曾經住在基地附近的嘉數地區，被在那裡起降的直升機噪音吵死了，聽說他還曾經看過低空飛行的直升機上的飛行員的臉，就撿起庭院的石頭丟直升機。而且，我們報社提出的國際都市構想的第一項計畫，就是撤走普天間基地。」

親泊一臉認真地說。

「普天間基地的難度太高了。」

江戶搖了搖頭。

「廳長，您想得太天真了。如果不打出普天間這張王牌，知事根本不可能代理簽名。」

親泊明確地說道。

「我沒時間陪你聊了，今天就先到這裡，我要回去了。」

江戶嘆著氣，匆匆站了起來。

那天晚上，親泊在赤坂的小餐館與外務省北美局日美安全保障課的企劃官見面。

來這裡之前，親泊去了東京支局。因為那霸總公司都會把當天報紙的頭版、二版和兩大張社會版，總計六頁內容用傳真寄到東京支局，他請同事順便把《沖繩新聞》的報導也傳了過來，並用電話採訪了縣議會的反應。他有預感，這次的事件會鬧得不可收拾。

當年駐東京時代經常見面的企劃官走了進來。四十四歲的企劃官身材高大，臉部線條俐落。面對面坐下後，企劃官一開口就問及多田知事代理簽名的事。

「目前是社進黨的山村富一擔任首相的非常時期，不知道多田知事在第二任時會有什麼想法。」

雖然他嘴上這麼說，但似乎認定多田知事當年剛當選第一任知事時，經過很長一段時間的苦思，最後還是在中央的壓力下同意代理簽名，這一次也會比照辦理。

「您知道沖繩發生了這起事件嗎？」

親泊拿出在支局影印的兩張報導的內容。企劃官喝著啤酒，一派悠然地看完了報導。

「真是非同小可。」

他只表達了這句了無新意的感想，和白天防衛廳長的反應有著天壤之別。聽說安全保障課將在近日成為一個獨立的課，負責包括處理《日美地位協定》的相關業務，因此企劃官的漠不關心令親泊很生氣。

「受害人是小學生。雖然沖繩縣民向來很溫和，但這次絕對不會善罷甘休。最先成為眾矢之的的就是不平等地位協定，我認為差不多應該要修正了。」

親泊加強語氣說道。

「這根本就像是未審先判。美國士兵的犯罪並非只發生在沖繩，只要有基地的地方都會發生，韓國、菲律賓也一樣。」

企劃官似乎難以理解親泊為什麼對女童強暴事件這麼激動。

「企劃官，不好意思，我認為您把這件事看得太單純了。您的這種說法，不是和去年就任防衛設施廳長的寶山廳長，在第一次訪問沖繩時說『沖繩和基地共存共榮』的言論如出一轍嗎？」

「你找我出來應該不是想和我吵架吧？雖然寶山廳長當時的言論引起了很大的反彈，但這不是現實嗎？」

「讓國內的美軍基地有百分之七十五都永久留在沖繩，即使發生了這種犯罪事件，也因為二十三年前沖繩回歸祖國時，外務省與美方簽定了《地位協定》，所以現在才會束手無策嗎？沖繩不會永遠甘於這種不平等，一定會提出抗議。」

親泊並不是對眼前的企劃官生氣，而是對被美國牽著鼻子走的外務省和中央政界感到憤怒。

＊

謝花未知的工房外，長在紅土上的野生扶桑花爭奇鬥豔，弓成正在等未知完成手上的工作。

未知終於離開追隨多年的師父稻嶺，在附近獨立開了一家小規模的工房，開始投入自己的創作。她在去年獲得了富有權威的沖繩工藝展玻璃部門的新人獎，作品逐漸受到了肯定。

未知將烏黑的頭髮綁在腦後，穿著長袖襯衫和棉長褲，正用長長的鐵吹竿從一千三百度高溫的窯爐內取出發出橘色光的熔融玻璃液，然後用力吹氣。柔軟的橘色玻璃液漸漸像氣球般鼓了起來。未知用力吹了好幾次，她的胸部也上下起伏著，白皙的肌膚漸漸染上了紅暈。和她一起工作的師父們也都汗流浹背。

然後，她移到滾台邊。她的襯衫後背已經被汗水濕透，黏在背上，從頭髮順著耳朵和頸子也流下了好幾道汗水。

未知迅速轉動著橫放在滾台上的吹竿，用年輕師父遞給她的木板和竹刀為作品的口部塑型。有著兩道濃眉、看起來像是領班的師父時而用濕報紙墊在作品底部，協助未知進行塑型作業，時而把作品再度放入窯爐中加溫。製作玻璃作品除了要對抗溫度，瞬間的動作、判斷力以及與助手的配合都很重要。協助未知的那個領班師父在稻嶺工房時也是她的搭檔，因此，他們的默契無懈可擊。

喘了一口氣後，未知立刻開始做另一件作品。她擅長的作品風格稱為「冰裂」，將溫度還很高的玻璃放進水中冷卻，使表面形成名為冰裂紋的波狀紋路。這原本是稻嶺工房創造的技法，但未知改變了冷卻方法，創造出獨特的波紋。

未知的作品在光線下鑿鑿有芒，嶄新而華麗的風格吸引了義大利的買家前來購買。

哐噹！突然響起一聲尖銳的金屬聲，沾取高溫玻璃液的吹竿從未知的手上滑落在水泥地上。

「未知，妳沒事吧？」

其中一名師父扶住了她，擔心她被燙傷了。

「真可惜，我原本還打算好好挑戰這件作品。」

未知雖然有點失望，卻沒有懊惱的樣子，似乎不太像平時的她。

「妳這陣子身體不太好，我看今天妳就早一點休息吧！」

「好吧！對不起，今天都提不起勁來。把爐子處理一下後，你也先回去吧！」

她也向幾個年輕的師父打了招呼，看到弓成時，露出無精打采的笑容。

「被你看到我出糗的樣子。」

「因為妳說有作品要給我看，所以今天繞過來一下。我看還是改天再看吧！」

弓成體貼地說。

「我去沖一下澡，你等我一下。」

未知脫下髒手套，走進屋內。和未知年紀相仿的師父目送她的背影離去後，擔心地說：

「最近未知的情況不太理想，似乎不是創作上的煩惱。」

「稻嶺師父知道嗎？」
「昨天師父剛好路過，在旁邊看了一陣子，沒有說什麼就離開了。」
他的眼神似乎在徵詢弓成的意見。
「那應該就沒問題吧！」弓成回答說。
「不久之前，她還說要好好鑽研冰裂技法，即使太陽已經下山，她仍然改變水溫和冷卻時間，思考冰裂紋的表現方式。因為傍晚之後工作容易引起白內障，所以我費了好大的力氣勸阻她……」
「如果不是因為創作而煩惱……」
「她很痛苦，對，未知似乎在為什麼事情感到痛苦。我很希望有能力可以助她一臂之力。」
他的話語中透露出超越搭檔關係的感情。
兩個男人陷入了沉默，身後傳來了未知的聲音。
「對不起，讓你久等了。」
未知換上了乾淨的T恤，一頭黑髮宛如瀑布瀉在肩上，散發出洗髮精的香味。
「那我先走了——」
師父離開前，似乎仍然對未知有點不放心。
弓成和未知並肩坐在細葉榕樹下的長椅上。
「妳的搭檔很善解人意。」
「對啊！他其實不必來做我的搭檔，完全有能力成立自己的工房——」

未知用手指繞著一旁絲瓜的藤蔓說道，然後又停頓下來。弓成知道她找自己來這裡並不是為了看新作品，所以耐心等待她再度開口。

「……得知這次的女童事件後，我又想起了原本已經遺忘的身世……」

未知吐露的心聲果然如同弓成事先所猜測的。

「妳不是早就已經克服這件事了嗎？」

弓成故意用冷淡的口吻反問。

「我記得之前去座喜味城址時，曾經告訴你我的身世，你靜靜地接受了，我以為我已經放下了，但是，現在想到流在我身上的血液，還是覺得不寒而慄。」

未知在腿上握緊雙拳。

「妳現在是受到肯定的工藝家，妳不必把這分痛苦壓抑在內心，應該發洩出來。」

「哪有這麼簡單？弓成先生，看來你還是不瞭解我。」

未知難過地責備道。

「那我向妳道歉，但我認為只有妳能夠感受到那名女童的痛苦，妳是不是可以從妳的角度思考能為她做什麼？聽說那霸婦女團體團結一致，發表抗議聲明時，也曾經希望身為玻璃工藝新秀的妳可以參加連署，但妳拒絕了。」

這次的事件引發了婦女極大的憤慨。

「你應該知道我不喜歡拋頭露面。」

「問題不在這裡，而是妳害怕世人的眼光。」

弓成話還沒說完，未知便憤怒地看著他。

「我認為經過這次的事，比起妳自己，妳首先應該為妳母親著想。她因為那些禽獸不如的美國士兵，精神受到刺激，最後甚至賠上了性命。妳不要整天躲在文化村，應該和大家一起發出怒吼，這對妳——」

「你不要提到我媽！」

未知在咆哮的同時，差一點伸手甩弓成耳光。她猛然站了起來，情緒激動地說：

「你終究是大和人，無法瞭解沖繩人的想法。」

弓成內心吃了一驚，但面不改色地走向車子的方向。

「等一下——你不是要來看我的作品嗎？」

弓成猶豫了一下，但還是跟在未知身後，走進工房隔壁一間放了小陳列櫃的房間。自然採光中，花瓶、小碗和燈罩等作品靜靜地呼吸著。

後方有一個裝滿五顏六色小花的玻璃花籃，十分惹人憐愛。

「我做了這個，希望可以撫慰那個女孩。我想送去給她，你覺得怎麼樣？」

未知的眼中噙著淚水。

第十九章

生命最可貴

令人擔心的第三號強烈颱風改變了方向直撲台灣海峽，午後，從雲間灑下殘暑的豔陽。

弓成穿著洗乾淨的襯衫坐在書桌前。

主屋的庭院方向傳來熱鬧的聲音。渡久山朝友的長媳擔任地區婦女會幹事後，附近的年輕主婦們經常在週六、週日下午來這裡聚會。九月四日發生女童強暴事件後，為了要求美軍肅正綱紀，並趕快交出人犯，所以比之前更頻繁地聚會，就連平時很少參加的主婦也擔心同樣的事件明天可能會發生在自己孩子身上，都帶著滿腔怒火來參加活動。

「有人在家嗎？」

木門打開了，一個身穿輕鬆夾克的高大男人走了進來，他是《琉球新聞》社會部跑縣警線的組長儀保。

「如果你是為電話中提的那件事前來，我仍然沒有改變心意。」

弓成帶著柔和的淺笑來到簷廊，表達了拒絕之意。儀保打算在「新聞週」[16]期間以「報導與人權」為主題做專題報導，日前致電向弓成邀稿，請他談論外務省洩密事件。

雖然弓成當初打算在讀谷的都屋靜靜地生活，但久而久之，當地報社得知了他的消息。弓成透過沖繩本島的著名戰史家、也是劇作家的友人介紹，曾經與儀保一起喝過兩、三次酒。

「不，關於那件事，我會尊重你的想法，今年就不抱希望了。」

戴著眼鏡的儀保說道。

「我來讀谷村公所找山內村長，順便來看你，也想看一看謝花未知小姐的那件作品。」

「喔，原來是為這件事——」

弓成向他招了招手，請他從玄關進屋，因為玄關旁兩坪多的房間內放了籐椅和茶几。

「這就是謝花小姐寄放在我這裡的作品。」

弓成指著CD音響旁的玻璃花籃說道。在儀保打電話邀稿時，弓成向他提起了這件事。

「就連小花也是用玻璃做出來的，真漂亮。」

儀保彎下高大的身體，看著紅、綠、黃色的小花出了神。

「謝花小姐想送給那個女孩，向村公所打聽後，村公所的人告訴她，在事件落幕之前無法代為收下，所以她拿來放在我這裡。正因為我知道她是帶著怎樣的心情做這個花籃，所以很希望可以找適當的機會送到那女孩手上。」

因此他拜託了人脈很廣的儀保。

「在案發後不久，謝花小姐拒絕了女權運動家的呼籲，所以大家對她有一些負面的評價，但我或多或少能夠瞭解她的想法。這個花籃是謝花小姐用內心的痛苦創造出的珍貴作品，那個女孩看到這個花籃，內心應該可以得到撫慰，我一定會設法交到她手上。」

這種發自內心的善良不愧是沖繩人，弓成很慶幸自己當初拜託了他。

⑯每年十月十五日至二十一日為日本媒體界的「新聞週」，在此期間會舉行新聞大會。每年四月六日至十二日為「春季新聞週」。

「上次因為拒絕了你的邀稿，所以不好意思打聽，其實我對報導女童事件的問題很有興趣。」

儀保在弓成對面的椅子坐了下來。

「你請說吧！我有問必答。」

「事件發生在九月四日晚上，照理說，你們應該當天就採訪了這則新聞，翌日早報就可以刊登這則消息，但你們決定放棄。《沖繩新聞》和電視台應該也掌握了這個消息，只是在時間上可能有先後，但沒有任何一家媒體搶先報導，難道是和警方之間有報導協議嗎？」

這和他曾經經歷過的本土媒體生態完全不同。

「經常有人批評沖繩的媒體總是採取相同方式報導，其實，在女童事件上並沒有所謂的協定，大家想的都是同一件事：萬一報章雜誌報導之後，讓女童的身分曝了光，她日後是否無法繼續住在這裡？是否會葬送她的將來？我個人認為，美軍士兵的犯罪簡直就像是家常便飯，所以對於為什麼因為被害人是女童就引起社會很大的關注，感到難以接受。

「如果沖繩的社會要全民總動員對基地和《地位協定》的不平等發出不平之鳴，不需要等這次未成年少女的案件發生，過去有太多兇惡、不合理的事件發生了。」

弓成對儀保的著眼點感到佩服。

「如果是本土的媒體，即使明知道這些道理，也會擔心被其他報社搶了獨家，根本不可能等四天。難道你們沒有這方面的顧慮嗎？」

弓成直截了當地問。

「當然有。有幾個年輕記者認為應該報導，我在考慮到人權問題的同時，每天打開其他家報紙，看到今天也沒有登，明天也沒有登，都忍不住鬆了一口氣。」

「不過，最後還是《琉球新聞》最先刊登了這個消息，但這篇報導好像特地選在不引人注目的角落刊登了兩段十九行的內容——這是基於怎樣的想法做出的判斷？」

「原本內部決定在縣警申請逮捕令，召開記者會時再刊登這篇報導，但九月八日早上，我接到主編通知說ＮＨＫ已經報導了這起案件，再加上前一天深夜掌握到縣警已經申請了逮捕令，並向搜查一課的課長確認了這件事，所以就在用各種方式撰寫的預定稿中，挑出了這篇十九行的報導。

「沒想到刊登之後，讀者的電話接到手軟，幾乎都是來詢問詳情或是責罵的。北部到底是哪裡？被害人幾歲？為什麼這篇報導寫得不清不楚？報社方面不知道該怎麼應付，但在警方正式公佈之前，我們也只能寫到這個程度。」

「翌日，《沖繩新聞》的早報以《日美地位協定》為中心，在社會版頭條報導了這起事件，把女童事件拉到政治問題的層次。」

「事態的進展遠遠超乎了我們的想像。

「本土的報紙、雜誌和電視台都爭相來採訪，在這種大規模的採訪攻勢下，原本刻意隱瞞的女童居住地區也被挖了出來。」

「沖繩居民對此有什麼看法？」

「心情應該很複雜。舉行抗議集會、對著基地圍籬舉拳頭抗議固然簡單，然而一旦採取這種行動，承受精神傷害的被害人家屬會有何感想？所以當地民眾都團結一致，認為目前該做的事，就是靠這片土地保護被害人的未來。

「所以，當地民眾看到電視台記者站在基地大門前報導，或是麻木不仁的週刊記者扛著照相機在被害人住家附近徘徊時，無不感到憤怒，不是把他們趕走，就是通報一一〇。」

「但是，那些談話性節目和雜誌的報導內容還是讓我們捏一把冷汗。」

「的確——」

弓成也點了點頭。昨天他看到的那份週刊雖然冠冕堂皇地以「檢驗日美地位協定」為主題，但標題和記述的內容都很聳動。

巨大標題下的內容也同樣駭然。

三名美士兵禽獸般的惡行

雖然沖繩本地報紙委婉地使用了「施暴」的字眼，但這是一起極其惡劣的性侵事件。蒙德爾駐日大使也稱之為「三隻野獸」的三名美國士兵用租來的車子綁架國小女童後，到底對她下了什麼毒手？

發生這起可怕案件的當晚，女童父母見女兒遲遲未歸而感到擔心，開車外出尋找，家裡只剩下就讀高中的女童哥哥。這時，女童哥哥接到了女童A的電話，得知發生了大事。他立刻向一一〇報警，坐上沖繩縣警的警車一起去接女童回家。

他們看到女童時，女童已經不成人樣，衣服被撕爛，下半身沾滿鮮血……

雖然報導痛批了這起禽獸不如的惡劣犯罪，但和之前以緋聞方式報導弓成事件的週刊如出一轍。

看到弓成陷入緘默，儀保也默然不語。

「美國CNN電視台和美聯社東京支局的記者也打電話來問我們案發經過和其他美軍士兵的犯罪資料，聽說他們拍攝了綁架現場和前往犯案地點的產業道路，不知道在美國會用什麼方式報導？」

儀保擔心地說。

「雖然美軍這次比以往的案例更早交出嫌犯，但女童會不會撤銷告訴？」

一旦提出告訴，女性將在法庭上再度承受煎熬，所以很多人最後都撤銷告訴。

「在勘驗現場時，那名女童對偵查員說，為了避免再度有人受害，她會協助調查。」

「她真的很勇敢。」弓成說：「在你委託我寫稿之前，我就數度回想了自己的事件。當年，我雖然掌握了證實《沖繩回歸協議》中，軍用地復原補償費是由日本方面代墊的電文，但為了保護消息來源女事務官，我在寫報導時，提到關鍵問題時只能含糊帶過，也因此無法引起輿論的討論。最後，只能選擇在國會的預算委員會揭露，沒想到反而導致消息來源曝了光——這是身為記者的失職。」

弓成咬著嘴唇。

「但是在一審時不是獲得無罪宣判嗎？」

「雖然身為記者的我獲得無罪判決，卻讓消息來源獲判有罪，我對這樣的結果當然不可能發自內心地感到高興，也為此引咎辭職，但我沒想到放下筆桿的空虛感會這麼強烈……我心情煩悶，甚至覺得高院的審理都很麻煩，乾脆──」

弓成語帶激動地說著，然後住了口。儀保說：

「我相信你應該早就聽說沖繩有一句話叫做『生命最可貴』，留得青山在，不怕沒柴燒。只要珍惜生命，一定可以有所作為。

「在之前的那場戰爭中，沖繩被捲入地面戰，許多民眾都在鐵風暴中倒下了，也有的人自盡，更有人因為來自本土的官兵聽不懂沖繩方言，被誤認為是間諜拷問至死。

「所以我們沖繩人深切瞭解生命的可貴。」

儀保停頓了一下又說：

「弓成先生，你或許認為自己的記者生命已經畫下了句點，但即使離開了報社，你也可以在沖繩再度提筆。以前，我們在社會部的討論會上討論過外務省洩密事件，我們最大的不解，就是當時的新聞媒體為什麼沒有挺你到最後。

「對於採訪是否有缺失這個問題，我們也都有各自的經驗，所以，各人有各人的判斷，但很希望本土的媒體可以正確地面對沖繩回歸當時的密約問題，沒想到最後還是政府棋高一著。

「弓成先生，希望你不要再為此感到自責，趕快回到媒體的世界。」

儀保靜靜地激勵著弓成，也說出了內心的期望。

＊

豆大的雨滴打在車子的擋風玻璃上，但驟雨很快就停了，因為沖繩屬於亞熱帶氣候，所以雨也下不久。

弓成從胡差的十字路穿越知花十字路口後，左轉進了一條小路。前方有一片樹木茂密的丘陵，他即將拜訪的反戰地主島袋善祐就住在這裡。

陡峭的坡道被剛才那場驟雨淋濕了，稍不留神，輪胎就可能打滑。他把排檔打到低檔，小心翼翼地駛上坡道，看到理著三分頭，個子雖然不高，但體格健壯的島袋穿著汗衫站在前院。

弓成一下車，狗立刻吠叫起來，雞居然也不合時宜地叫了起來。

「咦？這是鼬鼠嗎……又好像不太像。」

弓成低頭看著落入陷阱而死的灰毛小動物。

「是貓鼬，專門吃小雞、偷雞蛋，你覺得牠像什麼？」

弓成一時想不起來牠像什麼，露出為難的表情。

「對了，你是本土出身的，所以不知道。自古以來，沖繩人最頭痛的就是龜殼花，當初從東南亞引進大量貓鼬驅除龜殼花，沒想到牠的繁殖力太強，擾亂了人類的生活，就和那些美國兵一樣。」

島袋說著，和上次一樣帶弓成走進放著祖先牌位的日式客廳。

建在這片丘陵半山腰的島袋家周圍都是作為防風林的福樹，涼爽的風吹過寬敞的家中。

「上次說到哪裡了？」

即使在眾多反戰地主中，栽培薔薇和水果的島袋，言行也很獨特。

弓成向送來茶和黑糖的島袋太太道謝，打開了筆記本。

「上次說到一九五九年，你二十九歲的時候，在夏威夷結束半年期間的農業進修後，決定回到美里農協工作。」

當年，島袋在ＵＳＣＡＲ（琉球群島美國平民政府）的推薦下，前往美國實地學習機械農業、酪農業和果樹園藝等各個領域的農業知識，回國後，進入美里農協擔任近代農業指導員。

突然，島袋的一雙大眼露出笑容。

「有什麼好笑的事嗎？」

弓成問。

「我住在茂宜島基黑的一位沖繩人酪農家時，當地電台得知有日本人千里迢迢來到夏威夷學習農業，便上門來採訪。他們問我，沖繩正在進行回歸日本運動，我對此有什麼看法。我回答說，學校的老師那些公務員都表示贊成。他們說，想瞭解的是我的看法。我立刻驚覺這是來做思想調查的，雖然對收留我的沖繩人很不好意思，但我聽說法官和琉球大學的老師也都不敢說真話，就覺得應該有人要站出來，所以我鼓起勇氣回答說：我也贊成回歸。旁邊的人立刻驚叫說：他是共產黨！」

「你出發前往夏威夷時，不是在全村人的盛大歡送下，在嘉手納基地搭軍機出發的嗎？回國之後，有沒有受到批評？」

弓成也笑著問。

「也許在美國人眼中，我和高中生差不多，所以也就沒有追究，但進入農協後，引起了另外的騷動。」

他的一雙大眼露出調皮的笑容。

「土地聯（縣軍用地等地主會聯合會）通知我，知花彈藥庫那一帶土地要提供作為軍事用地，叫我也交一份空白的委任狀。戰爭剛結束時，那一帶被美軍指定為禁止進入的區域，沒有人可以靠近，但因為那裡沒有建造任何設施，我父親覺得耕種自家的田是天經地義的事，所以率先開始農耕作業。因為我父親認為他做的是對的事，所以在美里地區很有聲望。」

轟轟轟的飛機聲越來越大，談話暫時中斷。這是在附近的嘉手納機場起降的軍機發出的噪音。

當聲音變小後，周圍的樹林中傳來鳥囀聲。

「當他們要求我交空白的委任狀時，我心想，如果我父親還活著會怎麼做？我父親會在四十七歲正值壯年的時候過世，就是因為離開俘虜營時被帶去美軍野戰醫院，為了那些美國兵抽血抽死的。

「當時，美國兵抓女人抓得很兇，我們小孩子也誓死保護母親。不光是我們家而已，因為美國兵會闖入家門，撕開蚊帳襲擊女人，所以村民們團結一致，用力敲氧氣筒把美國兵趕走。真不知道那些因為可以領到租地費或聲稱是美國平民政府的命令，就把靈魂都出賣給美國人的沖繩人是怎麼回事？

「因為我拒絕簽約，所以就受到各種欺壓。當我去上班時，有人故意大聲地說共產黨的走狗來了。我母親一個女人家，光是為了兩個妹妹的學費就傷透了腦筋，但還是很支持我。」

島袋一家的堅強令弓成深受感動，他繼續問了下去。

「聽說在一九六八年十一月，一架從沖繩起飛前往越南的Ｂ５２起飛失敗，墜落在跑道上起火燃燒，因為離知花彈藥庫很近，引起一場虛驚。」

「當時最密集的時候，每三分鐘就有一架飛機起飛，連週六、週日都照飛不誤，所以大家都人心惶惶。有時在睡覺的時候聽到轟隆的巨響，看到黑漆漆的天空中出現火柱和蘑菇雲，還以為沖繩捲入了戰爭。

「Ｂ５２是要去殺害無辜越南人的黑色殺手，我覺得一定要用某種方式表達抗議，就在要出貨的木瓜上用麥克筆寫上『撤除Ｂ５２、撤除基地』之類的字。因為木瓜的皮會滲出油脂，所以費了好大的工夫才寫上去。之後，毒氣外洩時，我在耕耘機的犁刀上寫『撤除毒氣』，雖然在農田耕一次地就消失了，但我看到不合理的事，沒辦法袖手旁觀。」

島袋會用行動表達自己的憤怒。

軍機再度在上空發出巨大的噪音。

「一九七二年回歸之前，在伊江島、伊佐濱的土地鬥爭中擔任指揮工作的阿波根昌鴻先生的提議下，成立了反戰地主會。四萬名地主中，有三千人參加了反戰地主會，但人數很快就減少，曾經一度不到一百人。請問是什麼原因？」

「只有一個原因，就是租地費上漲。和回歸前相比，租地費漲了六倍，相當於種甘蔗收入的一點六倍左右。防衛廳和防衛設施廳用錢收買人心，那些看到沖繩回歸激動得流淚的大和人知道這些錢都是他們繳的稅金嗎？」

「恐怕……」

弓成不置可否地應了一句，繼續問道：

「一九七七年五月十四日後，在修正軍用地的適用法律時，執政黨和在野黨在國會發生了紛爭，由於法律到期，導致一部分基地變成國家非法佔有。聽說當時你進入了基地內自己的土地？」

島袋點了點頭，說起了當時的事。

「我家在知花彈藥庫內的土地建造了海軍的『Camp Shields』，所以被劃到那一區。

「當法律到期後，我立刻打電話到沖繩的防衛設施局，說要利用這個機會去確認一下自己的土地。結果防衛設施局的人威脅我說，由於對手非同小可，雖然法律現在處於沉睡狀態，但不知道什麼時候生效，到時候就會因為進入基地而違反刑事特別法遭到逮捕。但是，誰能阻止我踏上自己的土地！

「我開著耕耘機，我老婆開著車，載了包括還在餵奶的寶寶在內的三個孩子、兩隻鴨子和大蒜球，從Camp Shields的南側大門進入。同行的還有另外三名反戰地主，並帶了一名熟識的律師同行，以免發生糾紛。

「一進大門，防衛設施局的職員就拿著測量圖，張大了眼睛，美軍的負責人和憲兵也都在場。回歸前，這一帶沒有圍籬，只有彈藥堆在地上，當站崗的美國兵心情好的時候，我曾經謊稱帶狗散步，和親戚一起進去確認過自己的土地。回歸後，圍起了圍籬，無法再隨便進入，又建了很多房子，鋪上了草皮，和之前完全不同。我不知道自己的地在哪裡，幸好認識多年的前知花區區長告訴了我。

「我找到大致的位置後，就用噴漆在地上劃了界，對美國士兵說：『這裡是我的土地，你們不能進去。』然後，把從家裡帶去的看板豎在那裡。」

說到這裡，島袋站了起來，從走廊深處拿了一塊差不多有一張榻榻米大小的夾板給弓成看。

警告防衛設施廳和美軍　這裡是我的土地

未經許可　不得入內·使用

——反戰地主會　島袋善祐

弓成十分驚訝，島袋也笑了起來。

「因為美軍的圍籬上寫著相反的內容，我只是改寫了一下而已。之後，我老婆把原本關在車上籠子裡的鴨子放了出來，也讓小孩子下了車。小孩子追著嘎嘎叫的鴨子跑，個個都樂壞了，說我們家的土地原來這麼大。我老婆真有膽量，乾脆在那裡餵小孩子喝奶。

「我用耕耘機把草皮挖了起來，在一千四百坪的土地上種了大蒜，忙了兩個小時。我可能是全天下第一個在律師陪同下種田的人。」

島袋痛快地笑著。島袋經常說：「如果不快快樂樂地戰鬥，不可能長久持續。」弓成似乎看到了這位反戰地主的真心。

「老公，你趕快看電視。」

廚房傳來島袋太太的聲音。島袋和弓成急忙一起走到電視前。

電視上出現了多田知事的特寫鏡頭，同時響起主播的聲音。

「在這個月的定期縣議會中，多田知事明確表達了將拒絕為一九九七年到期後尚未簽約的美軍用地的土地、建物調查代理簽名。」

多田知事在第一任當選時，屈服於中央政府的沖繩振興政策，曾經代替拒絕簽約的地主和革新派市、町、村長簽名。

雙眼緊盯著電視的島袋重重地吐了一口氣，感慨不已地說：「知事這次作了正確的決定。土地到期的三十五名拒絕簽約的地主和一名女童，讓他做出了這樣的判斷。」

新聞報導一結束，立刻響起了電話鈴聲。從島袋應對的態度來看，應該是其他反戰地主也看到了電視。

弓成回到日式客廳，突然想起一星期前，拜訪反戰地主會事務局長池原秀明時的談話內容。池原家位在附近的嘉手納彈藥庫位置的土地也被強制徵收，但他始終拒絕簽約。一九八二年，美軍歸還土地後，他在那片土地上逐漸增建了牛舍，如今已經飼養了兩百頭牛。池原成為嘉手納基地內的「一坪反戰地主」，也接下了事務局長的工作。弓成曾經請教他為什麼如此堅持不懈，他提到了「生命最可貴」這句話。

他說，自己的生命是「砲口下撿回來的命」。美軍登陸時，他們曾經受到猛烈的艦砲攻擊，甚至無處可以藏身，許多人因此喪失了生命。然而，自己卻活了下來，從槍口下撿回了一命，所以他必須用自己的生命來促進沖繩的復興。

一定要用自己的雙手把基地奪回來，一坪也不給美軍使用，要用於自己的生活和生產。這是從戰爭中活下來的人應有的使命。這是池原的使命。

島袋走了回來。

「我現在深刻瞭解到『生命最可貴』這句話的意思。」

「對，我們不接受戰爭遺留下的東西，所以我們要把自己當成『火種』活下去。只要火種還在，隨時可以燎原。」

島袋淡淡地說。

✲

十月二十一日，秋高氣爽的週六正午之前，巴士、小客車和徒步的行列都紛紛湧向了宜野灣市的海濱公園。

雖然三名美軍士兵史無前例地很快被移交給地檢署，但是仍然無法平息這一個半月以來，在本島各地針對女童強暴事件展開的抗議運動，終於發展為今天的縣民總動員大會。

雖然有的人和同事一起來，有的和家人同行，也有的攜同左鄰右舍一起參加，參與的形態各不相同，但民間公車甚至計程車都提供免費送達服務。

沖繩在燃燒。原本預計有五萬人參加，但顯然遠遠超出了這個數字。

背對著沿海防風林設置的大舞台前，參加者井然有序地在寬敞的草皮上坐了下來。弓成也在其中。直到昨天之前，他都在讀谷村公所協助寫傳單、製作前往會場的免費巴士時間表，連日來忙碌不已。

「沒想到聲勢這麼浩大。」

渡久山朝友環視著周圍的人山人海說。

「沖繩第一次有這麼大型的聚會。」

他的妻子鶴也點點頭，叫幾個孫子擠緊一點，為別人騰出空位。

舞台下的最前排放了三架攝影機，記者們匆忙地走來走去。工會和反戰地主會的成員都坐在前排，島袋善祐也在其中，他們分別準備了「撤離基地」、「修正日美地位協定」的旗幟和布條。

「弓成先生！」

聽到一個女人的聲音，弓成回頭一看，發現謝花未知正在向他招手。她白皙漂亮的手格外引人注目，玻璃工房的搭檔陪在她身旁。皮膚黝黑、濃眉大眼的他不時觀察著周圍，坐的姿勢也似乎隨時為了保護未知。弓成看了感到十分欣慰，對她點點頭，用表情對她示意：「太好了，妳也來了。」這時，剛好看到未知的阿公。他和穿著鬥牛大會短褂的同好們坐在一起，但臉上難得的嚴肅表情看起來好像是另一個人，似乎可以感受到他對這起事件的極度憎惡。

下午一點聚會正式開始之前，地方電視台的工作人員走進人群，請民眾對於今天的活動發表意見。

「問我嗎？我是在浦添市的高中教社會的老師，我和學生一起來參加。」

一名四十多歲的男老師環視著學生回答。

「參加今天活動的直接動機是因為我父親也曾經遭遇過美軍的粗暴犯罪。當年，我父親看到綠燈，正準備過馬路，一輛無視號誌燈的憲兵車衝了過來，我父親當場被輾死。結果他們說是我父親過馬路不慎，開車的憲兵無罪，甚至沒有付補償金給我父親。

「除了我家以外，還聽過很多家庭都遇到過類似的事。如果二十年前，不，即使在一年前有像今天這樣的聚會，我相信女童事件就不會發生，我身為大人，對此感到很慚愧，所以一定要來參加。」

他的話剛說完，坐在他身後的一名中年婦女便對著麥克風說：

「我從和這些學生相同的年紀開始，就曾經多次目睹美國士兵的可怕行為，女童事件只是冰山一角。雖然戰爭結束已經五十年了，但沖繩不斷發生這種事，我已經忍無可忍，所以一定要來抗議。」

所有參加者都帶著再也無法保持沉默的滿腔憤怒。

大會宣佈開始。舞台上站著在今天不分左右路線、超越黨派的政治人物和各界代表。

第一位站在麥克風前的是多田知事。向來都穿西裝的知事脫下了上衣，穿著襯衫站在大眾面前發出了第一聲。

「在致詞之前，我要先向大家道歉。身為行政首長，我為無法保護最應該受到保障的兒童的尊嚴，向大眾致上由衷的歉意。」

多田知事的聲音透過麥克風傳達給超過八萬五千名參加者，傳向了天空，傳向了大海。

如雷的掌聲宛如來自地底深處的聲音。

嘉手納和普天間的轟炸機、直升機起降發出的噪音、封鎖縣道舉行實彈砲擊演習時的聲音，都比不上八萬五千人的掌聲。

多田知事接著宣佈將拒絕代替那些拒絕續約的軍用地地主簽名後，結束了致詞。然後，一名普天間高中三年級的女學生身穿水手服站在麥克風前。

「我們不願意再整天過著害怕美軍士兵、害怕意外、害怕危險的生活，讓我們可以早日擺脫這些因為基地引起的煩惱。這個到處都是基地的沖繩不是別人的，而是我們沖繩人的——」

女學生的字字句句都充滿冰冷的憤怒和祈願。弓成希望全國民眾都可以聽到這個聲音。

※

神奈川逗子的寓所內，弓成由里子正在看電視上的新聞報導。

透過佔據整個電視畫面的沖繩縣民總動員大會人山人海的樣子，可以感受到現場的震撼力。從上空拍攝的八萬五千名群眾呈現一整片白色，畫面切換到地面的影像，當斜斜地拍攝參加者時，由里子看到一個男人的面容，忍不住倒吸了一口氣。不到一秒鐘的影子，而且鏡頭並沒有清楚照到那個男人的臉，再加上他的遮陽帽壓得低低的，連輪廓都看不太清楚……應該不可能吧！然而，由里子在否定的同時，仍然難掩內心的激動。

「媽，我們差不多要回去了。」

帶著獨生女來探望母親的次子純二拉著POLO衫的領子說道。

「咦？妳怎麼了？」

看到由里子慌亂的表情，他嚇了一跳。

「剛才……可能是我的錯覺，我覺得鏡頭好像照到他了。」

「他……妳是說爸爸？」

純二詫異地看著電視，但大會的報導已經結束，已經開始播其他的新聞。

「比起以前，我現在可以冷靜地面對爸爸的事，我想問他很多問題，也想對他發脾氣，但他不知道什麼時候離開了這個家，甚至完全斷了音訊。我在學生時代很討厭他，甚至痛恨他。幸好我老婆不知道那個事件，所以精神上也比較輕鬆。我自己當了父親後，每次回想起爸爸，只記得我小時候，他充滿朝氣，很疼愛我們的樣子。」

純二在就職和結婚時，《讀日新聞》的山部都很照顧他，目前他已經從大型製紙公司的札幌分社調到東京總社，

由里子遠遠地從鏡子中看到自己兩鬢花白的臉龐，落寞地移開了視線。

純二沒有繼續談父親的事。

「舞衣，我們要走囉！」

他對著隔壁叫了一聲。剛才舞衣喜孜孜地穿上由里子送她的洋裝，在梳妝鏡前搔首弄姿，現在又在做什麼？小女生的可愛令只有兩個兒子的由里子忍不住眉開眼笑。

門打開了，舞衣拿著裝了洋裝的盒子出現了。她長得像母親，很像是外國的洋娃娃。

「奶奶，謝謝妳送我衣服，下次來我們家住吧！媽媽說，她會好好做幾道拿手菜。」

「真高興，告訴妳媽媽，我會打電話和她聯絡。」

由里子撫摸著靠過來向她撒嬌的孫女的頭髮，送他們到門口。

只剩下獨自一人時，由里子疲憊地靠在沙發上。

她在逗子站前大樓開的英語教室逐漸發展為補習聯考科目的補習班，也增加了教師人數，由里子成為一家小型補習班的經營者，負責所有的事務工作。雖然在補習班的經營上難免遇到問題，但自從丈夫離開後，她決定要以此獨立自主，如今，這家補習班也成為她的精神支柱和生命的意義。

去美國多年的長子洋一與一名日裔女子結了婚，矽谷的事務所搬去舊金山後，和日本企業合作的機會也逐漸增加，他每次出差回國，都會打電話回家，有時候也會帶著太太回來住在這棟公寓裡。

由里子靠在沙發上，思考著丈夫的事。他離家多年之後，突然收到了他從沖繩寄來的信，由里子甚至不知道「讀谷」這兩個字該怎麼發音。去書店買了沖繩的地圖和解說書後，才知道丈夫目前所住的位置。

然而，相隔多年的距離和糾葛讓她無法立刻提筆回信。

寄出那封報告家人近況的回信後，她不是沒有想過去看丈夫，但想到他應該好不容易找回了平靜，就覺得不應該擾亂他的生活，因此，直到今日都沒有任何行動。

原本認定無法跨越如此漫長的空白歲月，沒想到電視中一晃眼的影像，居然讓自己這麼激動。為什麼？

電話鈴聲響了，她接起了電話。

「喂？我是大野木正——」

這通意想不到的電話令由里子說不出話。他是丈夫律師團的實質團長，陪著丈夫一路奮戰到最高法院。兩年前，他成為最高法院的法官，當年的恩人已經變得高不可攀。

「最近還好嗎？」

他的語氣中充滿一如往常的親切。

「我很好。您目前身負重任，不知是否別來無恙……」

「不好意思，冒昧突然致電。剛才我從電視上看到沖繩的新聞，看見一個人很像是弓成，不知道妳剛剛有沒有看電視？」

由里子一陣激動。

「這麼說，並不是我的錯覺。」

她努力克制著內心的情緒。

「我至今仍然無法接受對弓成的判決，所以把從一審開始的法庭紀錄都捐給了母校大學法學系的圖書館，希望由後世的歷史學家來判斷。

「雖然我很掛念他在沖繩的生活，但還是很猶豫只因在電視上看到一晃眼的影像就打電話給妳是否妥當——

「我目前忙得連睡眠時間都不夠，幸好還有一年多就要退休了。退休之後，我打算再回到虎之門的法律事務所，到時候請妳來我家作客，我相信內人也很歡迎。」

大野木說話時，由里子的淚水不停地流，完全無法答腔。

「謝謝您一直這麼關心我們……他真的很幸福。」

她充滿感激地擠出這句話。

「那今天就先這樣——」

大野木說完，靜靜地掛上了電話。

由里子內心十分動搖，不知道該不該去見丈夫。

第二十章 美國國家檔案館

一九九六年五月——

華盛頓特區的街頭滿是色彩鮮豔的嫩葉，松鼠在大樹的樹根和草皮上敏捷地竄來竄去，尋找樹果和昆蟲。

站在靜謐的街道上，如果沒看到國會山莊的國會議事堂那座白色圓形屋頂，會忘記這裡是世界政治的中樞城市。

從國會議事堂筆直向西延伸十公里的一大片綠色地帶盡頭是波多馬克河，前方就是站在華盛頓任何一個角落都可以看到的、高達一百七十公尺的華盛頓紀念碑。由於法律規定任何建築物都不得高於成為美國象徵的這座紀念碑，因此周圍沒有摩天大樓，點綴在綠色地帶的博物館與美術館也巧妙地融入了周圍的環境。

美國國家檔案館就在中央的位置。

這棟建築建於一九三四年，希臘式的柱子環繞在莊嚴的建築物四周。這裡展示了美國的獨立宣言、美國憲法和權利章典的原件，除了有數十億頁的公文以外，還典藏了龐大數量的地圖和照片。建築物後方，通往國會山莊的賓州大道出入口有大約十個人在排隊。這些都是為了進入國家檔案館內閱覽資料的人。

隊伍中有一個穿著短袖紅格子襯衫、牛仔褲和球鞋，身材魁梧、一身輕鬆打扮的日本人。他是琉球大學的副教授我樂政規。其他閱覽者都是一身樸素打扮，看著厚厚的書，只有我樂留著一頭天然鬈的頭髮，全神貫注地看著報紙。報上刊登了那霸地方法院針對去年發生在沖繩的女童強暴事件做出的判決。三名被告中，有兩名被判處七年有期徒刑，一名被判處六年六個月——三名被告都提出了上訴。

三年前的一九九三年，帶著妻子和一歲的女兒來到喬治·華盛頓大學擔任客座研究員的我樂，目前既是研究所的講師，也是有自己的研究課題的研究人員，還是丈夫，以及四歲小孩和在這裡出生的兩歲幼女的父親，這位年輕學者同時扮演了四個角色。每天早上，和妻子輪流為兩個孩子做便當，把孩子送去幼稚園後，立刻跳上地鐵，每天忙得根本無暇在家裡看報紙。

八點四十五分一開館，閱覽者就快步走向置物櫃。大部分的人都是在有限的滯留期間造訪此地，因此珍惜每分每秒的時間。

我樂也把二十五美分的硬幣投進了置物櫃，從背包裡拿出列了調查項目的便條紙，鎖上了置物櫃。由於館內嚴格禁止攜帶物品進入，因此備有檔案館專用的便條紙和附橡皮擦的鉛筆。

二樓是檔案閱覽室。貼著壁紙的大理石挑高走廊光線昏暗，空氣陰涼。

閱覽室入口是警備櫃檯，我樂出示了檔案館製作、附了照片的ＩＤ卡，及攜帶的便條紙和皮夾，非裔的高大警備員仔細檢查後，旁邊的女職員在我樂的便條紙蓋上了「外帶物品」的印章，以免與館藏資料混淆。

閱覽室的天花板也很高，寬敞的室內放了五十張四人座的大桌子，明亮的朝陽從正面的窗戶灑了進來。

閱覽者紛紛坐在桌前，我樂習慣坐在閱覽室深處牆邊，放圖書館抽屜附近的桌子。

首先要請館員把資料從書架室內拿出來，影印昨天查到的檔案。他在中央櫃檯用館內的鉛筆，把檔案盒的號碼填寫在申請書上，交給了館員。雖然是一大清早，但至少要三、四十分鐘後才能拿到從書架室內拿出來的檔案。

我樂的研究課題是美國的對日戰略，最近開始重點研究沖繩回歸之前的美國政策。剛來此地時，他甚至不瞭解該怎麼申請資料。他把研究課題告訴櫃檯的館員後向館員請教，館員為他介紹了軍事檔案管理員和民事檔案管理員。

檔案館內的資料並未按不同的主題進行分類，而是分為軍事和民事兩大類，檔案管理員也分別在不同的房間裡。

在檔案管理員的建議下，他檢索了目錄。值得慶幸的是，兩位檔案管理員對他想要調查的專業領域都十分瞭解，並親切地指導、協助他。他的運氣很好，和檔案管理員很投緣，但並不代表可以馬上找到他想調查的文件，必須在多次申請文件後，培養查資料的直覺。我樂的好奇心很強，不管任何資料都想見識一下，所以在公文檔案內詳細調查，經常有意想不到的發現，但也經常迷失方向，必須重新回到原點。他藉由這種方法培養了獨特的直覺。

然而，至今仍然沒有找到關鍵的資料。眼看在華盛頓的研究期間所剩不多，我樂也開始感到焦慮。

雖然人員的走動和交談都很小聲，但可以感受到閱覽人數逐漸增加。

當牆上的時鐘指向九點二十分後，兩、三台裝了文書盒的手推車推了出來。一大早來排隊的研究人員開始在櫃檯周圍走動，我樂也從旋轉椅上站了起來，走向櫃檯。因為櫃檯人員必須將閱覽者申請的資料依次登記在登記簿上。

「我樂先生。」

熟識的圖書館員用眼神看向裝了我樂申請資料的推車。通常館員不會這麼親切，即使詢問他們調閱的資料是否已經找到時，館員也只會用肢體語言示意去看登記簿，但這位館員對我樂格外親切。

我樂道謝後，把推車推到自己的桌前。所有資料都裝在規格相同的盒子裡。

橫向分成三格的推車上總計放了九個資料盒，裡面都是我樂申請的資料。他把手寫的便條紙和盒子號碼加以比對，拿了其中一個放在桌上。國家檔案館禁止同時打開數個資料盒，以免將不同盒子內的文件混淆。

信紙大小的公文夾在厚紙中或是用釘書機釘起後，放在為避免紙張劣化而用中性紙製成的灰色盒子裡。

影印時也有固定的步驟，以免弄亂公文的順序。首先，將館內所附的紙條夾在需要影印的那一頁，拿去影印櫃檯後，負責影印的人員就會加以確認，如果是用釘書機釘起的資料，會把訂書針拆除後交給閱覽者。

窗前放了三台影印機，其中兩台可以自由使用，影印一張十美分。但如果排隊影印的人很多，每個人限制使用五分鐘。時間一到，就要走到隊伍最後重新排隊。這個限時五分鐘的規定讓每個人都有平等的機會。

另一台影印機採取預約制，專供需要大量影印的閱覽者使用。

我樂用十美元的預付卡影印資料。當文件上蓋了「極機密」章時，影印的時候，必須同時影印證明已經解除機密的記號。職員會發一張寫有簽名和日期的小紙條，影印時，只要放在影印機玻璃面的左上角，影印出來的資料就會自動印出小紙條上的內容。如果資料上沒有影印到小紙條上的簽名和日期，離開檔案館時，影印的資料會遭到沒收，等於白忙了一場。

影印完二十三張資料後，我樂把資料盒放回了推車，不禁陷入了思考。

灑在正面玻璃上的陽光更明亮了，隔了一張桌子的那個人好像是德國人，他不停地查著字典，費力看著手上的資料，我樂彷彿看到了自己三年前的樣子。

在收藏了龐大文件的檔案館內，真的會有自己最想要的，有關《沖繩回歸協議》的日美談判相關文件嗎？

當時，日本的報紙幾乎每天都刊登了沖繩回歸談判的報導，為他提供了很大的參考。尤其是《每朝新聞》政治部記者從外務省審議官的事務官手上拿到的三份電文，明確地記錄了談判的經過，引起了很大的關注，但隨著那名記者遭到逮捕，整起事件被迫落幕，真相也消失在黑暗中。

在沖繩回歸之前，華盛頓和東京之間一定有往來的公文，但在美國國務院、財政部和白宮的目錄中，並沒有看到相關的文件。雖然有些公文可能被指定為永久保密，但以他的直覺，沖繩回歸談判應該不至於是這麼高等級的機密。那些資料可能還未經整理，躺在某個還沒有找過的地方。

✲

晚上八點四十分，雖然改為夏令時間，日落的時間變晚了，但到了這個時刻，天色已經暗了下來，閱覽室天花板上的燈光和桌上的檯燈都亮了起來，閱覽者都專心地研讀著資料。

「今天結束了。」

圖書館員的聲音打破了寂靜。雖然圖書館九點結束，但職員都希望九點準時下班，所以提早二十分鐘趕人。

大家都靜靜地把資料放回原本的盒子裡，放回推車上，歸還到櫃檯。在出入口的警備櫃檯接受影印文件的檢查後，排隊的人潮立刻鳥獸散。

我樂從地鐵黃線的海軍紀念館站改搭紅線，在終點站前一站的惠頓（Wheaton）下了車。從地鐵搭電扶梯來到地面時已經將近九點半了，月亮早在天空發出皎潔的光芒。

這一帶屬於馬里蘭州，是位於華盛頓特區北方的新興住宅區。車站附近有一個很大的停車場，不過，我樂家距離車站走路才七、八分鐘，他通常都走路回家。附近有很多拉丁語系的人，但很多華盛頓特區的公家機關、美術館、大學和負責警備的人員，都因為交通方便而選擇住在這一區，因此治安也很好。我樂從小就學會了空手道，所以對自身的安全很有自信。

在一片平房中，點綴著幾棟兩、三層樓的房子，每戶人家都有景觀窗。

我樂家的景觀窗已拉起了百葉簾，但從百葉簾內洩出了一點燈光。他打開了門，說了聲「我回來了」，兩個女兒立刻衝了出來，用英文說：

「爸爸，你回來了！」

或許是因為白天都在幼稚園的關係，所以兩個女兒在家裡很愛撒嬌。對我樂來說，抱著女兒耳鬢廝磨的時候，全身的疲勞都煙消雲散了。

「你回來了。」

在餐廳的餐桌上寫報告的妻子雅子也向丈夫打招呼，把參考書籍一起收進了紙袋中。雅子也在華盛頓特區的大學攻讀博士，目前正在修社會福利的相關課程，希望可以考取社工的資格。

「今天吃瑪莎親手煮的白咖哩，我馬上去熱一下。」

雅子把短髮撥到耳後，急忙洗了手。鄰居的黑人老婦人很愛下廚，也很欣賞這對年輕日本夫妻的奮鬥精神，總是很親切地幫助他們。

把吃飯的時候也黏在父母旁邊的兩個女兒哄上床後，夫妻兩個各自埋頭工作，半夜十二點才終於上了床。床的周圍堆了很多紙箱，裡面都是為即將回國所整理的行李。

「如果可以多留半年，不知道該有多好。」

我樂看著從百葉簾縫隙灑進來的月光，忍不住嘀咕道。

「為了在國家檔案館查的資料嗎？」躺在身旁的雅子問。

「對。因為我和琉球大學約定要在六月底前回去，所以現在不得不先回國。研究人員失去戰場就完蛋了。」

「你一旦認定了目標，就不會輕言放棄。不用擔心，天無絕人之路。」

雅子摸著丈夫的手激勵著他，卻沒有聽到回答。她探頭一看，發現丈夫已經發出均勻的呼吸。雅子的櫻桃小嘴上露出了微笑。

雅子的年紀比我樂小一輪，曾經是我樂的學生。她在東京出生，也在東京長大。讀大學期間到沖繩大學當交換學生，在通識課的政治學課程上認識了我樂。我樂當時三十四歲，是兼任講師。雅子向來對東京同世代的同學或是年輕研究員的軟弱感到不以為然，雖然我樂是還不太擅長開班授課的「菜鳥老師」，但他認真面對自己的研究課題，那種態度以及學者風範吸引了她。久而久之，他們彼此產生了好感，交往之後，我樂向她求了婚。雅子在沖繩住了兩年，以為已經瞭解了沖繩獨特的文化和風俗習慣，但嫁入我樂家後，才發現實際生活遠遠超出了她原本的想像。

他們的婚禮成為她最初的震撼教育。除了父母、兄弟以外，還有根本不知道是什麼親戚的賓客來參加婚禮，總共超過三百名賓客把飯店的宴會廳擠得水洩不通。在婚禮後，簡直變成了才藝表演大會，從在三線琴伴奏下唱歌、跳舞，到空手道、舞獅，民俗才藝的表演不斷，最後所有人都接連跳上舞台，開始跳起沖繩獨特的舞蹈。

之後，只要家族有什麼活動，就有五、六十個「我樂」聚集到嫡系的本家，身為本家媳婦的雅子不知如何應對，每次都欲哭無淚。那些親戚朋友也對這個來自東京的媳婦感到不滿。

雖然丈夫每次都會袒護她，但雅子仍然感到很孤獨。

就在這個節骨眼上，我樂對她說，希望帶她一起來華盛頓。她一方面擔心會拖累丈夫，再加上她從事社會福利相關工作後，好不容易找到了自己的人生意義，所以十分猶豫。她不願意在國外當三年的家庭主婦。

然而，丈夫打算帶全家赴美的心意仍然沒有改變，為她在華盛頓找到了一家社會福利課程很充實的大學，讓她可以繼續修碩士課程。最後，她拗不過丈夫的堅持，終於下了決心。

為了考取社工資格，她每天都刻苦用功，但大量的課業和預習讓她有點無力招架。學生時代無論遇到再大的難題都不會吭氣的雅子，從來不曾有過這麼吃力的經驗。

幸好，兩個女兒帶給她很大的安慰。她在這裡生下了老二，但分娩的日子比預產期提早了十天，她獨自叫了救護車，順利生下了孩子。

目前，雅子在大學的實習課中被分配到軍中的福利單位，經辦低收入者的社會福利工作。

這三年來，除了丈夫的協助以外，她還遇到了很多意想不到的人，得到了他們的幫助，才能克服重重難關。

雖然她無法忘記和我樂結婚那時的孤獨感，但目前的她覺得自己在回國後，也可以充滿自信地面對大家。

她聽著丈夫在一旁熟睡的鼻息，感到一陣安心，不禁懷念起沖繩的大海。

※

我樂在喬治・華盛頓大學上完最後一堂課，十四名研究生用掌聲歡送了他。這十四名學生中，有兩名是國務院的年輕公務員，在課堂上，他們也最常發問。韓國學生也很認真聽課，有時候會展開熱烈的討論，我樂在授課過程中也覺得受益良多。

與大家握手道別，走出教室後，他立刻回到研究室。四人一間的研究室內有很舒服的躺椅，但現在並沒有其他人。第一年時，他每週要上三堂課，第三年後，每週只上一堂課，所以這一陣子很少遇到同一個研究室的其他研究員。

書架上已經沒有他的書了。他整理好了之後，已經送去附近的郵局寄回沖繩。

他難得帶著感傷的心情走到窗邊，站在七樓的研究室望向中庭，目光停留在隨風搖曳的小樹上。當這些樹木的樹輪增加一圈時，自己會再度回到這所大學嗎？

他發現手錶上的時針已經指向正午，立刻把背包斜揹在肩上來到一樓。喬治・華盛頓大學是一所綜合大學，但各系分散在附近的各個研究機關和圖書館大樓內，在地理位置上和國務院、ＩＭＦ（國際貨幣基金）、世界銀行很近。這所大學的政治系和外交政策系都很熱門，鮑威爾（Colin Powell）、杜勒斯（Allen Welsh Dulles）等國務院高官都是這所學校的畢業生，已故的甘迺迪總統的遺孀賈桂琳也是這所學校的校友。

午餐時間的學生街格外熱鬧，我樂快步走向霧谷（Foggy Bottom）車站。他希望將所剩不多的時間有效地用於去國家檔案館查資料。

換了幾班地鐵後，來到國家檔案館後方面向賓州大道的閱覽者出入口時，他不禁停下腳步。即使帶著這分焦急的心情去查資料，也無法獲得理想成果。這時，建築物角落的雕塑吸引了他的目光。

檔案館建築物四周的角落都坐鎮著用石灰岩雕刻的巨大人像，分別代表了創設檔案館當時的理念：「過去」、「未來」、「遺產」和「守護」。

我樂走向其中一座雕塑，仰頭欣賞著。刻著浮雕的基台上寫著「STUDY THE PAST」（向過去學習）。他默唸著這句格言，走向相反方向的雕塑，這個雕塑的基台上刻著「WHAT IS PAST IS PROLOGUE」（過去只是序幕）。

正面入口兩側的雕塑基台上，也分別刻著代表「遺產」和「守護」理念的格言。

他回味著其中的深遠意義，用力深呼吸，終於讓心情平靜了下來。

接受隨身攜帶物品的檢查後，我樂走進閱覽室，為了換一個角度查資料，他走向從檔案管理員室移至閱覽室深處的綜合目錄室。書架上放了一整排按照不同類別，標上從一至五〇三檢索目錄的厚實活頁夾。他之前就已經看過相關目錄了，但因為之後可能有完成篩選後增加的文件，所以他也會不時翻閱一下。

他的目光停留在寫著「三一九號」的活頁夾。三一九是陸軍部參謀總部的目錄，他淺淺地坐在綜合目錄室內的椅子上翻閱起來。

目錄進一步細分為十二個資料群。

其中有一個是「Center of Military History」（陸軍軍史研究所）的標題。Civil Affairs（民政）——這是之前從來沒有見過的項目。我樂仔細想了一下，發現沖繩的美國平民政府是陸軍部的所屬機關。相關資料共有二十七盒，標題上只寫著「琉球群島民政史」，完全不知道是什麼內容。他憑著多年的直覺，認為很可能找到了關鍵資料，填寫申請書後，交給中央的櫃檯，利用等資料的這段時間來到一樓的咖啡廳，點了可樂和漢堡，吃完簡單的午餐。當他從椅子上站起來時，感到一陣腰痛。這陣子由於找資料和等候影印，經常長時間站立，所以不時腰痛。此刻，脊椎也一陣刺痛。

回到閱覽室時，發現五十張桌子幾乎都坐滿了，我樂平時坐的座位也被其他人佔走了。

他在中央的桌子找到了一個空位，再度走進綜合目錄室，翻找了與沖繩回歸相關的國務院、財政部和白宮的資料夾，但沒有看到新的資料群。

等了一個多小時，終於在櫃檯的登記簿上看到了自己的名字，他把寫有自己名字的推車推到了座位旁。目錄上雖然寫著有二十七盒，但一次只能申請放滿一個推車的十八盒資料。他迫不及待地把其中一盒拿到桌上，從裡面抽出資料，立刻看到一九六九年，從佐橋首相訪美會見尼克森總統到發表共同聲明的日程表。這就是至今為止苦尋不著的資料！他帶著興奮的心情接二連三地打開其他資料盒。之後的文件都是一九五〇年代到六〇年代的民政相關資料，他發揮耐心仔細翻閱，發現從第十盒開始是回歸談判的相關文件。

從這些資料中，可以清楚瞭解美國財政部和日本大藏省之間針對收購美國在沖繩資產的談判情況。簡直是挖到了寶庫！

然而，這些資料中並沒有美國國務院與日本外務省之間的談判紀錄。我樂記下了特別重要的部分後，歸還了資料，申請了剩餘的九盒。無論如何都要在今天之內看完二十七盒資料的內容。

當推車第二次送來他申請的資料時，距離休館時間只剩下一個半小時。他只能把握重點迅速瀏覽。

他打開了第二十六盒，資料分裝在五個卡其色紙袋內。他打開第一袋，翻閱了用釘書機釘住的資料，發現其中有駐日的梅楊大使與日本愛池外務大臣會談紀錄的資料。

一九六九年七月十七日，東京外務省開始著手進行沖繩回歸問題的日美談判，由愛池大臣、美國局的西鄉局長（繼任為吉田）、北美一課的川崎課長和剛到任的梅楊大使展開洽談。最後一個紙袋中出現了美國的史奈德公使和吉田局長之間對於對美支付總額的三億兩千萬美元中，有關四百萬美元復原補償費的密約資料。資料的兩個角落有雙方的簽名！

在回國前一個月，僥倖找到了這些重要資料！我樂不由得感謝至今為止從來不曾信仰的上帝。

✻

回到四處堆著行李的家中，發現妻子雅子一邊哄著吵鬧不已的小女兒，一邊填寫寄貨單。

「沙發找到人接手了嗎？」

我樂從妻子手中抱過女兒問道。家具類的運費昂貴，所以都盡量送給左鄰右舍。年輕的學者夫妻雖然沒有太多家具，但在這裡住了三年，還是累積了一些。

「波布爺爺說要留下來當紀念。」

雅子沒有停下填單子的手，面帶笑容地回答。

「太好了，媽媽終於鬆了一口氣。」

他用臉貼著懷裡的女兒說，女兒終於不哭了，靜靜地閉上了眼睛。他把小女兒抱到已經熟睡的大女兒床上，回到餐桌旁時，雅子從空盪盪的餐櫃裡拿出酒杯，為他倒了酒。華盛頓郊區出產的這種葡萄酒很便宜，但品質很好。

「是不是發生了什麼好事？」她看著丈夫的臉問道。

「我終於找到了藏寶箱。」

他正準備把在檔案館發生的事告訴雅子時，電話鈴聲響了。我樂接起電話，原來是他大哥打來的。

「你會按原訂的時間來這裡嗎？」

我樂的聲音難掩激動。他大哥也是研究政治學的大學教授，目前正在波士頓出席一場國際學會。

「我原本是這麼計畫的，但想到你們正忙著整理回國的行李，所以想說還是不去打擾了。反正一、兩個月後，我們就可以在日本見面了。」

「家裡還找得到地方讓你睡啦！就算回國了，你住在山梨，比我們現在的距離更遠。」

即使回到國內，除非我樂本家有什麼重要活動，否則兩兄弟根本沒機會見面。

「你的研究還順利嗎？」

「不瞞你說，我今天偶然發現了尋覓了很久的重要公文，總共有二十七盒資料，在回國之前不可能全部影印完。」

我樂的大哥之前也曾經在檔案館查了一個星期的資料，所以立刻瞭解了他的意思。

「那可真是皇天不負苦心人，不過，你無論如何都要先回琉球大學。」

「對，這個我知道。我要等暑假之後才有機會來這裡影印這些資料，老實說，已經來到寶山面前卻不得不回國實在很痛苦，而且，下次已經無法動用基金作為訪美的資金了。」

「如果你無法自己籌到足夠的資金，那就向親戚籌錢吧！」

大哥笑著說，停頓了一下又說：

「今年是父親八十大壽，我已經打電話給京子，叫她趁父親還健康的時候回去看看他老人家。」

我樂的姊姊當年不顧父親的強烈反對，嫁給了美國人。

「我相信父親應該也很想見到京子。你娶出身在長崎的嫂嫂，和我娶從小在東京長大的雅子時，他也都很不高興，數落我們為什麼要娶外地媳婦，但看到孫子之後，就笑得合不攏嘴了。」

我樂笑著說。沖繩人基本上都希望和同縣的人，甚至是居住在同一個地區的人結婚，這也算是當地的風俗。

「總之，你就盡力而為，之後的事，總會有辦法的。」

大哥激勵了他一番後，掛上了電話。

「我原本還期待你哥哥來這裡時，能和他好好聊一聊。」

雅子喝著葡萄酒說，接著表示明天還要早起，就先上床睡覺了。

我樂喝完葡萄酒，看著今天查到的那些公文的重點紀錄，坐在電腦前構思新論文的大綱後，以驚人的速度敲打鍵盤。

我樂政規是家中七個兄弟姊妹的老么，和大哥相差十四歲，除了「長兄如父」，身為學者的大哥也經常提供他很多建議。

他的二哥在舊金山開了一家旅行社。排行老三的長女和駐沖繩的美軍家屬結了婚，目前住在明尼阿波里斯。次女是沖繩縣立高中的教師，三女是最高法院的書記。只有喜歡大海的三子繼承了父親的本業——鰹魚船船長。

即使在沖繩，兄弟姊妹有如此多樣化發展的情況也不多見，這些基因當然來自父親。父親在戰前曾經前往新加坡、印度、蘇門答臘等地當漁業移民，在戰爭期間才又回到沖繩。

我樂的本家在沖繩本島的北部，父親帶著家族成員從沿海的住家逃到山中，巧妙地躲避了戰爭的砲火，因此，沖繩地面戰沒有造成家族中任何人傷亡。

我樂出生於一九五五年，在此之前，父親就購買了美軍登陸時使用的船隻，重新出海捕鰹魚。他富有才幹和行動力，不甘於只當一個漁夫，打撈起在韓戰中沉沒於沖繩本島大海的船之後拆解，將船上的鋅銅合金和銅賣到香港，利用美軍統治下的法律漏洞，做一些大膽的生意。

身為老么的我樂也如實地繼承了父親的血液。他功課優秀，但並不把自己局限在研究室內做學術研究。從琉球大學畢業後，轉往東京大學攻讀博士課程，不滿兩年，就受到其他大學的教授邀請，擔任日本駐菲律賓大使館的專門調查員。一九八五年，他前往馬尼拉工作，其實指導教授希望他繼續留在研究室，並未批准，但馬可仕政權的長期獨裁逐漸喪失民心，面臨崩潰的危機，他不願放棄這個可以身為大使館的工作人員，直接體驗當地政局的難得機會。研究被美國支配的國家政情的我樂，毫不猶豫地選擇前往馬尼拉的日本大使館工作，不久之後，菲律賓軍隊和民眾對於總統選舉不公，憤而抗議，彈劾馬可仕總統，超過一萬名民眾走上馬尼拉的街頭抗議，衝入總統府馬拉坎南宮搶劫、放火，馬可仕總統在美軍的協助下逃亡到夏威夷。親眼目睹這場政治變動的體驗帶給他很大的收穫，他比之前更關心美國的佔領政策。

回到母校研究室數年後的秋天，我樂申請到美國國務院挹注的日美友好基金所設立的獎學金，來美國三個月。

他的研究課題是考察以沖繩為中心的戰後日美關係，但訪美的真正目的在於視察美國國內的軍事基地。雖然接待他的國務院所屬的機關沒有給他好臉色看，但他不以為意，造訪了紐澤西、伊利諾、奧克蘭等地的基地。當時，我樂發現隨著柏林圍牆倒下，冷戰結束，美國國內的基地也預定會接二連三關閉，並且聽到不少基地關閉後，打算吸引日本車廠設廠和自由貿易區的開發計畫。

那一次旅行的最後一站是安克拉治，他參觀了艾曼道夫空軍基地的北方守備後，享受了兩天的私人行程。他家有親戚住在阿拉斯加，他去釣了鮭魚。鮭魚在沖繩很少見，他冷凍後帶回沖好運。

繩，父親樂壞了。

兩年後的一九九三年，他獲聘為喬治．華盛頓大學的客座研究員。雖然我樂的一帆風順引起周圍的人不少嫉妒，但他積極把握三十八歲的當下，牢牢抓住這分好運。

※

當塗了螢光顏料的時鐘緩緩指向凌晨四點時，清晨的光從百葉窗簾的縫隙灑了進來。時間過得比他想像的更快。

今天早上輪到妻子送兩個女兒去幼稚園，但他必須抓緊時間閉一下眼睛。他關掉電腦，腰頓時痛了起來。他悄悄地從抽屜裡找出痠痛貼布，以免驚動妻子，沒想到燈亮了。

「我幫你貼，你轉過身。」

原以為正在熟睡的妻子坐了起來，熟練地為他疼痛的部位貼了貼布。

「謝謝。」

他道了謝，龐大的身體重重地躺回妻子身邊。

當疼痛漸漸緩和時，他默唸著「向過去學習」，漸漸進入了夢鄉。

逗子的古剎內傳來靜靜的誦經聲。弓成由里子老家的菩提寺⑰內，正在進行亡父的第二十三回忌。

不一會兒，響起木魚聲，參加者開始燒香後，由長兄帶頭，家人和親戚紛紛走到牌位前焚燒護摩木片。這場法會也同時是母親的十七回忌，由里子在父母的牌位前深深地合掌，想到今天也許是兄妹三人最後一次一起祭拜父母，不禁一陣難過。

法會後，附近的餐館安排了解慰酒席。

年過七十的哥哥像父親一樣有著一頭銀髮，溫文儒雅的舉止也和父親如出一轍。向前來參加者致謝後就可以無拘無束地開懷大吃，啤酒與日本酒紛紛送上了桌。

「妳們兩姊妹永遠都這麼漂亮。」

亡父的么弟瞇起眼睛看著由里子和芙佐子，她們兩人都穿著背上印了一個家紋的素色和服。

「叔叔，你是看著我們的臉，想像著我們年輕時的樣子吧！」

即使上了年紀後，仍然保持窈窕身材的芙佐子笑著說。

「真懷念當年。每次只要一打開爸爸訂的英國《SUTTON》雜誌，就可以聞到一股難以用言語形容的高級紙張味道，除了嘉德麗亞蘭和薔薇的彩色照片，可愛的茄子和蘆筍幼苗也很吸引人——」

由里子深感懷念地說。

幾個孫子規規矩矩地坐了不久，就跑去庭院玩耍，叔叔下定決心似的關心問道：

「由里子，也許我不該在這個場合多嘴，但妳和弓成到底怎麼樣了？我哥去世後，我這個長輩一直很擔心。」

「還是……老樣子。」

低頭吃著酒席的親戚們雖然沒有抬頭，但可以察覺到每個人都豎起了耳朵。由里子垂下雙眼。

「難道妳在逞強，無論如何都不和他離婚嗎？」姑姑眼神銳利地看向她。

「雖然我一度煩惱，但我覺得現在這樣很好。」由里子斬釘截鐵地回答。

「差不多一個多月前，我記得有本週刊上又登了他的報導，老公，對不對？」

姑姑轉頭看著一旁的丈夫。

「幸虧由里子不知道。」

經營名門私校的姑丈語帶同情地說，但他似乎無法不談這件事。

「是我們學校的事務局長告訴我這件事，所以我就看了一下。那是一篇寫過去事件簿的特集，一開頭就是『外務省洩密事件的那對男女之後的情況』，文中又提到了弓成。那個女的和之前一樣，和一個自由攝影師同居，但據說弓成在沖繩和一個混血的玻璃工藝家有親密關係——」

這番話深深刺痛了由里子。她之前曾經在哪裡看到，丈夫目前落腳的讀谷以前曾經有美軍的設施，在歸還給當地後，那裡變成了名為「陶瓷故鄉」的文化村，成為沖繩傳統工藝的發源地。

⑰安置祖先的墓和牌位的寺廟稱為「菩提寺」。

「玻璃工藝」這幾個字讓她很有真實感。

以丈夫的年齡來說，他身邊有女人照顧或許也是情理之中。雖然由里子的理智瞭解這一點，但實際聽到丈夫這樣的生活時，仍然無法不感到痛苦。這或許也是她始終無法下決心去探視丈夫的原因之一。事件發生當時，她曾經數度考慮離婚，但想到媒體就在等待這一刻，結果或許就像姑姑剛才說的那樣，她咬咬牙，逞強忍了下來。進入司法程序後，在律師團的關懷下，她決定拖延到丈夫勝訴再說。然而，之後……想到被判有罪定讞的丈夫的心情，她無法在離婚申請書上蓋章。

解慰酒席結束後，兄妹三人開始送客。客人們分別和各自的家人上了車，車子一輛又一輛離去。

「姊姊，我改天可以去找妳嗎？」

芙佐子在丈夫、兒子、媳婦和孫子的包圍下，依依不捨地問。

「當然歡迎——」

由里子笑著點頭。純二和妻子一起上了車。

「媽媽，快上車吧！」

他催促著一直站在原地的母親。

「好久沒有在這裡散步了，我搭電車回家。」

純二似乎察覺到母親的心思，只說了一句「妳要小心」，便驅車離開了。

由里子雖然穿著和服，但她特地繞遠路，慢慢走去車站。

寧靜的住宅區兩旁是整排銀杏樹，黃色的樹葉飄然落下，堆疊在路旁。

如果父親還活著，只要和他一起坐在老家後山上可以眺望大海的涼亭，心情就可以平靜下來。即使不用開口，亡父也對一切了然於心。

由里子停下腳步，望向老家以前所在的方向。那裡已經建造了華美的雙併公寓，在許許多多房屋屋頂和樹林的彼端，只能看見公寓的高樓層。

「由里子──」

身後傳來叫聲。她回頭一看，發現表哥鯉沼玲正向她走來。隨著年齡的增長，他原本緊實的身體略微發福，但穿著深色西裝的他仍然十分迷人。

「你這麼忙，謝謝你今天來參加。」由里子再度道謝後，納悶地問：「你來這裡也是想看看我家以前的房子嗎？」

鯉沼玲只是輕輕搖頭，和由里子並肩走在和緩的下坡道上，一起走向車站。今天的鯉沼玲格外安靜。

「怎麼了？你今天在法會和解慰酒席上都特別安靜。」

「因為我一直坐在末席。」

他已經是小有名氣的建築師，但仍然是單身。

「你向來認為根本不需要辦法會，所以今天很不自在吧？」

「我不但認為不需要法會，甚至覺得喪禮和骨灰都沒必要，所以我死了之後，周圍的人應該很輕鬆。如果妳覺得我可憐，把我的遺骨丟在大海或是河川中，我也就死而無憾了。」

他第一次露出微笑。
「我才不要做這麼可怕的事。況且，你不是經常說，人死了之後，就和垃圾沒什麼兩樣嗎？」
由里子故意扯開話題。鯉沼玲注視著她問：
「妳真的一次都沒見過亮太嗎？」
他們剛好走到通往車站的十字路口，路口的號誌燈亮起了紅燈。由里子看著前方，點了點頭。
「由里子，妳真的很堅強。亮太去了沖繩，一去就是十八年，無論發生任何事，他都保持沉默，你們真是一對很相稱的夫妻，我不得不感到佩服。」
由里子不知該如何回答。也許是相信丈夫的矜持一直支持著自己。
走進車站後，鯉沼玲為由里子買了一張車票。
「你呢？」
「我把車停在寺院，後天我就要去南非出差，可能會有好一陣子沒辦法回國。」
「你又要去那麼遠的地方工作？萬一發生什麼事該怎麼辦？」
由里子忍不住擔心。
「我建過美術館和競技場，已經沒什麼遺憾了，萬一發生什麼，就心甘情願地變成垃圾吧！」
鯉沼玲落寞地笑了笑，拉著由里子的手。如果說是道別的握手，似乎太用力了，由里子感到疼痛，難道他打算永遠不再回日本了嗎？由里子腦海中掠過這種預感，但還是輕輕地把手抽離，又說了一次「你多保重」，轉身走向剪票口。

第二十一章

大海

二〇〇〇年夏天。弓成和謝花未知在九重葛盛開的院子內說話。
「妳要去義大利旅行，真令人羨慕，要記得多看一些優秀的作品。」
「我第一次出國旅行，語言又不通。和我們工房很有交情的威尼斯買家說要當我們的嚮導，我老公還是老樣子，說船到橋頭自然直。」
未知開心地笑著。她從稻嶺的工房獨立後，嫁給了和她一起開工房的搭檔，目前已經是兩個孩子的母親。生了孩子後，她終於擺脫了那段可怕過去的束縛。
「那我先走了，我會帶禮物回來送你。」
穿著T恤和窄管牛仔褲依然有型的未知說著，打開小門走了出去。圍牆外響起摩托車引擎聲。房內的電話鈴聲響了。弓成接起電話，原來是有舊交情的《琉球新聞》的論述委員。
「好久不見。」弓成說。
「《旭日新聞》頭版頭條刊登了一則大獨家！美方的公文已經證明，《沖繩回歸協議》中，由美方支付的那四百萬美元軍用地復原補償費，果然就像你揭發的那樣，是由日本方面代為支付的。」
對方激動地告訴他。
雷電打到般的衝擊貫穿了弓成的全身。
「喂？弓成先生？」
「……」
「對不起，我太激動了，說得沒頭沒腦的。根據《旭日新聞》的報導，琉球大學的教授在還是副教授時，曾經在喬治．華盛頓大學當了三年的客座研究員，當時，他在美國國家檔案館發現了《沖繩回歸協議》的極機密文件，其中也包含了由日本代為支付復原補償費的密約文件。

「詳細內容我會用傳真寄給你，晚一點我會登門採訪，請你發表意見，到時候就拜託了。」

對方說完，匆匆掛了電話。

不一會兒，傳真機開始有了動靜，弓成屏氣凝神地守在傳真機旁。

傳真機最先吐出放大影印後第一頁的「沖繩回歸　政府暗中負擔了兩億美元」的橫向哥德字體標題。

喀喀、喀喀，傳真機繼續送出紙張，包括相關報導在內，總共傳來了八張。

弓成把八張紙的內容拼湊起來，發現頭版幾乎都被這篇報導佔據了。

除了橫向的標題以外，佔六段篇幅的縱向標題，刻意強調了這則大獨家新聞。

美方公文證實

外務省否認的軍用地復原補償費問題

的確存在密約

弓成目不轉睛地看著報導內容。

琉球大學的我樂政規教授掌握了詳細記錄至沖繩回歸（一九七二年五月）為止，日美兩國政府談判實際情況和最終結果的美方公文。

我樂教授在喬治．華盛頓大學授課期間，在美國國家檔案館查到了已經解除機密、由陸軍部參謀部軍事史課編纂的《琉球群島民政史》相關資料。

其中以時任駐日大使史奈德公使與外務省美國局吉田孫六課長的議事要點的方式，收錄了由日本政府代為支付軍用地復原補償費的密約。

一九七二年的外務省洩密事件中，這份密約的問題浮上了檯面，外務省的事務官和《每朝新聞》的記者因攜出電文影本，以違反國家公務員法遭到起訴。

關於有無密約的爭議問題搬上了法庭，然而，以證人身分出庭的吉田等外務省高官口徑一致地否認「沒有密約」，阻止被告律師證明這是一份「不值得保護的密約」的違法性。

一九七八年，最高法院在駁回被告上訴的判決中認定「電文具實質機密性，需加以保護」，判決《每朝新聞》記者有罪定讞——

沒想到事隔三十年，居然證明了密約的確存在！弓成心跳加速。

除了軍用地的復原補償費以外，法庭上還追究了日本政府代為支付「美國之音」的遷移費用、核武撤除費用、基地設施改善與遷移費等總計七千五百萬美元，但吉田等外務省官員一致否認，然而，美方公文卻清清楚楚地記載了日本政府代為支付這些費用的真相。

第三頁傳真的報導中提到，現任外務大臣仍然堅稱「沒有密約」。雖然當年的主事者吉田和史奈德分別在議事要點上用姓名的縮寫簽了名，仍然不願正面回應。「那的確是我的簽名，但我不記得曾經和史奈德公使談過這些問題」。

聽說對外務省官員來說，將透過職務掌握的機密帶進墳墓是他們的美學，但他們缺乏「國家的情報到底屬於誰」的意識。即使在三十年後的今天，依然不改當年的陋習，堅持秘密主義的態度令人無話可說。

弓成身體深處湧現的歡欣漸漸消失。

電話鈴聲再度響起，弓成接起了電話。

「我是《每朝新聞》東京總社政治部的中川，曾經和您一起在法庭上奮戰的《每朝》希望可以獨家採訪您，請您針對琉球大學的我樂教授所發現的密約文件發表意見。」

「——」

弓成對著聽筒點了點頭。

「同時，還希望瞭解您對發現這些文件有什麼感想，以及目前在沖繩的生活。我今天傍晚會到，屆時再麻煩您。」

弓成已經好久沒有聽到東京報社記者口齒俐落的聲音了。

「我對發現該文件並沒有任何感想。」

或許是弓成的回答太出乎意料，那名記者一時語塞。

「您當年和《每朝》是為了國民知的權利及報導自由，而挺身與政府作戰，但在釐清了由日本政府代為支付四百萬美元的爭議事件後，您在一審中獲得了無罪判決。這次發現密約文件對於重新檢驗當時的判決具有重要的意義。」

「其實，我是透過當時的政治部司部長向您住在逗子的太太打聽到您的電話，才會打給您的。」

司——案發後，在弓成去警視廳到案說明之前，司曾經多次問及極機密文件的來源。為了保護消息來源三木昭子，弓成始終沒有鬆口。但當弓成因為違反國家公務員法的罪名遭到逮捕後，司也被解除了政治部長的職務，之後擔任閒職多年。

然而，在一審的審判過程中，司從無怨言，和律師團一起支持弓成。以前弓成在當記者期間與司很不投緣，甚至還曾經輕視他，因此弓成的內心充滿苦澀的悔悟。

「司先生最近好嗎？」

「還不錯。他在擔任主筆後退休了，目前以報社社友的身分，經常指導我們這些年輕人。」

「請代我向他問好，但是關於這次的事，我一開始已經說了，根本沒有我發言的餘地，我建議你不妨去請教一下當時律師團的實質團長大野木律師的意見。」

那名記者似乎察覺到弓成態度堅決。

「很遺憾這次無法採訪到您。在這次的事件後，我認為沖繩應該受到更大的矚目，希望下次有機會拜訪您。」記者語帶遺憾地掛了電話。

弓成才掛上電話，電話鈴聲又響了。一定是其他報社或雜誌社打來的，弓成已經不想接了。

他重新看了一次《琉球新聞》傳真來的內容，不禁對我樂教授產生了興趣。以美國的情報自由法為依據而要求公開公文，並從學問的角度追查事情真相的我樂教授，到底是怎樣的一個人呢？

正當他陷入思考時，渡久山朝友快步從庭院來到簷廊前。

「弓成先生，發生什麼事了？剛才報社和電視台的記者紛紛打電話問我，說打電話到你家也沒有人接，問你是不是不在家。」他一臉擔心地問。

弓成默默地把手上的報導遞到渡久山面前。

「啊?!」

一臉錯愕的渡久山聚精會神地讀著報導內容，看完三、四頁傳真後說：

「沒想到現在才終於證明了你的清白！而且是由本地琉球大學的學者——」

感情豐富的渡久山戴著圓眼鏡的雙眼泛著淚光。

「幸虧我活到今天，才……」

弓成百感交集，也忍不住紅了眼眶。想當年，自己站在雨中的那霸港，不知道何去何從，多虧渡久山向素昧平生的自己伸出援手，才撿回了他這條命，也才能迎接今天。

渡久山看完最後一頁說：「沒想到在沖繩回歸祖國的背後，政府被美國牽著鼻子走。你雖然對這一切心知肚明，卻努力忍耐到今天，我相信你內心一定有堅定的信念吧？」

他話才剛說完，第一個向弓成通知這個消息並傳真了報導內容的《琉球新聞》論述委員，帶著年輕的政治部記者一起現身了。

❊

弓成握著方向盤，行駛在琉球大學校園內迂迴曲折的柏油路上，尋找著法文系的大樓。

這所戰後創設於首里城舊址的學校，在沖繩回歸後，遷移到本島中部的中頭郡西原的丘陵地帶，各系大樓分散在廣大的校區內。

看到標示後，他把車停在停車場，走向在入口的事務局打聽到的我樂教授位於二樓的研究室。

由於正是暑假期間，校園內一片寂靜，幾乎不見學生的身影。

弓成從研究室敞開的門向內張望，發現各種書籍、辭典、學會雜誌、資料和紙箱從地上一直堆到了天花板，根本不知道教授有沒有在研究室裡。他敲了敲門。

「請進——」

研究室深處傳來一個很有精神的聲音。弓成朝那個方向走去，一個身穿沖繩衫、短褲，腳上趿著拖鞋的高大男人從窗邊的電腦前站了起來。

「請問是我樂老師嗎？」

雖然事先在電話中預約了見面時間，但眼前的男人比弓成想像中更年輕。

「你是弓成先生嗎？」

兩人都打量著對方。

「不好意思，因為我後天就要去美國了，所以還麻煩你星期天上門。研究室很亂，來這裡坐吧——」我樂指著一張長方形的大桌子說，桌上的書和用釘書機釘起的資料也堆得高高的，好像隨時都會倒塌。我樂用力往旁邊一推，騰出了空間。

「我從新聞看到你發現的琉球群島民政史資料，把我當記者時採訪到的零星消息完全整合起來了。我作夢都想不到，外務省的無限期指定極機密電文會以這種形式曝光。」弓成不勝感慨地說。

「記者可以直接和活生生的採訪對象見面，我們研究人員只能從公文著手，儘可能貼近真相。這些沖繩回歸的相關資料是我在四年前即將回國之前發現的，當時無法如數影印完畢，回國之後，又去了兩次華盛頓，也花了很長的時間進行分析。

「我也沒想到回歸談判當時，掌握了密約的線索，而在國會投下震撼彈的記者本人就住在沖繩。在我眼中，你是歷史的活證人。」

我樂一頭呈現波浪的天然鬈頭髮下，露出神采飛揚的表情。

「如果從系統化資料研究的角度來看，我的採訪量實在太少了。

「對於那四百萬美元，我深信是在簽署協議前的巴黎會談中，由愛池外務大臣交給羅傑德國務卿一份秘密書簡達成了最後的協議，但沒想到公使和美國局長在議事要點中已經達成協議……」

「也許真有愛池書簡，只不過美國雖然號稱資訊透明，但真正的最高機密還是不可能公開的。」

「是嗎？如果方便的話，可不可以看一下史奈德公使和吉田局長簽名的議事要點？」

「當然可以。因為你在電話中提到這件事，所以我早就準備好了。」

我樂說著轉動旋轉椅，從後方書架中拿出一個資料夾。

史奈德　鑒於之前的商議，我方會記錄「自發性支付」的最終金額為四百萬美元。

吉　田　我方會記錄您的發言。日本政府根據協議的第七條，從支出的三億兩千萬美元中撥出四百萬美元，將保證用於自發性支付所設立的美國信託基金。

史奈德　我方會記錄下您的發言。

信紙尺寸的紙上有十六行打字的議事要點，左下方和右下方分別是*RS*和*my*的親筆簽名。*RS*是理查德·史奈德的縮寫，*my*是吉田孫六的名字縮寫。弓成帶著複雜的心情看得出了神。

「當年報導外務省洩密案時，我還只是高中生，在研究這個課題後，才詳細瞭解了很多內幕。也許是因為我隱約記得你當年的報導，才能夠在華盛頓國家檔案館的龐大分類中，找到美國平民政府的檔案。從這個角度來說，是你在三十年前就播下了種子。」

雖然明知道這是我樂謙虛的體貼，但弓成還是感到無比欣慰。

「我移居沖繩後，想調查四百萬補償費的下落，請教了縣政府的相關部門和土地聯。原以為馬上可以知道結果，沒想到費盡千苦萬苦，才在對美請求權事業協會得知有協議第四條第三項的支付清單，很久以後，才親眼看到這份清單的內容，因為所有紀錄都捐贈給沖繩縣檔案館了。」

「結果找到了嗎？」我樂探出身體問。

「清單是找到了，但實際支付的金額只有一百四十萬美元，剩下的兩百六十萬下落不明。之後，我有幸遇到了縣政府的資深員工，他是長期負責與美軍交涉的窗口，向他確認之後，發現四百萬美元並沒有全額交給地主，剩下的錢可能流入了美國國庫……」弓成難以接受地說。

「很有可能。多虧你堅持到底，才能這麼持續追蹤調查。」我樂深感佩服地說。

兩人相談甚歡。

※

原本約定會面一個小時，但他們聊得忘了時間，離開我樂的研究室時，已經將近下午兩點了。弓成打算回家時順道去宜野灣市區的三線琴店，所以車子駛下丘陵後，沒有轉向沿著西海岸的國道，而是沿著縣道北上。由於平時經常彈的三線琴斷了弦，他之前拿去那裡修理。

上空不時傳來直升機的聲音。普天間機場就在宜野灣市中心，將近一百架戰鬥直升機和空中加油機不分晝夜，都在這裡進行起降訓練。由於住宅、學校與醫院都擠在基地周圍，噪音和塞車情況都十分嚴重，因此之前決定要遷至本島北部的邊野古，但「基地遷至縣外」的反對運動越來越激烈，遷移案也沒有了下文。

嗯？弓成隔著擋風玻璃看向上空，向來惹人厭煩的直升機發出了和平時不同的轟隆聲，而且聲音就在附近。不一會兒，一架大型直升機的機腹逼近車子，弓成的身體忍不住往後仰。他嚇得趕緊握著方向盤想要逃離，但在大馬路上根本無處可逃。正當他以為自己會連同車子被美軍的直升機壓扁時，直升機掉轉頭，搖搖晃晃地消失在視野之外。

他擦了擦頭上的冷汗，慶幸自己逃過一劫時，看到前方上空冒著黑煙。是剛才那架直升機墜機了嗎？他忘了前一刻的恐懼，快速驅向黑煙的方向。

黑煙似乎來自數百公尺前的住宅區，駛近一看，才發現是和住宅區有一街之隔的沖繩國際大學。弓成把車子停在空地上，衝上大學旁的道路，發現大學正門旁的樹叢冒著黑煙。定睛一看，發現直升機墜落在樹叢上。全長二十五、六公尺，搭載了三十五名士兵的大型直升機比在空中看到時更加巨大，附近的大樹樹幹都被折斷了，本館側面從頂樓到各個樓層的玻璃窗都被砸毀，幾乎全被燻黑了。難道直升機差一點墜落在本館旁，飛行員慌忙調整操縱桿，結果掉進相反方向的樹叢嗎？

「Help me！」（救命！）

直升機內傳來慘叫聲，弓成不假思索地準備往前衝。

「危險！可能會爆炸。」

一個戴著縣警臂章的偵查員拉住了他，沒想到縣警這麼快就趕到了，消防車、救護車和警車的警笛也同時從兩個方向響起，周圍一片騷動。在滅火的同時也展開了救人行動。和縣警同時到達的十幾名美軍官兵在現場四周警戒。

宜野灣市救難隊從直升機內救出三名美國士兵，送上救護車後，幾名美國士兵也一起上了車。

現場隨即響起「砰」的爆炸聲，直升機周圍的小火勢頓時變成七、八公尺的火柱竄上天空，火星四散，應該是油箱起火爆炸了。

圍起十幾、二十層的人牆頓時往後逃，一個拿著小型照相機的年輕男子不停地按著快門。

穿著迷彩服的海軍陸戰隊隊員人數增加，在周圍拉起了禁止入內的黃色警戒線時，電視台的工作人員突破警戒線，走到現場附近，立刻用攝影機拍攝。

「No, get out !」（不行，走開！）

體型壯碩的海軍陸戰隊隊員大聲威嚇，用像岩石般的大手抓住攝影機鏡頭。

「這裡是日本的大學校園！」看到美國士兵的粗暴行為，弓成忍不住出言相助。

電視台的攝影師也說：「搞什麼啊！怎麼不可以拍攝？」

攝影師準備繼續拍攝，幾名海軍陸戰隊隊員圍上來恫嚇道：「Get out !」然後用力把攝影師推開。雖然他們手上沒有槍，卻不由分說地驅趕人群，弓成的身體也被推得往後仰，差一點倒在地上。

在宜野灣消防隊的奮力救火下，火勢漸漸熄滅時，普天間基地的消防車也加入了救火的行列，當危險漸漸遠離時，現場不時傳來「No」和「Get out」的吼叫聲。

最早趕到現場的縣警和救出美國士兵的消防隊也被迫離開，無法勘驗現場。偵查員臉色鐵青地表達抗議，美方也不理會他。

弓成親眼見識到這裡雖然是民間土地，卻讓美軍建立治外法權的異常景象，感到不寒而慄。

他撥掉衣服上沾到的化學滅火劑的白色泡沫，走過正門前的馬路，沿著附近公寓的逃生梯往上走，尋找一個可以俯瞰墜落現場的地點。馬路對面是密密麻麻的住宅區，如果直升機不是墜落在正值暑假的大學校園內，而是墜落在住宅區，一定會釀成重大慘劇。

來到三樓的樓梯口時，遇到了剛才拿著小型照相機拍照的年輕男子，他手上不知道什麼時候變成了一台單眼相機。

當他們視線相遇時，年輕男子用採訪的語氣說：「我是《沖繩新聞》社會部的記者，我叫城山。你很早就趕到了現場，請問你是在哪裡發現意外的？」

弓成把剛才的情況大致告訴了他，然後反問：「你剛才拿的是小型照相機吧？」

「我請後來趕到現場的同事帶回公司了，我從今天開始放中元節的連續假，正打算帶家人去旅行。我太太在二樓關陽台的窗戶，聽到直升機的聲音很不尋常，搖搖晃晃地掠過低空，正覺得不對勁，就聽到『砰』的爆炸聲。我立刻抓起放在行李袋裡的照相機衝出大門，坐上已經停在門口的四輪驅動車，朝著冒煙的方向趕了過來。

「我差不多花了四、五分鐘就趕到了現場，發現縣警和美軍已經趕到，正在四處聯絡。我猜想管制塔台應該早就掌握了直升機失控的情況，所以才會立刻趕到現場。

「我立刻想到要記錄下這個可怕的事件讓民眾知道，所以拚命按下快門，但普天間基地就在附近，大批海軍陸戰隊隊員立刻趕到，把所有日本人都趕離了現場。」

他氣鼓鼓地說道。

「喂，直升機零件可能掉落到公寓後方，幫我確認一下有沒有人受傷？」地面的警官大聲叫道。

「這裡也有？」記者和弓成異口同聲地問，向下觀察著。附近的居民都站在狹小的路上，但並沒有發現異常。他們急忙下樓來到公寓後方的馬路上，附近居民仍然一臉驚恐地聚集在那裡。

「我是《沖繩新聞》的記者，警方在調查是否有直升機的零件掉落，有沒有人受傷？」

「有東西掉在那裡。」

一個中年男子手指著說。住戶停車場內，有一塊黑色板狀零件直接擊中停在前方的小型摩托車後掉在地上，還有其他零件把不遠處的公寓標示砸歪後，掉落在公寓門前。

「有沒有人受傷？」

記者向周圍的人確認。

「這孩子差一點就沒命了。」一位穿著寬鬆連身裙的老婦人怒氣沖沖地說，一旁抱著幾個月大嬰兒的年輕母親仍然不停地發抖。

「我在曬衣服，突然聽到直升機的聲音不太對勁，回頭一看，一架大直升機搖搖晃晃地衝了過來。這孩子睡在二樓，我不顧一切地衝上二樓，抱著他就逃命。」

她用力抱緊懷裡的孩子。

「只能說是奇蹟。」從附近公司趕回來的年輕父親說道。聽說散落的零件衝破了二樓的隔音玻璃，把電視一角削掉之後，刺破了後方的紙拉門。

記者把他們的談話內容記錄下來後，正在拍攝掉落物體的照片時，傳來一陣腳步聲。不是縣警的偵查員，而是海軍陸戰隊隊員。他們盛氣凌人地吼著：「Get out !」驅趕居民和記者，用禁止進入的警戒線封鎖了道路。居民們都站得遠遠的，咬牙切齒地看著美軍士兵。美軍一聲令下，這裡就變成了治外法權的現實——

回溯到美軍佔領的日子，一九五九年，噴射戰鬥機墜落在一所小學內，造成超過兩百名死傷。一九九五年，八萬五千名縣民因為女童強暴事件發出怒吼，但沖繩依然如故。

※

——夢境中，弓成在直升機墜落的火焰中掙扎，他聞到了汽油燒焦的味道和不斷逼近的火勢。好熱。美國士兵已經被營救出去，卻沒有人發現他。自己會被美軍的戰鬥直升機壓死嗎？還是活活燒死？死在這種地方，即使死也無法瞑目……

「弓成先生，你沒事吧？」

耳邊傳來一個聲音。弓成睜眼一看，渡久山的臉龐出現在他眼前。

遇到直升機墜落意外的當天傍晚，他突然腹瀉不止，然後發燒到將近四十度。去了附近的醫院，醫生說他感冒了，差一點引發肺炎，要求他靜養。於是，他一連睡了好幾天。

他整天昏昏沉沉的，難以相信自己這幾天居然可以睡這麼長的時間。

「對不起，給你們添麻煩了。」

弓成起身向渡久山道謝。渡久山一家人擔心弓成會變成肺炎，所以連日來悉心地照顧他。

「你不用這麼見外。鶴坐我媳婦的車子出去買菜了，說差不多該給你補充一點有營養的食物。即使你吃不下，也勉強吃一點吧！」然後他又帶著溫和的笑容鼓勵說：「明天再去醫院照一下X光，如果沒有異狀就安心了，你也可以開始喝酒了。」

「渡久山先生，直升機墜落有沒有造成人員傷亡？我在近距離看時，發現和小飛機差不多大。」

「真的很慶幸大學剛好在放暑假。」

渡久山點了點頭，勸他在生病時暫且忘了這件事，硬是要求他躺了下來。

「聽說美軍把泥土……」

「對，他們把墜落現場附近的樹木和泥土都挖起來帶走了，有人說，那架直升機上載了不能讓日方知道的物品，目前也難辨這個消息的真偽。」

美軍拒絕縣警、消防署和航空事故調查委員會介入調查。

「來喝點苦瓜汁，加了些蜂蜜，你應該已經習慣了吧？」鶴走了進來，把苦瓜汁放在枕邊。

「太太，不好意思，每次都——」

「你別見外啦！你好像還在發燒，恕我失禮一下。」

她把體溫計放在弓成的腋下。聽到嗶嗶的聲音後，拿出體溫計看了一下，隨即露出擔心的眼神看著丈夫。

「喝完果汁後再睡一下，晚餐我準備了本土的海鰻。」

鶴溫柔地說完後，夫妻兩人一起走了出去。弓成喝了一口苦瓜汁，摸了一下額頭，發現果然還有點發燒，身體也很無力。這次感冒拖了太久，可能也要一段日子之後才能痊癒。

不能繼續麻煩渡久山一家人了。

他搖搖晃晃地起床坐在桌前的椅子上尋找通訊錄，想找一位在當地認識的醫生，請教他住哪一家醫院比較好。自從《旭日新聞》刊登了那篇報導後，他的信件越來越多，除了以前在《每朝新聞》的年輕記者和舊識以外，還有來邀他寫稿和演講的信函。

他找到了通訊錄，撥打那位醫生醫院的電話和手機，但都沒有人接。感到渾身無力的弓成再度躺了下來。

※

一踏出那霸機場，熱風頓時撲上由里子的臉頰，也讓她有點畏縮。這種她未曾接觸過的空氣完全不同於本土夏天的酷熱。

穿著淺藍色麻質套裝的後背立刻滲著汗水。想到丈夫在這片土地上生活了十五年，不禁覺得他們之間的距離隔閡比她原先以為的更深，並開始心生動搖，不知道丈夫會不會接受突然造訪的自己。

她搭上計程車，告訴司機目的地。

只要一個上午就可以變成跑道的堅固道路左側出現了連綿不斷的圍籬。裡面是軍用港嗎？有許多裝了貨櫃的聯結車，看到和本土不同的景象，由里子忍不住渾身緊張。

「地址是都屋的幾番地？」
聽到司機的問話，由里子從手提包裡拿出渡久山朝友寫給她的信，回答了司機。
不一會兒，車子駛下和緩的坡道，前面是一片湛藍的大海，和目前居住的逗子那片平靜海面完全不同。
計程車停了下來，由里子單手拿著行李袋，確認門牌後，走過虛掩的矮門，按了門鈴。她太緊張了，走出機場時的酷熱早就消失了。
門打開了，一個上了年紀的窄臉女人探出頭。
「呃，我是……」
她正準備自我介紹。
「妳是弓成太太吧？沒想到妳這麼快就到了。」
女人驚訝地對著門內叫道。一看到快步走出來的老人，由里子立刻知道他就是渡久山朝友。
「對不起，我冒昧瞞著妳先生給妳寫了信——妳先去看妳先生，我們等一下再聊。」
渡久山走在前面，帶著由里子來到小屋前。由里子為他們對弓成的照顧道謝，瞭解了病情。
「X光檢查結果無恙，病情並沒有太大的問題，但我在信中也提到，在那篇密約報導後，他單身多年的疲勞似乎一下子爆發出來了。」
渡久山簡短地說完，打開了玄關的門，用眼神示意由里子進屋後，轉身離開了。
由里子在門口脫下包頭鞋後放好，看到裡面放著籐椅和茶几。或許是因為室內開了冷氣，紙拉門緊閉著。她輕輕打開拉門，看到丈夫蓋著涼被睡著了。他比分居前瘦了一大圈，冒出的鬍碴也開始花白了。她忍不住一陣心痛，為什麼會讓他孤獨憔悴到這種程度？

她輕咳了一下，弓成微微張開眼睛，無力的視線在天花板上掃了幾下，然後看由里子的眼睛。由里子正想叫他，卻說不出話。弓成再度閉上眼睛，但隨即張開了，訝異地看著枕邊的由里子。

由里子靠了過去，把臉湊近時，弓成露出驚訝的表情，嘴唇微微動了一下，卻沒有發出聲音，出神地望著由里子。他們都不知道該如何填補漫長歲月造成的鴻溝，誰都說不出話。

「妳怎麼……會在這裡？」弓成坐了起來，終於用沙啞的聲音問道。

「渡久山先生寫了一封信給我，說你生病了，希望我來看你。」

「……渡久山先生？」

「他說在你病倒之前，曾經寫了兩次信給我，但後來都把信撕了，丟進了垃圾桶……你病倒之後，渡久山太太幫你打掃時發現了，和她先生商量後，把我的地址抄了下來。」

弓成想起在《旭日新聞》刊登報導的那天晚上，他曾經提筆寫信給由里子，為自己讓家人受了這麼多年的痛苦道歉，但又覺得事到如今，再提往事也是枉然，便連同信封一起撕破了。上床睡覺時，想起《每朝新聞》記者在電話中說的話，還是覺得應該對由里子說清楚，於是再度提筆寫信，但覺得無論寫什麼都無法挽回任何事的惆悵湧上心頭，最後還是丟進了垃圾桶。翌日早晨就出現了感冒症狀，全身無力，所以就沒有打掃。

「你身體怎麼樣？」

「已經好多了，我真的給渡久山先生一家人添了很多麻煩。」
「從他寫給我的信中，就可以感受到他的為人，你很幸運，可以遇到這樣的好人。」
弓成深深點頭。
他們的談話沒有了下文，陷入一陣尷尬的沉默。由里子無法忍受這分沉默。
「……大野木律師和山谷律師都感到很欣慰。」
弓成默默點頭。
「……純二把《旭日》和《每朝》的報紙寄給在舊金山的洋一，洋一立刻打電話回來。」
洋一打電話回來不是為了父親終於恢復名譽感到高興，而是為了安慰母親多年的忍耐，所以由里子並沒有詳談電話的內容。聽到兩個兒子的事，弓成低下頭，露出痛苦的表情，由里子看了於心不忍。在只知道兩個兒子分別在高一和國二時樣子的丈夫面前，談論他已經無法想像的兩個孩子，反而會造成他的痛苦。
丈夫撕了那兩封信，也許自己也不應該來到丈夫身邊。由里子陷入深深的悲傷，就在她幾乎快要哭出來時——
「由里子，這麼多年，很對不起妳。」
弓成突然對她低頭道歉，由里子眼前一亮。
「我也是……我不應該一個人瞻前顧後，應該早一點來找你。」
她百感交集，忍住了淚水。

這是弓成搬回北九州老家，兩個人分居以來，夫妻倆第一次說出體恤彼此的話。

弓成吐了一口氣，心情似乎終於放鬆了。當他躺下後，很快便陷入了熟睡。

自翌日開始，由里子就寸步不離地照顧丈夫。雖然一開始，弓成不時露出不耐的表情，漸漸地，對由里子做的料理不再頻頻道謝。他偶爾也會想吃以前愛吃的食物，但或許是因為已經習慣沖繩口味的關係，他的口味和以前不太一樣了。

四、五天後，弓成下床的時間逐漸增加，有時候會去渡久山家裡串門子，也會在早上外出散步。

由里子就趁這個時候外出買菜、做家事。

第七天——丈夫外出散步後，她像往常一樣洗衣服，打掃房間。

她在擦桌子時，儘可能不挪動桌上的東西，打開壁櫥時，除了整理寢具和衣物箱以外，也不會動其他的東西。弓成仍然很不會整理東西，衣服都隨便塞在衣物箱裡，有時候會在一堆內衣裡找到一隻沒有洗的襪子。

壁櫥旁有一個簡單的衣櫃。由里子心想丈夫一定沒有放防蟲劑，一打開把手，大量筆記本掉了下來，成堆的筆記本都散落在榻榻米上。衣櫃裡沒有一件衣服，全都是筆記本。

由里子驚慌地撿起筆記本，正打算闔上翻開的本子時，目光忍不住被筆記本上用原子筆寫得滿滿的字吸引了。她又拿起另外一本筆記本，封面已經褪了色，裡面的內容是用鋼筆寫的，不難察覺到弓成寫到中途之後，一氣呵成的氣勢。

由里子深受吸引地看著丈夫的筆記本。

薩摩藩原本打算切割奄美群島後直轄琉球，但考慮到和中國進貢貿易的利益，因此留下了琉球王國。最好的例子就是禁止語言、服裝和人名走大和風。當琉球使節進入江戶時，故意要求他們穿上中國式的服裝，由薩摩的官吏護衛，顯示他們在支配異國……

由里子接著打開另一本筆記本，裡頭有些地方文字寫得很凌亂，也有刪除和補充內容的段落，讓她想起丈夫當報社記者時在家中寫的稿子。

波斯灣戰爭危機逐漸升高，駐沖繩的美軍也動作頻頻，積極為美軍的「沙漠之盾」作戰做準備，可以感受到應戰的態度。

我從去年夏天開始感受到美軍的異常變化，國道上經常可以看到原本是迷彩色的車輛改為適合沙漠作戰用的米色。

米色的卡車、貨櫃不斷送入那霸軍用港口，根據美軍的報紙報導，嘉手納基地至今為止，已經派出兩千名海軍陸戰隊進入沙烏地阿拉伯。

夜間飛行訓練也更加頻繁，就連我住的地方也可以聽到巨大的噪音。

雖然沖繩已淪為美軍實質的出擊基地，但外務省認為「這只是調度，不屬於事先協議的範圍」——

「老公，你果然……」淚水從由里子的臉頰滑落。原來丈夫並沒有停止筆耕……衣櫃裡的筆記本不計其數，但從日期來看，似乎在搬到讀谷後不久就開始寫了。

看到丈夫爬出絕望的深淵寫下這些文章，由里子內心多年的糾葛終於煥然冰釋。

那天晚上，弓成親自在小廚房下廚，把鹹魚豆腐、沖繩蕎頭和炒苦瓜裝在盤子裡，放在簷廊上準備的桌子上。

帶著一抹藍色的天際群星璀璨，天空彷彿用刷子掃過般清澈。

「先喝一杯——」

弓成把新開的泡盛酒倒進由里子的杯中，加入冰塊和水。由里子也為丈夫的杯中倒了酒。

「謝謝妳來這裡。」弓成感慨地說完，向由里子舉起杯子，陶然地喝了起來。

「多虧了渡久山先生一家人的熱心照顧。」由里子抿了一小口讓喉嚨發熱的泡盛酒說道。

「這個世界上有神明，也有菩薩，我很感謝讓我能夠相信這件事。」弓成點了點頭，「由里子，託妳的福，我的身體已經恢復了，妳可以回去了。」

丈夫意想不到的話讓由里子猜不透他的心思。

「這裡是我生活的地方，妳也該回去做自己的工作了。」

「我的工作根本——我正在考慮應該陪在你身邊。」

「我很感謝妳的這分心意，但我還有很多事要做，所以也希望恢復原來的生活步調。」

原以為此行再度確認了夫妻的感情，難道只是自己的一廂情願？寂寞貫穿了由里子的全身，但弓成可能沒有察覺由里子的心思。

「這麼多年來，我曾經因為孤獨感到不安，這種時候，我都會彈三線琴讓心情平靜下來。」

「是嗎？」

由里子想起丈夫曾經在向政治人物採訪時，在他們面前彈婆婆教他的三味線而獲得那些政治人物的信賴，以及丈夫和來到東京的公公一起彈琴的身影。

弓成在由里子面前打開放在牆邊的長方形盒子，取出三線琴。鼓面包著錦蛇的皮，琴桿使用的是黑檀木，捲弦器似乎比本土的三味線稍微大一點。

弓成用捲弦器調整了三根弦，拿起酒杯一飲而盡，開始試音色。他的每一個動作都比在東京彈三味線時更加輕柔，也有不同的感覺。

噔、噔，渾厚的音色在寂靜的夜中響起，不一會兒，弓成緩緩地彈奏起來。沖繩的三線琴沒有re和ra的音，弓成彈出的獨特旋律譜出一首充滿哀愁的曲子，但隨即變成充滿陽光的節奏，自在地彈奏起來。其中也有由里子曾經聽過的樂曲，她很自然地用手跟著打出節拍。

「妳聽過這首曲子嗎？」弓成一臉柔和的笑容看著由里子。

「對，開車的時候曾經聽到廣播裡播放。」

「原來東京也可以聽到沖繩的樂曲——」

弓成有點驚訝地為由里子的杯中倒了泡盛酒，自己也喝了起來。

「三線琴不僅帶給我心靈的安慰，也淨化了我的心靈。沖繩民謠很淳樸，但可以讓人感受到人心的高尚。」

弓成靜靜地說完，立刻正襟危坐，把三線琴再度放在腿上彈了起來。

叮、叮、噔。三線琴緩緩響起莊嚴的旋律，弓成隨即唱了起來。

呀咿呀，
夏冬不變，
宛如北極星。
哪裡變了？
是依然明亮的，
閃爍的星光。
我們也要，
真的要，
閃亮八十八年，
閃亮一百年。

朗朗的歌聲響徹清澈的星空，高格調的旋律彷彿草木都聽得出了神。

不知道是否有了幾分醉意，弓成的臉上帶著由里子從未見過的莊嚴。

宛如星星般永遠發光。雖然由里子聽不太懂用沖繩話唱的歌詞，但她從丈夫借著三線琴訴說的話語中，感受到深深的愛。

※

由里子要搭下午的班機回東京，上午九點多時，弓成開車載她來到沖繩本島最南端的摩文仁。由里子難得來沖繩，他卻沒辦法帶她四處走走，但還是希望她至少參觀一下姬百合塔更南端的和平祈念資料館，所以帶她來到這裡。

寬敞的館內還沒有什麼人來參觀，一片靜悄悄的。

他們先參觀展示品。燈光調暗的各個展示角落，分別依地面戰、基地沖繩等主題設置了不同的展示室，重現當年的嚴峻情景。每一個場景都令由里子感到揪心，也情不自禁回想起丈夫寫下的那些為數龐大的筆記本。

他們走進燈光更加昏暗的證詞室。模擬成教室的屋內，陳列著在戰時和戰後飽嘗了各種辛酸的縣民所說的證詞集，由里子拿起一本黑色封面的冊子，坐在一張小桌前，打開了檯燈。

——我祖父當年用四方巾包著天皇的照片，在戰火中四處逃竄，結果遭到本土出身的士兵盤問，由於士兵聽不懂沖繩方言，我祖父被懷疑是間諜而遭到槍殺。

這是親人帶著滿腔遺憾說出的證詞。即使在本土，會有人帶著天皇的照片逃難嗎？努力想要成為日本人的這個老人，勾起由里子內心難以形容的苦楚。

巡視完展示資料，來到走廊上時，突然感到目眩。夏天的太陽照射在完全是玻璃的窗戶上，窗外一片群青色的大海反射著烈日，閃爍著粼粼波光。

弓成讓由里子盡情參觀後，率先走下一樓，從大廳走了出去。由里子跟在他的身後，忍不住倒吸了一口氣。

一大片空地上，差不多有一個人高的黑色大理石呈四片屏風狀組合在一起，面向大海，宛如海浪般連綿好幾層。

「這是刻著戰亡者名字的石碑，總共有一千兩百塊。」

「這麼多——」

「除了沖繩縣民外，還有本土出身的軍人、軍眷，以美軍為中心的同盟軍軍人、軍眷，以及朝鮮、台灣等以前日本殖民地出身的軍人、軍眷——目前已知有二十四萬多人，其中沖繩縣民有十四萬九千多人，包括日後可能會查出身分的犧牲者人數在內，所以在紀念碑上還留了空白。妳看這裡。」

弓成走到附近的戰爭紀念碑前，指著橫向刻得密密麻麻的姓名。

比嘉卡麻努　吉　昭源　金城正邦　文彰　鍋。下面那一行只有「具志堅家的六子　龜吉」一個名字，難道是一家全亡，但別人只記得這個人的名字嗎？

「雖然我無法想像刻在上面的這些人的臉，但我似乎可以聽到他們哭泣，訴說著還給他們和家人共度的平靜生活。」弓成靜靜地說道。

一個戴著草帽的老人雙手捧著用報紙包起的花束，步履蹣跚地走過他們身旁。夏日蒸騰的熱氣中，老人的背影顯得縹緲。

「我看我還是每半年來看你一次。」

由里子克制著激動的感情說道，弓成默然片刻。

「不用了，以後我會去東京。」

他的語氣十分堅定，然後，迎著由里子驚訝的眼神說出了他的決心。

「我越瞭解沖繩，越清楚地看到這個國家的扭曲，必須讓更多本土的國民瞭解，並發出他們的聲音。我要用我的方式，用我的筆告訴全國民眾，扮演好我的角色。」

他走向通往大海方向的筆直石板路，路的盡頭是斷崖絕壁。

眼下的白色波濤衝向岩石後翻滾著，前方是一片蒼茫的太平洋，和天空連成一片的地平線湧起潔白的積雨雲。

縱然並非是自己選擇了這條路，但既然是命運的安排，他就要完成自己的使命。雖然握筆的時間所剩不多，但還不至於為時太晚。

眼前閃過一道宛如銀箭般的光，穿越大海，飛向本土的方向，彷彿為自己指示出了前進的方向。

弓成全身都充滿了奮戰的激情。

——全書完

後記

《命運之人》單行本發行至今不到兩年，是我主動希望出版社方面提前出版文庫本。因為我衷心希望讓更多讀者看這本書。

戰爭期間，我曾經身為女子挺身隊員在兵工廠擦子彈，對沖繩姬百合學生兵懷有一分特殊的感情。我一直希望有機會前往姬百合塔祭拜，但多年來，這個心願始終無法實現。在前一部小說的創作階段，我曾經前往九州的大隈半島採訪，當時認為機會難得，就順道搭機前往那霸。

參拜完姬百合塔，在資料館聆聽當年曾經是學生兵的解說員回首往事後，我跟隨當地朋友參觀了美軍基地和通訊設施，令我受到很大的衝擊，難以相信腳下的這片土地是日本領土。而一償多年夙願，終於參拜了姬百合塔的那分安心也頓時蕩然無存。

幾年後，我決定下一部作品的主題要寫成為第四權的新聞媒體，也著手進行相關的準備工作，但發現寫成小說比我原先想像的更加困難。經過長時間思考，我決定寫外務省洩密案——也許是之前造訪沖繩所受到的衝擊，激發了我的創作意願。這起事件是一九七二年，被美軍佔領的沖繩回歸日本時，牽涉到國家、社會與新聞媒體的重大事件，一名報社記者掌握了日美之間締結的密約而加以揭發，因此遭到逮捕，最後被最高法院判決有罪定讞。

這起事件剛好發生在我曾經任職的報社，那名記者也還健在，因此，他鉅細靡遺地告訴了我事件當時的經過。

我也有幸結識了本案的實質主任律師大野正男律師。他見到我之後，欣喜地表示：「那起案子並不是針對事件本質，而是針對採訪方式違背了職業倫理做出判決。我認為這份判決應該交由後世的歷史學家來判斷，因此，我把所有的紀錄都捐贈給母校東大法學院的圖書室，沒想到妳這麼快就出現了。」他不僅協助我辦理相關手續，可以自由閱覽保管於東大法學院的龐大審判紀錄，更熱心地向我解釋「言論自由」和「知的權利」等憲法上的概念，並轉述開庭當時的法庭氣氛。

不過，當我前往外務省進行採訪時，卻完全束手無策。即使已經過了三十年，當年負責回歸談判的前外務省美國局局長、條約局長仍然矢口否認密約的存在，完全拒絕採訪。我不禁對此感到憤怒，也質疑國家機密到底屬於誰。

在採訪洩密事件的同時，我也多次造訪沖繩。發生姬百合學生兵悲劇的沖繩，是日本唯一發生地面戰的地區。雖然在回歸當時，當局聲稱要讓沖繩恢復和日本本島相同的狀態，但目前仍有百分之七十五的美軍基地集中在沖繩，當地居民整天曝露在危險之下。對沖繩瞭解越深，越希望日本本島的國民能夠知道，沖繩至今仍然淪為本島的犧牲品。

關於沖繩回歸當時的機密文件事件中，唯一值得慶幸的是，曾經堅決否認有任何機密文件的前美國局長向媒體坦承的確有此密約，以及在美國國家檔案館中發現密約文件的琉球大學我部政明教授，還有西山太吉先生等人向法院提出資訊公開的申請，在他們的努力不懈下，最後法院做出了公開相關文件的判決。當時本作品在《文藝春秋》已經連載結束，單行本正進入校稿階段，這個消息無疑帶給我很大的鼓勵。

然而，基地問題至今仍然沒有獲得改善。

一九九五年，沖繩發生了三名美國士兵強暴一名女童的事件，美國大使也痛心疾首地表示，那三名士兵簡直就是「三頭野獸」，並為此公開道歉，之後，日美雙方針對沖繩的美軍基地重整展開協商，並具體討論以遷移普天間機場為主的相關方案。然而，至今已經過了十五年，相關問題仍然懸而未決。

基地的整合與廢除牽涉到日本的外交和防衛問題，為了避免無可挽回的不幸事件再度發生，我誠摯希望每一位國民認真思考這個問題。如果拙著能夠發揮萬分之一的作用，將是我最大的榮幸。

如同卷末所記載的，在執筆過程中，很多相關人士與我分享了他們的寶貴經驗，並提供了文獻和資料，謹在此表達深切的感謝。

本作品在《文藝春秋》連載期間，我曾經一度住院，大幅拖延了採訪和執筆的時間。在此，要特別感謝曾經合作過《大地之子》的名編輯平尾隆弘先生，以及擔任我責任編輯九年來，和我一起走過很多路，全面協助我採訪工作的小田慶郎先生。如果沒有這兩位編輯的支持，《命運之人》也許無法完成。編輯部的中村毅先生、福澤一郎先生也在我採訪時提供了大力協助。由於住院的關係，曾經一度停止連載，感謝飯窪成幸主編的激勵，讓我在休養之後，再度產生了提筆的意願。

在本作品發行單行本時，小田慶郎先生再度提供了大力支持，同時，也感謝負責校對的小野隆夫先生與真鍋桃子小姐的細心。

另外，此書準備發行文庫本之際，也受到了田中光子小姐很大的熱情幫助，真是十分感激。

最後，如果沒有我的秘書野上孝子一心一意的協助，我也不可能完成這本小說，在此深表感謝。

二〇一〇年十二月二十日

山崎豐子

＊中文版編按：本書中文版譯自日本二〇〇九年發行之單行本，但本篇後記出自二〇一〇年出版之《命運之人》文庫本。

協助採訪者姓名（省略敬稱．按五十音順序）

愛波健、秋山賢三、淺野勝人、新井敏司、新崎盛暉、井草隆雄、池浦泰宏、池原秀明、伊佐真一郎、石黑克己、石田甚太郎、石谷龍生、石嶺邦夫、依田成史、伊東正泰、稻嶺盛吉、岩見隆夫、上田健一、上原康助、上原太郎、上原靖、內間清吉、江口宏、大城立裕、大城將保、大住廣人、大野正男、岡村治信、尾崎美千生、我部政明、我部政男、鎌倉利行、上地成人、河上和雄、川崎健輔、河東哲夫、神田禎之、北村汎、喜田村洋一、木部暢子、宜保靖、木村雅宥、楠田實、藏元久、黑岩義之、古池國雄、國場幸太郎、後藤謙次、小橋川清弘、小林朴、小山方和、金巖、才木三郎、齋藤榮一、佐喜真道夫、佐佐木武惟、佐藤榮次郎、佐藤道夫、椎谷哲夫、鹽崎勤、潮平芳和、澀澤重和、島袋善祐、清水幹夫、下嶋哲朗、砂川直義、園田敏幸、平良武夫、高田朗雄、高嶺朝一、澤岻安一、竹澤昌子、武田龍夫、田崎史郎、田島良雄、田中浩、谷口誠、田宮榮一、千葉一夫／惠子、知花昌一、東原麻夫、天願盛夫、德岡孝夫、渡久山朝章／春、富森叡兒、豐田純志、中江要介、長崎和夫、永野信利、仲間明典、仲間惠義、仲本和彥、楢崎彌之助、西山太吉／啟子、野里洋、萩原康則、橋爪順一、橋本恕、波多野裕造、濱崎芳久、比嘉文子、兵藤長雄、平川康宏、平田滿夫、平野實、比留間英一、廣岡裕兒、福島一一、福島方希、福地曠昭、古市純則、古野政喜、星一、細島泉、堀田佳男、堀越章、堀込藤一、真榮城守定、前泊博盛、前原信喜、真壁朝弘、牧港篤三、哈瓦德．邁克魯羅依、松田宏、松永勝利、松茂良興辰、馬弓良彥、三木健、宮城國男、村上巖、持田健、本野盛幸、八木正男、安井吉典、山內德信、山川洋一郎、山城興朝、山本卓、山本祐司、由井晶子、吉野文六、渡邊善一郎、渡邊恆雄。

（感謝美國國家檔案館、沖繩縣檔案館、沖繩縣宜野灣市消防總部、外務省、宮內廳、警視廳、英國駐日大使館等相關機構，以及包括希望匿名在內的人士接受我的採訪。）

參考資料

【外務省洩密事件・媒體關係】

●大野正男編，《外務省機密漏洩事件裁判記錄》（私藏版）
●澤地久枝著，《密約　外務省機密漏洩事件》（中央公論社）
●毎日新聞社編，《沖縄密約漏洩事件裁判記錄》（毎日新聞社）
●日本律師聯合會特別調查委員會著，《西山記者事件調查報告書》（日本律師聯合會）
●毎日新聞一百三十年史刊行委員會著，《「毎日」の3世紀　新聞が見つめた激流130年》（毎日新聞社）
●毎日新聞勞工工會著，《毎日新聞労働組合五十年史　闘いの軌跡と二十一世紀への展望》（毎日新聞勞工工會）
●山川洋一郎著，《報道の自由と名譽毀損　ニューヨーク・タイムズ事件判決とその後の発展をさぐる》（《Jurist》No.443　1970・2・1　有斐閣）
●新村正史著，《デスク memo 1～4》（現代新聞出版會）
●平野實著，《福田外交の一年　外交記者日記》（政界往來社）
●山本祐司著，《毎日新聞社会部》（河出書房新社）
●渡邊恒雄著，《天運天職》（光文社）
●魚住昭著，《渡邊恒雄　メディアと権力》（講談社）
●新潮社編，《「週刊新潮」が報じたスキャンダル戦後史》（新潮社）
●田中豐著，《政府対新聞　国防総省秘密文書事件》（中公新書）
●田勢康弘著，《政治ジャーナリズムの罪と罰》（新潮社）
●週刊朝日編，《各国駐日記者による外人特派員の目　ニッポン見たまま》（朝日Sonorama）
●上前淳一郎著，《支店長はなぜ死んだか》（文藝春秋）

●上田健一著，《若い記者諸君へ》（雙樹社）
●黑田清著，《新聞が衰退するとき》（文藝春秋）
●朝日新聞勞工工會編，《報道の死角　識者と記者による朝日新聞批評》（講談社）
●伊勢曉史著，《政治部記者の堕落》（日新報導）
●內藤國夫著，《愛すればこそ　新聞記者をやめた日》（文藝春秋）
●讀賣新聞社著，《書かれる立場書く立場　読売新聞の「報道と人権」》（讀賣新聞社）
●堀本和博、片上晴彦著，《拡材　ある「新聞拡販団」体験記》（泰流社）

【政治・政治家】

●伊藤昌哉著，《実録自民党戦国史》（朝日Sonorama）
●伊藤隆監修，《佐藤榮作日記》（朝日新聞社）
●山田榮三著，《正伝　佐藤栄作》（新潮社）
●楠田實著，《首席秘書官　佐藤総理との10年間》（文藝春秋）
●楠田實著，《楠田實日記》（中央公論新社）
●堀越作治著，《戦後政治裏面史》（岩波書店）
●《大平正芳回想録　伝記編・追想編・資料編》（大平正芳回憶錄刊行會）
●《在素知贅　大平正方発言集》（大平正芳紀念財團）
●《ステーツマン　愛知揆一追想録》（日本經濟研究會）
●前尾繁三郎著，《政治家のつれづれ草》（誠文堂新光社）
●福田赳夫著，《回顧九十年》（岩波書店）
●菊池久著，《濤魂の総理　鈴木善幸》（山手書房）
●後藤田正晴著，《情と理》（講談社）

●保阪正康著，《後藤田正晴》（文藝春秋）

●安井吉典著，《冬の日愛すべし》（日本評論社）

●楢崎彌之助著，《楢崎弥之助の爆弾質問覚書き》（學陽書房）

●鈴木健二著，《歴代総理、側近の告白》（毎日新聞社）

●大須賀瑞夫著，《首相官邸　今昔物語》（朝日Sonorama）

●毎日新聞政治部編，《検証首相官邸》（朝日Sonorama）

●三輪和雄著，《総理の病室》（新潮社）

【外交・外務省】

●若泉敬著，《他策ナカリシヲ信ゼムト欲ス》（文藝春秋）

●永野信利著，《外務省研究》（多媒體出版會）

●下田武三、永野信利著，《戦後日本外交の証言》（行政問題研究所出版局）

●平野實著，《日本外交の舞台裏》（讀賣新聞社）

●古森義久著，《亡国の日本大使館》（小學館）

●外岡秀俊、本田優、三浦俊章著，《日米同盟半世紀　安保と密約》（朝日新聞社）

●河東哲夫著，《外交官の仕事》（草思社）

●武田龍夫著，《変われ！　外交・外交官・外務省》（日新報導）

●新關欽哉著，《日ソ交渉の舞台裏》（NHK BOOKS）

●新關欽哉著，《第二次大戦下ベルリン最後の日》（NHK BOOKS）

●安川壯著，《忘れ得ぬ思い出とこれからの日米外交》（財團法人世界動向社）

●亞密・H・邁雅著，《東京回想》（朝日新聞社）

●外務省儀典官室編，《外交団リスト》（財務省印刷局）

- 法眼晉作著，《外交の真髄を求めて》（原書房）
- 吉野文六等著，《オーラルヒストリー　吉野文六》（政策研究大學院大學）
- 中江要介著，《らしくない大使のお話》（讀賣新聞社）
- 久家義之著，《大使館なんかいらない》（幻冬舍）
- 關文行著，《モスクワ日本大使館》（光人社）
- 井川克一、矢田部厚彥著，《フランス今昔　その知られざるプロフィール》（勉誠出版）
- 鈴木俊子著，《誰も書かなかったソ連》（文春文庫）
- 矢田部厚彥著，《職業としての外交官》（文春新書）
- 森護著，《英国紋章物語》（河出書房新社）
- 宮田章著，《霞ヶ関歷史散步》（中公新書）

【警察・檢察・法院】

- 大野正男著，《弁護士から裁判官へ》（岩波書店）
- 大野正男、渡部保夫著，《刑事裁判の光と陰》（有斐閣）
- 戒能通孝著，《裁判》（岩波新書）
- 讀賣新聞社會部著，《ドキュメント裁判官》（中公新書）
- 池添德明、「裁判官who's who」刊行委員會編著，《裁判官who's who》（現代人文社）
- 岡村治信著，《裁判官の仕事》（光人社）
- 法官紳士錄刊行委員會編，《裁判官紳士録》（現代新聞出版會）
- 最高法院事務總局經理局營繕課監修，《裁判所建築の歩み　明治・大正・昭和・平成》（司法協會）
- 山本祐司著，《東京地検特搜部》（現代評論社）
- 佐藤道夫著，《事調書の余白》（朝日文庫）

●野村二郎著，《最高裁判所》（講談社現代新書）
●野村二郎著，《日本の検察》（日本評論社）
●魚住昭著，《特捜検察》（岩波新書）
●小林朴著，《公務員犯罪の研究》（ＰＨＰ研究所）
●鈴木卓郎著，《警察庁長官の戦後史》(BUSINESS社)
●鈴木卓郎著，《警察記者30年》（經濟往來社）
●警視廳刑事部著，《捜査全書》（警視廳刑事部刑事總務課）
●講談社編，《警視庁大研究》（講談社）
●《思い出の庁舎》（警視廳本部廳舍建設委員會）
●山内昇著，《留置場学入門》（虎見書房）
●朝日新聞社會部著，《代用監獄》（朝日新聞社）
●野中ひろし著，《イラスト監獄事典》（日本評論社）
●佐藤友之編著，《代用監獄　33人の証言》（三一書房）

【其他】

●北九州青果四十年史編輯委員會著，《北九州青果株式会社四十年史》（北九州青果株式會社）
●《小倉競馬場70年史》（日本中央競馬會小倉競馬場）
●金澤一成著，《ファイト！　麗しの名馬、愛しの馬券》（講談社文庫）
●村松貞次郎著，《日本近代建築の歴史》（NHK BOOKS）

【沖繩·歴史·戰史】

●沖縄大百科事典刊行事務局編，《沖縄大百科事典》（沖縄時代社）
●琉球新報社編輯局編，《現代沖縄事典　復帰後全記録》（琉球新報社）

●沖縄縣教育委員會編，《沖縄県史10 沖縄戰記録2》（國書刊行會）
●字楚邊誌編輯委員會編，《楚辺誌「戰争編」》（字楚邊公民館）
●讀谷村史編輯委員會編，《読谷村史 第五巻 戦時記録 上巻》（讀谷村）
●宜野灣市史編輯委員會，《宜野湾市史一 通史編》（宜野灣市教育委員會）
●大田昌秀編，《総史沖縄戦 写真記録》（岩波書店）
●沖縄時代社編著，《沖縄戦記 鉄の暴風》（沖縄時代社）
●《ひめゆり平和祈念資料館》（財團法人沖縄縣女師、一高女姫百合同窗會）
●西平英夫著，《ひめゆりの塔 学徒隊長の手記》（雄山閣）
●仲宗根政善著，《ひめゆりの塔をめぐる人々の手記》（角川文庫）
●渡久山朝章著，《南の巌の果まで 沖縄学徒兵の記》（文教圖書）
●渡久山朝章著，《アロハ、沖縄人ＰＷ 十七歳のハワイ捕虜行狀記》（漂木社）
●渡久山朝章著，《読谷山風土記》（私藏本）
●讀谷村史編輯室編，《読谷村の戦跡めぐり》（讀谷村）
●渡久山春著，《たどり来て七十路》（私藏本）
●新崎盛暉著，《観光コースでない沖縄》（高文研）
●下嶋哲朗著，《チビチリガマの集団自決 「神の国」の果てに》（凱風社）
●下嶋哲朗著，《沖縄・チビチリガマの「集団自決」》（岩波BOOKLET）
●沖縄時代社編，《沖縄の証言 激動の25年誌》（沖縄時代社）
●大城將保著，《沖縄戰》（高文研）
●大城將保、目崎茂和著，《修学旅行のための沖縄案内》（高文研）
●大城將保編，《十五年戦争極秘資料集第3集 沖縄秘密戦に関する資料》（不二出版）
●國場幸太郎著，《沖縄の歩み》（牧書店）

●大江健三郎著，《沖縄ノート》（岩波新書）
●屋良朝苗著，《激動八年　屋良朝苗回想録》（沖縄時代社）
●瀬長龜次郎著，《瀬長亀次郎回想録》（新日本出版社）
●井谷泰彥著，《沖縄の方言札》（BORDERINK）
●平山良明編，《鎮魂譜　照屋忠英先生回想録》（照屋忠英先生遺德顯彰碑期成會）
●沖縄時代社編，《写真記録沖縄戦後史》（沖縄時代社）
●我部政男著，《明治国家と沖縄》（三一書房）
●佐木隆三著，《証言記録　沖縄住民虐殺》（徳間文庫）

【沖繩回歸】

●我部政明著，《日米関係のなかの沖縄》（三一書房）
●我部政明著，《沖縄返還とは何だったのか　日米戦後交渉史の中で》（NHK BOOKS）
●History of the Civil Administration of the Ryukyu Islands;Office of the Chief of Military History, RG 319;National Archives
●宮里政玄著，《日米関係と沖縄》（岩波書店）
●朝日新聞社編，《沖縄報告　復帰前１９６９年》（朝日文庫）
●三木健著，《ドキュメント沖縄返還交渉》（日本經濟評論社）
●瑞慶山茂著，《沖縄返還協定の研究》（汐文社）
●河野康子著，《沖縄返還をめぐる政治と外交》（東京大學出版會）
●對美請求權紀錄誌編輯委員會編，《沖縄対米請求権問題の記録》（沖繩縣對美請求權事業協會）

【美軍基地・事件】

●梅林宏道著，《情報公開法でとらえた沖縄の米軍》（高文研）
●石川真生著，國吉和夫攝影，《これが沖縄の米軍　基地の島に生きる人々》（高文研）

●ＮＨＫ沖縄放送局編，《「隣人の素顔」　フェンスの內側から見た米軍基地》（ＮＨＫ出版）
●高嶺朝一著，《知られざる沖縄の米兵　米軍基地15年の取材メモから》（高文研）
●山內德信著，《憲法を実践する村》（明石書店）
●琉球新報社編，《日米地位協定の考え方》（高文研）
●琉球新報社、地位協定取材班著，《検証〈地位協定〉日米不平等の源流》（高文研）
●福地曠昭著，《沖縄における米軍の犯罪》（同時代社）
●福地曠昭著，《沖縄の混血児と母たち》（藍海雙書）
●《判例時報（１５７０号）逮捕監禁、強姦致傷被告裁判　那覇地裁判決》（判例時報社）
●琉球新報社編輯局編，《異議申し立て　基地沖縄　１～４》（琉球新報社）
●沖縄國際大學編，《沖縄国際大学への米軍ヘリコプター墜落事故　沖縄タイムス、琉球新報の報道から》（沖縄國際大學）
●沖縄縣總務部知事公室基地涉外課編，《沖縄の米軍基地　昭和62年》（沖縄縣總務部知事公室）
●沖縄縣企劃調整部著，《返還軍用地の施設別概要》（沖縄縣行政情報中心）

【土地鬥爭・反戰地主】

●石田甚太郎著，《米軍に土地を奪われた沖縄人　ブラジルに渡った伊佐浜移民》（新讀書社）
●本永良夫編著，《反戰地主の源流を訪ねて》（曙光出版）
●阿波根昌鴻著，《命こそ宝　沖縄反戦の心》（岩波新書）
●島袋善祐、宮里千里著，《基地の島から平和のバラを》（高文研）
●新崎盛暉著，《沖縄・反戰地主》（高文研）
●千田夏光、相原宏、池原秀明著，《素顔の反戰地主》（蕗薹書房）
●沖縄縣文化振興會公文書館管理部史料編輯室編，《銃剣とブルドーザー　沖縄県史ビジュアル版１」（沖縄縣教育委員會）
●沖縄市企劃部和平文化振興課編，《インヌミから　50年目の証言》（沖縄市）

【沖繩文化·其他】

- ●野里洋著，《癒しの島、沖縄の真実》（SOFTBANK新書）
- ●尼古拉·A·內夫斯基著，里奇亞·格洛姆可夫斯卡亞編，狩俣繁久等人譯，《宮古のフォークロア》（砂子屋書房）
- ●加藤九祚著，《天の蛇　ニコライ・ネフスキーの生涯》（河出書房新社）
- ●比嘉朝進著，《沖縄拝所巡り300》（那覇出版社）
- ●牧港篤三著，《沖縄人物シネマ　会った人、すれちがった人》（BORDERINK）
- ●稲嶺盛吉著，《炎　琉球ガラスの美と技　稲嶺盛吉作品集》（沖縄時代社）
- ●《沖縄県平和祈念資料館総合案内》（沖繩縣和平祈念資料館）
- ●沖縄文化社編，《沖縄の伝統工芸》（沖繩文化社）
- ●仲本和彥著，《研究者のためのアメリカ国立公文書館徹底ガイド》（凱風社）
- ●杉本信夫著，《沖縄の民謡》（新日本出版社）

（在撰寫本書過程中，還參考了報紙、雜誌的相關報導，以及收藏於國立國會圖書館、國立檔案館、沖繩縣檔案館、美國國家檔案館的資料與照片。）

身爲記者的第一法則是追求眞相！
生而爲人的最後一道防線，是捍衛眞相！
日本文學良心山崎豐子
跨入文壇五十年的使命之作！
命運之人
是新聞還是醜聞？是勇氣還是固執？
一則可能動搖國本的獨家報導，
讓一個記者賭上了自己的一生！

命運之人
山崎豐子
うんめいのひと 上
命運之人
山崎豐子
うんめいのひと 中

國家圖書館出版品預行編目資料

命運之人 / 山崎豐子著；王蘊潔譯. -- 初版. -- 臺北市：皇冠, 2011.02
冊; 公分. --(皇冠叢書; 第4078-4090種) (大賞; 42-45)
譯自：運命の人
ISBN 978-957-33-2765-3 （上冊：平裝). --
ISBN 978-957-33-2766-0 （中冊：平裝). --
ISBN 978-957-33-2767-7 （下冊：平裝)

861.57　　　　99026954

皇冠叢書第4090種

大賞｜045

命運之人【下】

運命の人

作　　者—山崎豐子
譯　　者—王蘊潔
發 行 人—平雲
出版發行—皇冠文化出版有限公司
台北市敦化北路120巷50號
電話◎02-27168888
郵撥帳號◎15261516號
皇冠出版社(香港)有限公司
香港上環文咸東街50號寶恒商業中心
23樓2301-3室
電話◎2529-1778　傳真◎2527-0904
出版統籌—盧春旭
外文編輯—黃釋慧
美術設計—王瓊瑤
印　　務—林佳燕
校　　對—鮑秀珍・洪正鳳・丁慧瑋
著作完成日期—2009年
初版一刷日期—2011年3月
初版三刷日期—2013年10月
法律顧問—王惠光律師

讀者服務傳真專線◎02-27150507
電腦編號◎506045
ISBN◎978-957-33-2767-7
Printed in Taiwan
本書定價◎新台幣300元/港幣100元